गाब्रिएल गार्सीया मार्केस

गाब्रिएल गार्सीया मार्केस (1927-2014) स्पैनिश भाषा के ऐसे रचनाकार थे जिनके लेखन ने समूची दुनिया के साहित्य को प्रभावित किया। उनके उपन्यास 'एकाकीपन के सौ वर्ष' को बीसवीं सदी की सबसे महत्त्वपूर्ण कृतियों में शुमार किया जाता है। 1982 में साहित्य के 'नोबेल पुरस्कार' से सम्मानित मार्केस की अन्य चर्चित कृतियाँ हैं—'नो वन राइट्स टु द कर्नल', 'दि ऑटम ऑफ़ द पैट्रियार्क', 'क्रॉनिकल ऑफ़ ए डेथ फ़ोरटोल्ड', 'लव इन द टाइम ऑफ़ कॉलेरा'।

मनीषा तनेजा

मनीषा तनेजा जवाहरलाल नेहरू विश्वविद्यालय से पी-एच.डी. करने के बाद दिल्ली विश्वविद्यालय में स्पैनिश भाषा और साहित्य पढ़ाती हैं। उन्होंने अंग्रेज़ी, हिन्दी और स्पैनिश में कई कृतियों का अनुवाद किया है जिनमें नोबेल पुरस्कार विजेता पाब्लो नेरूदा के संस्मरण 'हाँ, मैंने ज़िन्दगी जी है' और नादीन गॉर्डिमर का कहानी-संग्रह 'छलाँग' शामिल हैं। उन्होंने तुर्की लेखक हकान गुंडे, स्पैनिश लेखिका मेर्से रूदोरेदा की कृतियों का अनुवाद भी किया है। अमिताभ घोष के उपन्यास 'गन आइलैंड' का 'बन्दूक द्वीप' शीर्षक से किया गया उनका अनुवाद बहुचर्चित रहा है।

ई-मेल : maneesha.taneja@gmail.com

निराले मुसाफ़िर

[बारह कहानियाँ]

गाब्रिएल गार्सीया मार्केस

अनुवाद

मनीषा तनेजा

राजकमल पेपरबैक्स

मूल स्पैनिश कृति Doce Cuentos Peregrinos का अनुवाद

राजकमल पेपरबैक्स में
पहला संस्करण : 2024

राजकमल पेपरबैक्स : उत्कृष्ट साहित्य के जनसुलभ संस्करण

राजकमल प्रकाशन प्रा. लि.
1-बी, नेताजी सुभाष मार्ग, दरियागंज
नई दिल्ली-110 002
द्वारा प्रकाशित

शाखाएँ : अशोक राजपथ, साइंस कॉलेज के सामने, पटना-800 006
पहली मंजिल, दरबारी बिल्डिंग, महात्मा गांधी मार्ग, प्रयागराज-211 001
1, अनमोल सोराबजी सन्तुक लेन, धोबी तलाव, मरीन लाइंस, मुम्बई-400 002
वेबसाइट : www.rajkamalprakashan.com
ई-मेल : info@rajkamalprakashan.com

विकास कंप्यूटर एंड प्रिंटर्स
ट्रॉनिका सिटी-201 102
द्वारा मुद्रित

मूल्य : ₹250

NIRALE MUSAFIR
Stories by Gabriel García Márquez
Translated by Maneesha Taneja

ISBN : 978-93-6086-183-4

निराले मुसाफ़िर

क्रम

अनुवादक की ओर से

जर्मन दार्शनिक फ्रेडरिक नीत्शे ने कहा था, "आत्महत्या का विचार बहुत दिलासा देता है : कई बुरी रातों में शान्ति का रास्ता बन जाता है।" लगभग सभी महान कलाकार और निश्चित रूप से सभी महान लेखक मानव जीवन और उसकी बुनियादी भयावहता को पहचानते हैं और अपने लेखन में पेश करते हैं। ज़ाहिर है, नीत्शे की तरह भयावह नहीं। अक्सर यह एक मौन नोट होता है, पृष्ठभूमि में कहीं एक गारूग उदास स्वर। गाब्रियल गार्सीया मार्केस के कहानी संग्रह 'दोसे क्वेन्तोस फेरेग्रीनोस' (Doce Cuentos Peregrinos) (निराले मुसाफ़िर) में हमें इसकी झलक मिलती है।

'मैं सिर्फ़ फ़ोन करने आई थी' कहानी में हम पाते हैं कि नायिका कहती है, "रिश्ते या तो लम्बे होते हैं या छोटे।" और एक निर्दयी वाक्य "यह छोटा था," के साथ बात समाप्त कर देती है। एक अन्य कहानी में—"उम्र और बालों में कर्लर लगे होने के बावजूद, वह अभी भी एक दुबली-पतली, उत्साही मुलातो महिला थी, जिसके बाल पतले थे और आँखें पीली पड़ गई थीं, जिसने बहुत समय पहले पुरुषों के प्रति दया-ममता खो दी थी।" 'वह' मारिया दोस प्रासेरेस है, एक 76 वर्षीय वेश्या, जो अकेली है और अपनी मृत्यु और दफ़न की व्यवस्था करने में व्यस्त है। वह अपने कुत्ते को क़ब्रिस्तान में अपनी भविष्य की क़ब्र खोजने के लिए प्रशिक्षित करती है। दरअसल, इन 12 कहानियों में मृत्यु और उम्र काफ़ी हद तक शामिल है। अजीब दुर्घटनाएँ होती हैं—एक

गुलाब का काँटा उँगली में चुभता है और एक युवा लड़की ख़ून बहने से मर जाती है और इसी तरह हत्याएँ और आत्महत्याएँ होती हैं। लेकिन चमत्कार मार्केस की पहचान है, उनका स्वर है; समग्र मनोदशा उदास या मिथ्यात्मक नहीं है, बल्कि जश्न मनानेवाली और जीवन की विषमता, इसकी काव्यात्मक विसंगतियों पर अजीब आनन्द से भरी है।

वेश्याओं के एक और समूह पर विचार करें—"वे सुन्दर, ग़रीब और प्रेमिल थीं, उन दिनों की अधिकांश इतालवी महिलाओं की तरह वे नीले ऑर्गंडि, गुलाबी पॉपलीन, हरे लिनन के कपड़ों में, हाल के युद्ध में गोलियों की बारिश से छलनी छातों तले धूप से बचती घूमती थीं। उनके साथ रहने में ख़ुशी मिलती थी क्योंकि वे अपने धंधे के नियमों को नज़रअन्दाज़ कर, हमारे साथ कॉफ़ी पीतीं और बातचीत करतीं या फिर पार्क में किराए पर मिलने वाली घोड़ागाड़ी की सवारी करतीं या भूतपूर्व राजाओं और उनकी दुखी प्रेमिकाओं के लिए सहानुभूति जगातीं जो शाम को गैलोपाटोओ में घुड़दौड़ करते थे।"

मार्केस का जादू यहाँ नज़र आता है—उत्तेजक स्वर, इनसानों के साधारण मिलन का उत्सव। नीले, गुलाबी और हरे रंग भी परिदृश्य को कुछ अनिवार्य रूप से आकर्षक बनाते हैं, और शायद वे हमें चकाचौंध करते हैं ताकि हम यह पूछना भूल जाएँ कि वे छाते इतने असंगत रूप से गोलियों से छलनी कैसे हो सकते हैं।

इन कहानियों की प्रेरणा मार्केस को अपने जीवन से मिली। उस वक़्त से जब कम उम्र में वह यूरोप में रहे थे। सभी कहानियाँ प्रत्यारोपित दक्षिण अमेरिकियों या कैरीबियाई लोगों की हैं। यह अव्यवस्था अपने साथ एक विशेष माहौल का निर्माण करती है—नश्वरता और विचित्रता, पुरानी यादें और अफ़सोस। इन कहानियों की पृष्ठभूमि है, पर्यटकों से भरे महानगरीय शहर जिनेवा और रोम, पेरिस, बार्सिलोना, नेपल्स और विएना, जहाँ पात्र सस्ते होटलों या बेढब घरों में रहते हैं, और कोने के बिस्त्रो और बार में साथी नागरिकों से मिलते हैं।

'आपकी यात्रा शुभ हो, राष्ट्रपति महोदय' में, एक अपदस्थ राष्ट्रपति जीवन-रक्षक ऑपरेशन का भुगतान करने के लिए अपनी पत्नी के गहने गिरवी

रखता है। 'त्रामोनताना' में, कथाकार पहाड़ों से बहने वाली शुष्क अन्तर्देशीय हवा के आत्मघाती प्रभाव की गवाही देता है। 'सन्त' में, एक बूढ़ा आदमी पच्चीस साल तक रोम के चारों ओर एक ताबूत में अपनी बेटी की चमत्कारिक रूप से ख़राब नहीं होने वाली लाश लेकर घूमता है, और उसे सन्त घोषित करने के प्रयास में लगातार पोप के दर्शन की कोशिश में लगा रहता है। कहानियों में शहरों के विवरण बहुत कम हैं (एक सड़क का नाम, या एक स्मारक), लेकिन उस समय का माहौल पूरी तरह से प्रामाणिक है, और जिस किसी ने भी इन यूरोपीय शहरों की यात्रा की है, वह इस बात की गवाही दे सकता है।

भाषा का शिल्प नहीं, मार्केस की कथा-शक्ति और चरित्र, अच्छे और बुरे, घृणित और निर्दोष के लिए उनकी उदार भावना से कहानियों का रूप निखरता है, उन्हें शक्ति मिलती है। संग्रह के लिए लिखी अपनी प्रस्तावना में वह इसका उल्लेख करते हैं। कुछ कहानियाँ दशकों पहले लिखी गई थीं; उनमें से कुछ फ़िल्म स्क्रिप्ट के रूप में शुरू हुई थीं; लेकिन प्रकाशन से पहले सभी को फिर से लिखा गया। उनके मुताबिक़, "इस दौरान लेखन इतना तरल हो गया कि मुझे कभी-कभी ऐसा लगा जैसे मैं एक कहानी बताने के सरासर आनन्द के लिए लिख रहा था, जो उत्तोलन से सबसे अधिक मिलती-जुलती मानवीय स्थिति हो सकती है।"

निर्वासन के एकीकृत विषय और 'विदेश' के व्यापक मूडी वातावरण के साथ-साथ मार्केस की रोमांचित करने की क्षमता जो 'निराले मुसाफ़िर' की विशेषता है, ने इसे अनुवाद करने के अनुभव को आकर्षक और यादगार बना दिया। एक बीता हुआ समय, एक ऐसी दुनिया जो पीछे छूट गई है लेकिन संवेदनाएँ आज की दुनिया में भी वही हैं, उसका अनुवाद मुश्किल था लेकिन सम्मोहक भी।

मैं यहाँ उन सभी लोगों को धन्यवाद कहना चाहती हूँ जिन्होंने मेरी मदद की, उनमें से विशेष हैं : लॉरा पालोमारेस, राजकमल प्रकाशन और समीर रावल, चीज़ों को आसान बनाने और अपनी जादू की छड़ी लहराने के लिए। मेरे छात्र आकाश कुमार को विशेष धन्यवाद, जिन्होंने अनुवाद में मेरी मदद

की और अन्त में, मेरे दोस्तों और परिवार को जिनको मैं नाम लेकर शुक्रिया कहना चाहूँगी।

आशुतोष, मेरी उड़ान सम्भव बनाने वाले मेरे पति और सबसे अच्छे दोस्त—कॉफ़ी के अन्तहीन कपों, स्वादिष्ट भोजन और मेरी ज़िन्दगी में होने के लिए धन्यवाद। विनोद तनेजा, मेरे प्यारे पिता, इस उम्मीद के साथ कि उन्हें मुझ पर गर्व है। दिपाली तनेजा, मेरी माँ जो मेरी साउंडिंग बोर्ड हैं और मेरी सबसे बड़ी समर्थक। सुवीशा तनेजा और अमन तनेजा, मेरे दो अनमोल रतन। विजया वेंकटरमन, मेरी प्रेरणा और दोस्त। सुकंती, मेरे रोज़मर्रा के जीवन को सँभालने वाली। पोको लोको उर्फ़ मोगू और बिल्लो, और टूटू का शुक्रिया दिल बहलाने के लिए, मन लगाने के लिए और छोटू का भी जो यहाँ नहीं होकर भी यहीं है।

अन्त में, शुक्रिया उन पाठकों का जो यहाँ तक पहुँचे हैं। आप हैं तो हम हैं।

—मनीषा तनेजा

क्यों बारह, क्यों कहानियाँ, क्यों मुसाफ़िर

इस संग्रह की बारह कहानियाँ पिछले अठारह वर्षों में लिखी गईं। अपने वर्तमान रूप तक पहुँचने से पहले इनमें से पाँच पत्रकारीय टिप्पणियाँ एवं पटकथाएँ थीं, तथा एक टेलीविज़न धारावाहिक। पन्द्रह साल पहले एक दोस्त को अपना साक्षात्कार रिकॉर्ड करवाने के दौरान सुनाई गई एक कहानी और याद आई जिसे उसने लिखकर प्रकाशित करवाया था। उसके आधार पर वह कहानी अब मैंने फिर से लिखी है। यह संग्रह एक अजीब रचनात्मक अनुभव रहा है जिसे समझाया जाना चाहिए, भले ही, सिर्फ़ यह बताने के लिए कि जो बच्चे बड़े होकर लेखक बनना चाहते हैं, उन्हें पता चले कि लेखन की आदत कितनी अतृप्त और अक्खड़ हो सकती है।

पहली कहानी का ख़याल मुझे 1970 के दशक की शुरुआत में आया, जो पाँच साल तक बार्सिलोना में रहने के बाद एक सपने का परिणाम था। मैंने सपना देखा कि मैं अपने स्वयं के अन्तिम संस्कार में शामिल हो रहा हूँ और गहरे शोक में काले कपड़े पहने दोस्तों के एक समूह के साथ चल रहा हूँ, लेकिन उत्सव के माहौल में। हम सभी साथ होने की वजह से ख़ुश लग रहे थे। मैं सबसे ज़्यादा ख़ुश था, क्योंकि मृत्यु ने मुझे लैटिन अमेरिका के अपने सबसे पुराने और प्यारे दोस्तों के साथ रहने का अद्‌भुत अवसर दिया था, जिनसे मैं लम्बे समय से नहीं मिला था। अन्तिम संस्कार की प्रक्रिया ख़त्म हुई और जब सब निकलने लगे तो मैंने भी उनके साथ जाना चाहा। लेकिन

उनमें से एक ने मुझसे कहा कि जहाँ तक तुम्हारा सवाल है तुम्हारे लिए पार्टी ख़त्म हो गई है। "एक तुम ही हो, जो नहीं जा सकते," उसने कहा। उस वक़्त अहसास हुआ कि मरने का अर्थ है फिर कभी दोस्तों के साथ न होना।

पता नहीं क्यों, लेकिन मैंने उस अद्भुत सपने की व्याख्या अपनी पहचान की एक ईमानदार खोज के रूप में की; मैंने सोचा कि यह यूरोप में लैटिन अमेरिकियों के साथ होने वाले अजीब अनुभवों के बारे में लिखने के लिए अच्छी शुरुआत है। यह एक सुखद खोज थी क्योंकि मैंने हाल ही में अपनी सबसे मुश्किल और साहसिक किताब, 'द ऑटम ऑफ द पैट्रिआर्क (El Otono Del Patriarca) लिखकर ख़त्म की थी और मुझे समझ नहीं आ रहा था कि आगे क्या करूँ।

लगभग दो साल तक मुझे कोई कहानी सूझी तो मैं नोट्स बनाता रहा, लेकिन समझ नहीं आ रहा था कि उन्हें आगे कैसे बढ़ाऊँ। जिस रात मैंने कहानी लिखने की शुरुआत करने की सोची, उस रात मेरे पास नोटबुक नहीं थी, इसलिए मेरे बच्चों ने मुझे अपनी एक कॉपी दे दी। हमारी अक्सर होने वाली यात्राओं के दौरान वे अपनी कॉपियाँ अपने स्कूल बैग में रखकर ले जाते थे, इस डर से कि कहीं खो न जाएँ। अन्त में, मेरे पास चौंसठ कहानियों के लिए विस्तृत नोट्स थे और अब सिर्फ़ कहानियाँ लिखना बाक़ी था।

1974 में, जब मैं बार्सिलोना से मेक्सिको लौटा, तो मुझे अहसास हुआ कि यह किताब उपन्यास नहीं, बल्कि पत्रकारिता के तथ्यों पर आधारित लघु कथाओं का एक संग्रह होना चाहिए जिसे काव्यात्मक उपकरण, जैसे रस, छन्द, अलंकार और व्यंग्य आदि अमर कर दें। लघु कथाओं के मेरे तीन खंड प्रकाशित को चुके थे लेकिन उनमें से किसी की भी कल्पना और रचना विषय के हिसाब से नहीं की गई थी, बल्कि हर कहानी एक स्वायत्त, सामयिक रचना थी। इसलिए इन चौंसठ कहानियों को लिखना एक आकर्षक रोमांच हो सकता था और वे पाठक के स्मृति-लोक का अटूट हिस्सा बन सकती थीं—अगर मैं इनको एक ही झटके में लिखूँ, यानी एक स्वर और एक शैली में।

1976 में मैंने 'बर्फ़ में तुम्हारे ख़ून के दाग़' और 'मिस फ़ोर्ब्स की ख़ुशियों का ग्रीष्म काल' लिखीं, जो कई देशों के विभिन्न अख़बारों के

साहित्यिक परिशिष्टों में प्रकाशित हुईं। मैं लगातार काम करता रहा, लेकिन तीसरी कहानी लिखने के दौरान, जो मेरे अन्तिम संस्कार के बारे में थी, मुझे बहुत थकान महसूस हुई, उपन्यास पर काम करने से भी ज़्यादा। चौथी के साथ भी ऐसा ही हुआ। वास्तव में, मेरे पास उन्हें ख़त्म करने की ऊर्जा नहीं थी। अब मुझे पता है क्यों? एक छोटी कहानी लिखने का प्रयास एक उपन्यास शुरू करने जितना तीव्र होता है; पहले पैराग्राफ़ में ही सब कुछ परिभाषित होना चाहिए—संरचना, स्वर, शैली, लय, लम्बाई और कभी-कभी चरित्र का व्यक्तित्व भी। बाक़ी सब लेखन का आनन्द है, सबसे अन्तरंग, एकात्म आनन्द, जिसकी कोई कल्पना नहीं कर सकता है, और यदि किसी का पूरा जीवन उपन्यास को सही करने में नहीं बीतता तो इसलिए क्योंकि उपन्यास को ख़त्म करने के लिए भी वही ऊर्जा और शक्ति चाहिए जो उसे शुरू करने में लगती है। लेकिन एक कहानी की कोई शुरुआत नहीं होती, न ही कोई अन्त होता है—या तो वह मुक़म्मल होती है या नहीं। और अगर ऐसा नहीं होता, तो मेरा अपना और दूसरों का अनुभव कहता है कि स्वास्थ्य के लिए बेहतर होता है दूसरी दिशा में नई शुरुआत करना, या कहानी को ही कचरे के डिब्बे में डाल देना। मुझे याद नहीं किसने कहा था—"अच्छे लेखकों को उनके प्रकाशित काम से ज़्यादा उनके फाड़कर फेंके गए काम के लिए सराहा जाता है।" यह सच है कि मैंने अपने पहले ड्राफ्ट्स और नोट्स को फाड़ा नहीं बल्कि मैंने कुछ और भी बदतर किया—मैंने उन्हें गुमनामी के अँधेरे में फेंक दिया।

मुझे याद है कि 1978 तक वह कॉपी मेक्सिको में मेरी मेज़ पर पड़ी थी, काग़ज़ों के ढेर में डूबी हुई। एक दिन, जब मैं कुछ और ढूँढ़ रहा था, तो मुझे अहसास हुआ कि कुछ समय से वह मुझे दिखाई नहीं दी थी। मुझे चिन्ता नहीं हुई। लेकिन जब मुझे यक़ीन हो गया कि वह वास्तव में मेरी मेज़ पर नहीं थी, तो मैं घबरा गया। घर का कोना-कोना छाना गया; हमने फ़र्नीचर खिसकाया, स्टडी में किताबों को उनके पीछे ढूँढ़ने के लिए हटाया और दोस्तों तथा घर में काम करने वालों की तहक़ीक़ात की। लेकिन उसका कोई नामोनिशान नहीं मिला। एक ही वजह हो सकती थी—काग़ज़ नष्ट करने के मेरे निरन्तर अभियान में वह कॉपी कचरे में चली गई थी।

मुझे अपनी ही प्रतिक्रिया से आश्चर्य हुआ। जिन विषयों को मैं लगभग चार साल से भूला बैठा था, वे मेरे लिए सम्मान का प्रश्न बन गए। किसी भी क़ीमत पर उन्हें दोबारा पाने की कोशिश में, उपन्यास-लेखन की तरह मेहनत करके मैं तीस कहानियों के नोट्स को नया आकार देने में कामयाब रहा। चूँकि याद करने की प्रक्रिया अपने-आप में एक तरह का परिष्कार थी, इसलिए जो कहानियाँ लिखने लायक नहीं लगीं, उन्हें मैंने निर्दयता से हटा दिया और इस तरह मेरे पास अठारह कहानियाँ बचीं। इस बार मैं बिना रुके लिखने का मन बना चुका था। लेकिन जल्द ही मुझे अहसास हुआ कि मेरा जोश ठंडा पड़ गया। हालाँकि, युवा लेखकों को दी गई अपनी सलाह के विपरीत, मैंने उन्हें फेंका नहीं। मैंने उन्हें फिर से फ़ाइल में रख दिया। यह सोचकर कि क्या पता कल क्या हो।

1979 में, जब मैंने 'क्रॉनिकल ऑफ़ ए डेथ फोरटोल्ड' (एक ऐलानिया मौत का क़िस्सा) लिखना शुरू किया, तो मुझे विश्वास हो गया कि एक किताब समाप्त करने और दूसरी शुरू करने के बीच मेरी लिखने की आदत छूट जाती है और मेरे लिए फिर से शुरू करना हर बार ज़्यादा मुश्किल होता है। यही कारण है कि लिखने की आदत बनाए रखने के लिए अक्टूबर, 1980 से मार्च, 1984 के बीच, विभिन्न देशों के अख़बारों के लिए मैंने एक साप्ताहिक कॉलम लिखना शुरू किया। तब मुझे अहसास हुआ कि कॉपी में लिखे उन नोट्स के प्रति मेरा संघर्ष साहित्यिक शैली की समस्या थी और उन्हें वास्तव में कहानियों के रूप में नहीं, अख़बार में रिपोर्ट के तौर पर लिखा जाना चाहिए। इस तरह कॉपी के बनाए गए नोट्स पर आधारित पाँच कॉलम प्रकाशित करने के बाद, मैंने अपना मन फिर से बदल लिया—वे फ़िल्मों के रूप में अधिक बेहतर होंगे, ऐसा सोचकर। इस तरह पाँच फ़िल्में और एक टेलीविज़न धारावाहिक बनाया गया।

मैंने कभी नहीं सोचा था कि पत्रकारिता और फ़िल्म में मेरा काम उन कहानियों के बारे में मेरे विचार बदल देगा। इसलिए अब, जब अन्ततः मैंने उन्हें लिखा, तो मुझे स्क्रिप्ट लिखते समय निर्देशकों द्वारा सुझाए गए विचारों को छोड़कर अपने विचारों को व्यक्त करते हुए बहुत सावधान रहना पड़ा।

वास्तव में, पाँच अलग-अलग रचनाकारों के साथ सहयोग ने कहानियों को लिखने का एक और तरीक़ा सुझाया—जब मेरे पास ख़ाली समय होता तो मैं एक शुरू करता, जब मुझे थकान महसूस होती है या कुछ काम पड़ जाता तो उसे छोड़ देता और फिर दूसरी कहानी शुरू कर देता। इस तरह एक साल से कुछ अधिक समय में अठारह में से छह कहानियाँ कूड़ेदान में पहुँच गईं जिनमें से एक मेरे अन्तिम संस्कार के बारे में थी, और मैं सपने को कहानी में सार्थक नहीं कर सका। हालाँकि बची हुई बाक़ी कहानियाँ, एक लम्बा जीवन शुरू करने के लिए तैयार लग रही थीं।

वही कहानियाँ इस संग्रह की बारह कहानियाँ हैं। दो साल तक रुक-रुक कर काम करने के बाद पिछले वर्ष सितम्बर में ये छपने के लिए तैयार हुईं। और इस तरह अगर अन्तिम समय पर मुझे संशय ने न आ घेरा होता तो उनकी अन्तहीन यात्रा कचरे के डिब्बे में ही समाप्त हो गई होती। चूँकि मैंने यूरोपीय शहरों का वर्णन किया था, अत: कहानियों की पृष्ठभूमि याददाश्त के सहारे तैयार हुई थी, इसलिए बीस साल बाद मैं अपनी यादों की सच्चाई को परखना चाहता था, और इसीलिए बार्सिलोना, जेनेवा, रोम और पेरिस से दोबारा परिचित होने निकल पड़ा।

उनमें से किसी का भी मेरी यादों से कोई रिश्ता नहीं बचा था। आज के यूरोप के सभी शहर अजनबी हो गए थे—सच्ची यादें प्रेत सरीखी लग रही थीं, झूठी यादें इतनी विश्वसनीय थीं कि वास्तविकता बन गई थीं। इसका मतलब था कि मैं मोहभंग और पुरानी यादों के बीच अन्तर नहीं कर पा रहा था। यही अन्तिम समाधान था जो मुझे मिल ही गया, यानी जो मुझे किताब पूरा करने के लिए चाहिए था, और जो सिर्फ़ समय ही दे सकता है—एक परिप्रेक्ष्य।

जब मैं उस यात्रा से लौटा, तो आठ महीनों में मैंने सभी कहानियों को नये सिरे से लिखा और मेरे शक ने कि शायद यूरोप में बीस साल पहले मैंने जो कुछ भी अनुभव किया था वह सच नहीं था, मुझे ख़ुद से पूछने की ज़रूरत महसूस नहीं होने दी कि जीवन कहाँ समाप्त हुआ और कल्पना कहाँ शुरू हुई। उसके बाद तो लेखन इतना आसान हो गया कि कभी-कभी मुझे लगता कि मैं कहानी बताने के अनुपम आनन्द के लिए लिख रहा हूँ, जो शायद

इनसानों के लिए हवा में उड़ने बराबर होता है। चूँकि मैंने एक ही समय में सभी कहानियों पर काम किया और एक से दूसरी में आगे-पीछे जा सकता था, मुझे एक मनोरम दृश्य का अनुभव हुआ जिसकी वजह से मुझे बार-बार शुरुआत करने की थकावट नहीं हुई और मैं कहानियों में हुई ग़लतियों और विरोधाभासों को पहचान पाया।

इस तरह, दर-दर भटकने और अनिश्चितता की विकृतियों से बचने के संघर्ष के बाद अब यह आपके सामने प्रस्तुत है। पहली दो कहानियों को छोड़कर सभी कहानियाँ एक ही समय में पूरी हुईं और प्रत्येक कहानी के अन्त में उसको शुरू करने की तारीख़ दर्ज है। इस संस्करण में कहानियों का क्रम वही है, जो कॉपी में था।

मुझे हमेशा लगता है कि कहानी का प्रत्येक संस्करण पहले की तुलना में बेहतर है, तो किसी को कैसे पता चलेगा कि अन्तिम संस्करण कौन सा है? उसी तरह जैसे रसोइया जानता है कि सूप कब तैयार हुआ, यही तो इस धंधे का राज़ है जो तर्क के नियमों से नहीं चलता बल्कि अनुभूति का जादू है। बहरहाल, मैं ये कहानियाँ दोबारा नहीं पढ़ूँगा, ठीक वैसे ही, जैसे मैंने कभी भी अपनी कोई किताब इस डर से नहीं पढ़ी कि मुझे पछतावा होगा। नये पाठक तय करेंगे इनका क्या हश्र होगा। सौभाग्य से, इन निराले मुसाफ़िरों के लिए कचरे की टोकरी में पहुँचना घर वापसी होगा।

गाब्रिएल गार्सीया मार्केस
कार्ताख़ेना दे इंदियाज़
अप्रैल, 1992

आपकी यात्रा शुभ हो, राष्ट्रपति महोदय

सुनसान पार्क में पीले पत्तों के नीचे, चाँदी के हैंडलवाली छड़ी पर हाथ टिकाए वह अकेले बैठकर मौत के बारे में सोचते हुए, मटमैले हंसों को ध्यान से देख रहे थे। जब पहली बार जेनेवा आए थे तो झील शान्त थी, पानी साफ़ और सीगल (समुद्री चिड़िया) इतनी शान्त कि हाथ से खाना लेती थीं। किराए के लिए औरतें थीं जो ऑर्गंडि की झालर और रेशमी छतरियों में शाम छह बजे की मृग-मरीचिका मालूम पड़ती थीं। लेकिन अब उन्हें एक ही औरत नज़र आ रही थी और वह थी सुनसान सेतुबन्ध पर फूल बेचनेवाली। उन्हें विश्वास नहीं हो रहा था कि उनके जीवन में ही नहीं, बल्कि दुनिया-भर में समय इतना कुछ नष्ट कर सकता है।

प्रतिष्ठित अनजान लोगों के शहर में वह एक और अनजाने थे। उन्होंने गहरे नीले रंग का धारीदार सूट, ब्रोकेड की वास्कट और सेवानिवृत्त मजिस्ट्रेट वाली टोपी पहन रखी थी। उनकी मूँछें सैनिकों की जैसी तनी हुई थीं, गहरे नीले-काले लहराते बाल थे, वीणावादक की भाँति बाएँ हाथ की उँगली में शादी की अँगूठी थी, जो उनके विधुर होने का बयान करती थी और ख़ुशमिज़ाज आँखें। केवल उनकी त्वचा की झुर्रियाँ उनके स्वास्थ्य की चुगली कर रही थीं। हालाँकि तिहत्तर साल की उम्र में भी वे शानदार दिखते थे। लेकिन उस सुबह, वे हर महत्वाकांक्षा को पीछे छोड़ आए थे। महिमा और शक्ति के वर्ष हमेशा के लिए पीछे छूट गए थे, और अब केवल मृत्यु के वर्ष शेष थे।

वह दो विश्व युद्धों के बाद जेनेवा लौटे थे, एक दर्द का निश्चित जवाब ढूँढ़ते हुए जो मार्तीनिक के डॉक्टर नहीं दे पाए थे। उन्होंने सोचा था कि दो सप्ताह से ज़्यादा नहीं लगेंगे, लेकिन थकाऊ परीक्षण और अनिश्चित नतीजों के बीच छह हफ़्ते बीत गए थे, लेकिन अन्त अभी तक दिखाई नहीं दे रहा था। जिगर, गुर्दे, अग्न्याशय और प्रोस्टेट यानी पौरुष-ग्रंथि में दर्द के कारण की तलाश की गई थी, जहाँ दर्द था ही नहीं। उस कष्टकर गुरुवार को सुबह नौ बजे, जाने-माने डॉक्टरों में सबसे कम विख्यात डॉक्टर से उन्होंने न्यूरोलॉजी डिपार्टमेंट में मिलने का समय लिया था। डॉक्टर का कमरा किसी भिक्षु की कोठरी सरीखा था। डॉक्टर का क़द छोटा था और वह उदास लग रहा था, तथा अँगूठे की हड्डी टूटने की वजह से उसके दाहिने हाथ पर प्लास्टर चढ़ा हुआ था। जब उसने बत्ती बन्द की, तो रीढ़ की हड्डी का एक्स-रे स्क्रीन पर दिखाई दिया। वह अपना एक्सरे तब तक नहीं पहचान पाए जब तक डॉक्टर ने कमर के नीचे की दो कशेरुकाओं के जोड़ को इंगित नहीं किया।

"आपको दर्द यहाँ है," डॉक्टर ने पूछा।

उनके लिए यह बताना इतना आसान नहीं था क्योंकि उनका दर्द असम्भव और मायावी था, जो कभी दाहिनी पसली में और कभी पेट के निचले हिस्से में मालूम पड़ता था तथा अक्सर कमर में एक झटका देकर चौंका देता था। डॉक्टर ने बिना हिले स्क्रीन पर पॉइंटर स्थिर रखकर उनकी बात सुनी। फिर उसने कहा, "यही कारण है कि इस दर्द ने हमें इतने लम्बे समय तक उलझाए रखा। लेकिन अब हम जानते हैं कि यह यहाँ है।" फिर उसने अपनी उँगली अपनी कनपटी पर रखी और कहा—

"हालाँकि अगर सच कहूँ तो राष्ट्रपति महोदय, सभी दर्द यहाँ हैं।"

डॉक्टर का बोलने का सपाट अन्दाज़ इतना नाटकीय था कि उसका अन्तिम वाक्य प्रीतिकर लगा—राष्ट्रपति महादेय, आपको एक जोखिम भरा और अपरिहार्य ऑपरेशन करवाना होगा। उन्होंने डॉक्टर से पूछा कि कितना जोखिम है लेकिन डॉक्टर ने उन्हें अनिश्चितता के प्रकाश में लपेट दिया।

"निश्चित रूप से नहीं कह सकते," उसने कहा।

उसने कहा कि कुछ समय पहले तक घातक दुर्घटनाओं का ख़तरा

बहुत था, यानी इस बात का ख़तरा था कि अलग-अलग डिग्री का लकवा हो सकता था। लेकिन दो युद्धों के बीच चिकित्सा पद्धति के क्षेत्र में काफ़ी प्रगति हुई, लिहाज़ा यह डर अतीत की बात हो गई है।

अन्त में उसने कहा, "चिन्ता मत करें, जब पूरी तरह से तैयार हो जाएँ तब हमें बताएँ। लेकिन हाँ, यह मत भूलना कि जितनी जल्दी हो उतना बेहतर है।"

उस बुरी ख़बर को पचाने के लिहाज़ से यह सुबह अच्छी नहीं थी और खुले आसमान के नीचे तो बिलकुल नहीं। वे सुबह बिना कोट पहने ही होटल से बहुत जल्दी निकल गए थे क्योंकि उन्होंने खिड़की से तेज़ चमकता हुआ सूरज देखा था, और सधे हुए क़दमों से षुना द्यु बु सोलेई पर स्थित अस्पताल से चोरी से मिलनेवाले प्रेमियों के अड्डे यारदें आंग्ले तक पहुँच गए थे। वह एक घंटे से अधिक वहाँ रुके। इस दौरान वह लगातार मौत के बारे में सोचते रहे और फिर शरद ऋतु शुरू हो गई। झील आक्रोशित समुद्र की तरह उफान खा रही थी और तेज़ हवा समुद्री पक्षियों को डराकर अन्तिम पत्तों तक को उड़ा ले गई। राष्ट्रपति खड़े हुए और डेज़ी का फूल, फूल बेचनेवाली से ख़रीदने के बजाय, क्यारी से एक फूल तोड़कर अपने बटनहोल में लगा लिया। फूलवाली ने उनकी चोरी पकड़ ली।

"ये फूल भगवान की देन नहीं हैं जनाब," उसने चिढ़कर कहा, "ये सरकारी हैं।"

राष्ट्रपति ने उसको अनदेखा किया, और अपनी छड़ी को बीच से पकड़कर मँझे हुए खिलाड़ी की तरह रह-रह कर हवा में घुमाते हुए वह तेज़ी से आगे बढ़े। मॉन ब्लान्क पुल पर तेज हवा से लहराते हुए परिसंघ के झंडों को तेज़ी से उतारा जा रहा था और झाग का ताज पहने फ़व्वारा समय से पहले ही बन्द कर दिया गया था। राष्ट्रपति तट पर बने उस कैफ़े को नहीं पहचान पाए जहाँ वह अमूमन कॉफ़ी पीते थे, क्योंकि वहाँ का हरे रंग का शामियाना हटा दिया गया था और गर्मियों में फूलों से सजी छतें अब बन्द हो गई थीं। दिन के समय भी कैफ़े के भीतर बत्तियाँ जल रही थीं और मोज़ार्ट की एक दुख-भरी धुन बज रही थी। राष्ट्रपति ने अपनी टोपी और छड़ी हैंगर पर

टाँगे और काउंटर पर ग्राहकों के लिए रखे अख़बारों के ढेर से एक अख़बार उठाकर सबसे अलग मेज़ पर बैठकर पढ़ने के लिए अपने सुनहरे फ्रेम का चश्मा पहना, और उसी पल उन्हें शरद ऋतु के आने का अहसास हुआ। उन्होंने अन्तरराष्ट्रीय पृष्ठ से पढ़ना शुरू किया, जहाँ समय-समय पर उन्हें दक्षिण अमेरिका के कुछ समाचार पढ़ने को मिल जाते थे, और पीछे से आगे की ओर बढ़ते हुए तब तक पढ़ना जारी रखा, जब तक कि वेटरेस उनकी रोज़ की एवियन पानी (प्राकृतिक झरने का पानी) की बोतल लेकर नहीं आई। डॉक्टरों के कहने पर कॉफ़ी पीना छोड़े उन्हें तीस साल से अधिक हो गए थे। लेकिन उन्होंने कहा था, "अगर मुझे कभी यक़ीन हो गया कि मैं मरनेवाला हूँ, तो मैं फिर से कॉफ़ी पीने लगूँगा।" शायद समय आ गया था।

"एक कॉफ़ी भी ले आना," उन्होंने फ्रेंच में ऑर्डर दिया। "इटालियन, इतनी कड़क कि मुर्दा भी जाग जाए।" उन्हें इसके दोहरे मतलब का अहसास भी नहीं हुआ।

उन्होंने बिना चीनी के चुसकियाँ लेकर कॉफ़ी पी और फिर कप को प्लेट पर उलटा रख दिया, ताकि नीचे बची कॉफ़ी इतने वर्षों के बाद, उनका भाग्य लिख सके। खोया हुआ स्वाद लौटने पर वह पल भर के लिए बुरे ख़यालों को भूल गए। उसी क्षण, मानो सब एक जादू हो, उन्हें अहसास हुआ कि कोई उन्हें देख रहा है। उन्होंने शान्ति से पन्ना पलटते हुए, चश्मे के ऊपर से नज़र दौड़ाई तो एक कमज़ोर आदमी दिखाई दिया, जिसकी दाढ़ी बढ़ी हुई थी, उसने टोपी पहन रखी थी और एक मोटी जैकेट। उस आदमी ने तुरन्त नज़रें फेर लीं, ताकि मिलानी ना पड़ें।

उसका चेहरा जाना-पहचाना था। वे अस्पताल की लॉबी में कई बार उसके बग़ल से गुज़रे थे, और एक दिन हंसों को देखते समय उसे प्रोमेनेड ड्यू लाक पर स्कूटर की सवारी करते हुए भी देखा था, लेकिन उन्हें कभी नहीं लगा था कि उस आदमी ने उन्हें पहचान लिया था। हालाँकि, उन्होंने इस विचार को ख़ारिज नहीं किया कि यह निर्वासन की कई उत्पीड़क कल्पनाओं में से एक था।

ब्राह्म की शानदार धुनों पर तैरते हुए उन्होंने इत्मीनान से अख़बार ख़त्म

किया, जब तक कि दर्द संगीत रूपी दवा पर हावी नहीं हो गया। फिर अपनी वास्कट की जेब पर चेन से लगी सोने की छोटी घड़ी को देखा और एवियन पानी के आख़िर घूँट के साथ दो प्रशान्तक गोलियाँ लीं। अपना चश्मा उतारने से पहले उन्होंने कॉफ़ी की प्लेट पर अपने भाग्य को देखा और एक सिहरन महसूस की—अनिश्चितता नज़र आ रही थी।

अन्त में उन्होंने बहुत थोड़ी-सी टिप के साथ बिल का भुगतान किया, छड़ी और टोपी ली, और उन्हें गौर से देख रहे आदमी पर नज़र डाले बिना बाहर निकल गए। हवा से बिखर गई फूलों की क्यारियों के बग़ल से होते हुए जब वह अपनी सधी हुई चाल से चल रहे थे तब उन्होंने सोचा कि वह बच गए। लेकिन अचानक उन्हें पीछे से क़दमों की आहट सुनाई दी, तो कोने पर मुड़ते ही वह रुक गए और पलटे। पीछा करनेवाला आदमी अगर तुरन्त नहीं रुकता तो उनसे टकरा जाता और कुछ ही इंचों की दूरी से उस आदमी ने उन्हें चौंककर देखा। "राष्ट्रपति महोदय," वह बड़बड़ाया।

राष्ट्रपति ने अपनी मुस्कान या अपनी आवाज़ के आकर्षण को खोए बिना कहा, "जो लोग तुमको पैसा दे रहे हैं, उनसे कहना कि कोई ग़लतफ़हमी न पालें। मेरा स्वास्थ्य एकदम ठीक है।" राष्ट्रपति ने मुस्कराते हुए प्रेम से कहा।

"मुझसे बेहतर कोई नहीं जानता," मर्यादा के बोझ तले दबे उस आदमी ने कहा। "मैं अस्पताल में काम करता हूँ।"

उसका उच्चारण और लय यहाँ तक कि उसकी घबराहट, पूरी तरह से कैरीबियाई थे।

"यह मत कहना कि आप एक डॉक्टर हैं," राष्ट्रपति ने कहा।

"काश, ऐसा होता जनाब! मैं तो बस एक एम्बुलेंस चालक हूँ।"

"माफ़ करना," राष्ट्रपति ने अपनी ग़लती मानते हुए कहा। "बहुत मुश्किल काम है।"

"आपके काम से ज़्यादा नहीं, जनाब।"

राष्ट्रपति ने उसकी तरफ़ देखा, दोनों हाथों के बल छड़ी पर झुके और वाक़ई में जानने की इच्छा से पूछा—

"तुम कहाँ से हो?"

"कैरीबिया से।"

"वो तो मैं समझ गया था," राष्ट्रपति ने कहा। "लेकिन कौन सा देश?

"आपके देश से जनाब" उस आदमी ने कहा, और अपना हाथ आगे बढ़ाया, "मेरा नाम ओमेरो रे है।"

राष्ट्रपति ने उसका हाथ नहीं छोड़ा। "वाह," उन्होंने कहा। "कितना अच्छा नाम है!"

ओमेरो निश्चिन्त हो गया।

"और यही नहीं," उसने कहा, "ओमेरो रे दे ला कासा, मतलब आपके राज्य का है!"

बीच सड़क पर ठंडी हवा का चाकू उन्हें चीर रहा था। राष्ट्रपति की हड्डियाँ तक जम गई थीं और उन्हें अहसास हो गया था कि बिना कोट के वे थोड़ी दूर पर स्थित उस सस्ते होटल तक भी नहीं जा सकते थे, जहाँ वे अमूमन खाना खाते थे।

"खाना खा लिया?" उन्होंने ओमेरो से पूछा।

"मैं दिन में नहीं खाता," ओमेरो ने कहा। "सिर्फ़ एक बार खाता हूँ, रात को, अपने घर में।"

"आज के लिए यह सब छोड़ो," राष्ट्रपति ने उसे प्रेम दर्शाते हुए कहा। "आज मैं आपको खाना खिलाऊँगा।"

उन्होंने उसकी बाँह पकड़ी और सामने के रेस्तराँ में ले गए। बाहर सुनहरे अक्षरों में रेस्तराँ का नाम लिखा था—ल बोफ कुरुने। अन्दर जगह कम थी और रेस्तराँ गर्म था। ख़ाली जगह नज़र नहीं आ रही थी। ओमेरो रे को आश्चर्य हुआ कि किसी ने भी राष्ट्रपति को पहचाना नहीं और वह मदद माँगने के लिए पीछे तक गया।

"क्या वह कार्यकारी राष्ट्रपति हैं?" रेस्तराँ के मालिक ने पूछा।

"नहीं," ओमेरो ने कहा। "पराभूत।"

रेस्तराँ मालिक मुस्कराया और कहा, "उनके लिए, मेरे पास हमेशा एक ख़ास मेज़ होती है।"

वह उन्हें कमरे के पीछे, ऐसी मेज़ पर ले गया जहाँ वह एकान्त में जितना चाहे आराम से बात कर सकते थे। राष्ट्रपति ने उसे धन्यवाद दिया।

"हर कोई निर्वासन की गरिमा को आपकी तरह मान नहीं देता है।" उन्होंने कहा।

उस रेस्तराँ की विशेषता थी कोयले पर पकाई गई गोमांस की पसलियाँ। राष्ट्रपति और उनके अतिथि ने आस-पास देखा और दूसरी मेज़ों पर नर्म चर्बी वाले पसलियों के बड़े टुकड़े देखे। "यह बहुत स्वादिष्ट गोश्त है," राष्ट्रपति ने विस्मित होकर कहा। "लेकिन मुझे उसे खाने की मनाही है।" उन्होंने शरारती नज़र से ओमेरो को देखा, उनकी आवाज़ बदली हुई थी, "वास्तव में, मुझे सब कुछ मना है।"

"मना तो आपको कॉफ़ी भी है," ओमेरो ने कहा। "लेकिन आप पीते हैं।"

"तुमने देखा!" राष्ट्रपति ने कहा। "लेकिन आज एक दिन के लिए मैंने छूट ले ली थी।" और यह छूट सिर्फ़ कॉफ़ी पर नहीं ली थी। उन्होंने जैतून के तेल की ड्रेसिंग वाले फ़ली के सलाद के साथ एक प्लेट पसलियों की मँगवाई। उनके साथी ने भी वही मँगवाया और साथ में आधा जग रेड वाइन।

जब वे खाने का इन्तज़ार कर रहे थे तो ओमेरो ने अपनी जैकेट से बटुआ निकाला जिसमें काग़ज़ तो बहुतेरे थे, लेकिन पैसे नहीं। फिर राष्ट्रपति को एक धुँधली पड़ी तसवीर दिखाई। राष्ट्रपति ने कई जवान लड़कों के बीच ख़ुद को पहचान लिया, बिना कोट सिर्फ़ क़मीज़ पहने, वज़न कई किलो कम, और काले बाल व मूँछें। एक ही नज़र में उन्होंने उस जगह को भी पहचान लिया। उन्होंने उस घृणित चुनाव अभियान के प्रतीकों को भी पहचान लिया और उस मनहूस तारीख़ को भी। "हे भगवान!" वह बड़बड़ाए। "मैं हमेशा कहता हूँ कि इनसान ज़िन्दगी से जल्दी तसवीरों में बूढ़ा हो जाता है!" और बात ख़त्म करते हुए उन्होंने तसवीर वापस कर दी।

"मुझे अच्छी तरह से याद है," उन्होंने कहा। "यह हज़ारों साल पहले सान क्रिस्तोबाल द ला कासा की गैलरी में ली थी।"

"यह मेरा गाँव है," ओमेरो ने कहा, और उसने उस भीड़ में ख़ुद की ओर इशारा करते हुए कहा, "यह मैं हूँ।"

राष्ट्रपति महोदय ने उसे पहचान लिया। "तुम तो बच्चे थे!"

"हाँ, बहुत छोटा था," ओमेरो ने कहा। "मैं विश्वविद्यालय ब्रिगेड के नेता के तौर पर पूरे दक्षिणी अभियान के दौरान आपके साथ था।

राष्ट्रपति उसकी आलोचना का इन्तज़ार कर रहे थे।

"और मैंने, ज़ाहिर है, आपको नोटिस भी नहीं किया," उन्होंने कहा।

"अरे नहीं, बल्कि आप तो बहुत अच्छे से पेश आए थे," ओमेरो ने कहा। लेकिन हम इतने सारे थे कि आपके लिए याद रखना सम्भव नहीं था।"

"और फिर?"

"आपसे बेहतर कौन जान सकता है?" ओमेरो ने कहा। "सैन्य तख़्तापलट के बाद, चमत्कार है कि हम दोनों यहाँ हैं, आधी गाय खाने के लिए तैयार। बहुत से लोग इतने क़िस्मतवाले नहीं थे।"

उसी क्षण उनका खाना आ गया। राष्ट्रपति ने एक बच्चे के बिब की तरह गले में नैपकिन बाँधा, और उन्हें अपने साथी के आश्चर्य का अन्दाज़ा था। "अगर मैं ऐसा नहीं करूँ तो हर बार भोजन करते हुए मैं एक टाई ख़राब कर देता हूँ," उन्होंने कहा। शुरू करने से पहले, उन्होंने मांस चखा, स्वाद ठीक लगने पर ख़ुशी ज़ाहिर की और विषय पर लौट आए।

"मुझे यह समझ में नहीं आता," उन्होंने कहा, "एक शिकारी कुत्ते की तरह मेरा पीछा करने के बजाय तुमने पहले मुझसे बात क्यों नहीं की?"

तब ओमेरो ने उन्हें बताया कि उसने उन्हें तभी पहचान लिया था जब उन्हें बहुत ही विशेष मामलों के लिए आरक्षित दरवाज़े से अस्पताल में प्रवेश करते देखा था। यह गर्मियों का समय था, उन्होंने ब्लैक एंड व्हाइट जूतों के साथ सफ़ेद लिनेन का सूट पहन रखा था, बटनहोल में डेज़ी का फूल था और उनके बाल हवा से बिखरे हुए थे। ओमेरो को मालूम हुआ कि वह जेनेवा में अकेले थे; बिना किसी मददगार के। वह उस शहर को जानते थे क्योंकि यहाँ उन्होंने अपनी क़ानून की पढ़ाई पूरी की थी। उनके अनुरोध पर अस्पताल प्रबन्धन ने उन्हें आश्वासन दिया था कि उनकी सारी जानकारी पूर्ण रूप से गुप्त रखी जाएगी। उसी रात, ओमेरो और उसकी पत्नी ने उनसे सम्पर्क स्थापित करने का फ़ैसला किया था। हालाँकि, पाँच हफ़्तों से वह उनका पीछा कर रहा था, उसे सही मौक़े की तलाश थी, लेकिन शायद तब भी वह ख़ुद बात

नहीं करता अगर राष्ट्रपति ने उसका सामना न किया होता।

"मुझे ख़ुशी है कि तुमने ऐसा किया," राष्ट्रपति ने कहा। "हालाँकि सच तो यह है कि मुझे अकेले रहने में कोई दिक़्क़त नहीं है।"

"लेकिन यह सही नहीं है।"

"क्यों?" राष्ट्रपति ने पूछा। "मेरी ज़िन्दगी की सबसे बड़ी जीत है कि मुझे भुला दिया गया है।"

"हम आपको कितना याद करते हैं, उसकी आप कल्पना भी नहीं कर सकते।" ओमेरो ने अपनी भावनाओं को छिपाने की कोशिश नहीं की। "आपको स्वस्थ और हृष्ट-पुष्ट देखकर बहुत ख़ुशी हुई।"

"लेकिन फिर भी," उन्होंने बिना किसी नाटकीयता के कहा, "संकेत तो यही हैं कि मैं बहुत जल्द मरने वाला हूँ।"

"आपके ठीक होने की काफ़ी उम्मीद है," ओमेरो ने कहा।

राष्ट्रपति चौंके लेकिन नाराज़ नहीं हुए।

"ओह!" उन्होंने कहा। "क्या ख़ूबसूरत स्विट्ज़रलैंड ने चिकित्सीय गोपनीयता ख़त्म कर दी है?"

"दुनिया के किसी भी अस्पताल में एम्बुलेंस चालक से कुछ भी नहीं छिपता," ओमेरो ने कहा।

"फिर भी, मुझे जो पता है वह मुझे सिर्फ़ दो घंटे पहले पता चला है और केवल उस अकेले इनसान से जिसके अलावा और किसी को इसकी जानकारी नहीं है।"

"जो भी हो, आपकी मौत व्यर्थ नहीं जाएगी," ओमेरो ने कहा। कोई-न-कोई आपको सम्मान के एक महान उदाहरण के रूप में आपके सही स्थान पर पुनर्स्थापित करेगा।

राष्ट्रपति का आश्चर्य हास्यपूर्ण था।

"मुझे चेतावनी देने के लिए धन्यवाद," उन्होंने कहा।

वह ठीक वैसे ही कह रहे थे जैसे बाक़ी सब काम करते थे—इत्मीनान से और बहुत सावधानी के साथ। और ऐसा करते हुए उन्होंने ओमेरो से नज़रें मिलाईं। ओमेरो को लग रहा था कि वह देख सकता है कि राष्ट्रपति क्या सोच रहे हैं।

पुरानी यादों से भरी लम्बी बातचीत के बाद राष्ट्रपति की मुस्कान में शरारत थी।

"मैंने अपनी लाश के बारे में चिन्ता नहीं करने का फ़ैसला किया था," उन्होंने कहा, "लेकिन अब मैं देख रहा हूँ कि जासूसी कहानी की तरह मुझे कुछ सावधानियाँ बरतनी चाहिए ताकि कोई भी इसे ढूँढ़ न सके।"

"यह बेकार होगा," ओमेरो ने बदले में मज़ाक़ किया। "अस्पताल में ऐसा कोई रहस्य नहीं है, जो एक घंटे से अधिक समय तक रहस्य रहे।"

जब उन्होंने कॉफ़ी ख़त्म की, तो राष्ट्रपति ने अपने कप के निचले हिस्से को पढ़ा, और फिर से काँप गए—सन्देश वही था। हालाँकि, उनके चेहरे पर शिकन नहीं दिखाई दी। उन्होंने नक़द में बिल का भुगतान किया, लेकिन पहले बिल की कई बार जाँच की, अत्यधिक सावधानी के साथ कई बार पैसे गिने और फिर जो टिप छोड़ी उस पर वेटर ने मुँह बनाया।

"बहुत अच्छा लगा," उन्होंने ओमेरो से विदा लेते हुए कहा। अभी ऑपरेशन की कोई तारीख़ तय नहीं की है, यहाँ तक कि यह भी तय नहीं किया है कि मैं करवाऊँगा या नहीं। लेकिन अगर सब कुछ ठीक रहा तो फिर मिलेंगे।"

"और पहले क्यों नहीं? ओमेरो ने कहा। लाज़ारा, मेरी पत्नी, अमीरों के लिए खाना बनाती है। कोई भी उससे बेहतर झींगा और चावल नहीं बना सकता, और हम किसी दिन रात को आपको घर बुलाना चाहेंगे।"

"मुझे मछली इत्यादि खाने से मना किया गया है, लेकिन मैं ख़ुशी से खाऊँगा," उन्होंने कहा। "मुझे बताओ कब।"

"गुरुवार को मेरी छुट्टी होती है," ओमेरो ने कहा।

"ठीक है," राष्ट्रपति ने कहा। "गुरुवार को रात सात बजे मैं तुम्हारे घर पहुँच जाऊँगा।"

"मैं आपको लेने आ जाऊँगा," ओमेरो ने कहा। "होटल दाम्स, 14 रु द'इंदस्तरी (होटल दाम्स, 14 इंडस्ट्री स्ट्रीट), स्टेशन के पीछे, है ना?"

"बिलकुल," राष्ट्रपति ने कहा और खड़े हो गए, पहले से कहीं अधिक सौम्य। "लगता है आपको मेरे जूते का नम्बर भी मालूम होगा।"

"बेशक सर," ओमेरो ने हँसते हुए कहा, "आठ नम्बर।"

ओमेरो रे ने राष्ट्रपति को जो नहीं बताया, लेकिन जो हर सुनने वाले को वह सालों तक बताता रहा, यानी उसका असली इरादा, इतना नेक नहीं था। अन्य एम्बुलेंस ड्राइवरों की तरह उसने भी अस्पताल में फ्यूनरल पार्लर और बीमा कम्पनियों के साथ उनकी सेवाएँ बेचने के लिए कुछ इन्तजाम किये थे, ख़ास तौर पर सीमित साधनोंवाले विदेशी रोगियों के लिए। मुनाफ़ा बहुत कम था और इसे अन्य कर्मचारियों के साथ साझा करना होता था जो गम्भीर बीमारियोंवाले रोगियों की गोपनीय फ़ाइलों को निकलवाते थे। लेकिन एक निर्वासित आदमी के लिए जो अपनी पत्नी और दो बच्चों को मामूली वेतन पर किसी तरह पाल रहा था, काफ़ी बड़ा सहारा था।

उसकी पत्नी, लाज़ारा दाविस, ज़्यादा समझदार थी। वह प्यूर्तो रीको के सान खुआन की मुलातो (अश्वेत तथा श्वेत माता-पिता की सन्तान) थी, और छोटे क़द की तन्दुरुस्त महिला थी। उसका रंग पकी हुई चीनी जैसा था और आँखें लोमड़ी जैसी, जो कि उसके स्वभाव से मेल खाती थीं। वे अस्पताल के चैरिटी वार्ड में मिले थे, जहाँ वह सहायक के रूप में काम करती थी। उसके एक देशवासी ने उसे जेनेवा में अकेले छोड़ दिया था, बेसहारा, जहाँ वह उसे बतौर नर्स लाया था। ओमेरो और उसने कैथोलिक तरीक़े से शादी की थी, हालाँकि वह एक योरूबा राजकुमारी थी। वे एक बिल्डिंग की आठवीं मंज़िल पर दो कमरों के मकान में रहते थे। उस बिल्डिंग में लिफ़्ट नहीं थी और वहाँ अफ्रीकी उत्प्रवासी रहते थे। उनकी बेटी बारबरा नौ साल की थी और बेटा लाज़ारो सात साल का था लेकिन दिमाग़ी तौर पर थोड़ा कमज़ोर मालूम पड़ता था।

लाज़ारा दाविस बुद्धिमान थी, उसका स्वभाव तीखा था लेकिन दिल कोमल। वह ख़ुद को एक शुद्ध वृषभ मानती थी और उसे नक्षत्र के शगुन-अपशगुन पर अन्धविश्वास था। हालाँकि, वह करोड़पतियों की ज्योतिष बनने का सपना कभी पूरा नहीं कर पाई लेकिन बीच-बीच में अमीर महिलाओं के लिए कैरीबियाई खाना बनाकर वह घर ख़र्च के लिए अपनी तरफ़ से योगदान देती रहती थी, जो अपने मेहमानों से कहतीं कि खाना उन्होंने बनाया है और वाहवाही लूटतीं। दूसरी ओर, ओमेरो कुछ ज़्यादा ही गम्भीर और शर्मीला था

और जितना करता था उससे ज़्यादा करने की उसकी हैसियत नहीं थी, लेकिन लाज़ारा उसके दिल की मासूमियत और यौन क्षमता के चलते उसके बिना जीवन की कल्पना भी नहीं कर सकती थी। अभी तक तो सब ठीक था लेकिन आनेवाला समय मुश्किल होता जा रहा था, क्योंकि बच्चे बड़े हो रहे थे। जब तक राष्ट्रपति पहुँचे, उन्होंने अपनी पाँच साल की बचत को ख़र्च करना शुरू कर दिया था। इसलिए जब ओमेरो रे ने उन्हें अस्पताल के बीमार गुप्त लोगों के बीच पाया, तो उनकी उम्मीदें जाग उठी थीं।

वे निश्चित रूप से नहीं जानते थे कि वे क्या माँगेंगे या किस अधिकार से। सबसे पहले उन्होंने पूर्ण अन्तिम संस्कार कर पैसे बनाने की योजना बनाई थी, जिसमें शव का संलेपन और देश प्रत्यावर्तन शामिल थे। लेकिन कुछ समय बाद उन्हें अहसास हुआ कि मृत्यु उतनी नज़दीक नहीं थी जितनी शुरू में लग रही थी। जिस दिन ओमेरो ने उनके साथ दोपहर को खाना खाया उस दिन से उनका शक यक़ीन में बदलने लगा था।

सच तो यह है कि ओमेरो कभी विश्वविद्यालय ब्रिगेड या ऐसे किसी अभियान का नेता था ही नहीं और जब एक बार उसने चुनावी अभियान में भाग लिया था तभी वह तसवीर खिंची थी, जो उन्हें पता नहीं कैसे अलमारी में पड़ी मिल गई थी। लेकिन उनके उत्साह में ईमानदारी थी। यह भी सच था कि सैन्य तख़्तापलट के ख़िलाफ़ प्रोटेस्ट में भाग लेने के कारण उसे देश से भागना पड़ा था। हालाँकि इतने वर्षों के बाद भी जेनेवा में रहते रहने का एकमात्र कारण था उसमें साहस की कमी होना। इसलिए राष्ट्रपति की कृपादृष्टि पाने के लिए एक छोटा-सा झूठ बोलना कोई बड़ी बात नहीं थी।

दोनों के लिए आश्चर्य की पहली बात थी कि राष्ट्रपति महोदय एशियाई प्रवासियों और बाज़ारू महिलाओं के बीच लेस ग्रोट्स के सुनसान इलाक़े में एक चौथे दर्जे के होटल में रह रहे थे। साथ ही वह सस्ते, ग़रीबोंवाले होटलों में खाना खाते थे, जबकि जेनेवा उन जैसे पदच्युत राजनेताओं के रहने के लिए बेहतरीन जगह थी। ओमेरो ने उन्हें दिन-प्रतिदिन उस दिन के कृत्यों को दोहराते हुए देखा था। पुराने शहर की ग़मगीन या भद्दी दीवारों और पीले फूलों के बीच रात की सैर में वह उनके साथ था, कभी थोड़ी दूरी बनाकर और कभी क़रीब।

उसने राष्ट्रपति को जॉन केल्विन (फ्रांसीसी धर्मशास्त्री एवं सुधारक) की मूर्ति के सामने घंटों एकाग्रचित खड़े देखा था। चमेली की महक से बेदम, उनके क़दम से क़दम मिलाकर वह पत्थर की सीढ़ियों पर भी चढ़ा था ताकि बोर डी फोर के शीर्ष से सुस्त गर्मियों का डूबता सूरज देख सके। एक रात मौसम की पहली बौछार में उसने राष्ट्रपति को रुबिनस्टीन संगीत कार्यक्रम के लिए बिना कोट या छाते के छात्रों के साथ क़तार में खड़े देखा। "पता नहीं उन्हें निमोनिया कैसे नहीं हुआ," उसने बाद में अपनी पत्नी से कहा। पिछले शनिवार, जब मौसम बदलना शुरू हुआ, तो ओमेरो ने उन्हें नक़ली मिंक कॉलरवाला जाड़े का कोट ख़रीदते देखा था, लेकिन र्‍यु द रॉन की चमचमाती दुकानों से नहीं, जहाँ रईस भगोड़े ख़रीदारी करते थे बल्कि पुराने कपड़ों की दुकान से।

"इसका मतलब सब बेकार है!" लाज़ारा ने कहा जब ओमेरो ने उससे वह क़िस्सा बयान किया। "वह निरा कंजूस है, जो दान-दक्षिणा से सामूहिक क़ब्र में दफ़नाया जाने वाला है। हमें इससे कभी कुछ नहीं मिलेगा।"

"शायद वह वास्तव में ग़रीब हैं," ओमेरो ने कहा, "इतने सालों से बेरोज़गार जो हैं।"

"ओह बेबी, मीन लग्नवाला मौन होना एक बात है और मूर्ख होना दूसरी बात," लाज़ारा ने कहा। "हर कोई जानता है कि वह देश का सोना लेकर भागे थे और मार्तीनिक के सबसे अमीर निर्वासित व्यक्ति हैं।"

ओमेरो, जो उम्र में उससे दस साल बड़ा था, बचपन भर इस ख़बर से प्रभावित होकर बड़ा हुआ था कि राष्ट्रपति ने निर्माण श्रमिक का काम करते हुए जेनेवा में पढ़ाई की थी। दूसरी तरफ़ लाज़ारा प्रतिपक्षी प्रेस के घोटालों की ख़बरों के बीच बड़ी हुई थी। वे ख़बरें जो दुश्मनों के घरों में और बढ़-चढ़कर बताई गई थीं, वो घर जहाँ वह बचपन से काम करती थी। इसलिए जिस रात ओमेरो ख़ुशी में चूर घर लौटा था क्योंकि उसने राष्ट्रपति के साथ दोपहर का भोजन किया था, लाजारा को महँगे रेस्तराँ का तर्क समझ नहीं आया। वह नाराज़ थी कि ओमेरो ने कुछ भी नहीं माँगा, जिसके उन्होंने सपने देखे थे, बच्चों के लिए छात्रवृत्ति से लेकर अस्पताल में बेहतर नौकरी तक। इस बात की पुष्टि तब हो गई जब उसे पता चला कि राष्ट्रपति ने अपने जनाज़े

पर ख़र्च करने के बजाय अपने शरीर को गिद्धों के लिए छोड़ने का फ़ैसला किया है। लेकिन आख़िरी झटका तो उसे तब लगा जब ओमेरो ने बताया कि उसने गुरुवार रात को झींगा और चावल के डिनर के लिए राष्ट्रपति को आमंत्रित किया है।

"बस इसी की कमी थी," लाज़ारा ने चिल्लाते हुए कहा, "कि वह यहाँ डिब्बे वाले झींगे खाकर मर जाए और उसे बच्चों के लिए बचाए पैसों से दफ़नाना पड़े।" ख़ैर उसकी वैवाहिक वफ़ादारी ने उसका मन बदल दिया। उसने एक पड़ोसी से जर्मन सिल्वर के बर्तन और काँच के कटोरे उधार लिये तथा दूसरी से एक इलेक्ट्रिक कॉफ़ी मशीन व एक अन्य पड़ोसन से कढ़ाई वाला टेबल-क्लॉथ और कॉफ़ी के लिए चीनी मिट्टी के कप-प्लेट। उसने पुराने पर्दे बदलकर नये टाँग दिये जो केवल त्योहारों पर निकलते थे। कुर्सियों से कवर भी हटा दिये। उसने पूरा दिन फ़र्श को साफ़ करने, धूल झाड़ने, चीज़ों को बदलने में बिताया, और अन्ततः अपने मक़सद के विपरीत काम किया, यानी अपने मेहमान के सामने अपनी ग़रीबी का ढिंढोरा पीटना। अपितु उसने मेहमान को अपनी ग़रीबी की शिष्टता से परिचित कराया।

गुरुवार की रात, आठ मंज़िलें चढ़ने के बाद जब उनकी साँस में साँस आई तो राष्ट्रपति अपने नये ख़रीदे पुराने कोट और बीते ज़माने की ख़रबूज़े सरीखी टोपी में दरवाज़े पर नज़र आए, लाज़ारा के लिए एक गुलाब लिये। वह उनकी राजसी छवि और शिष्टाचार से प्रभावित तो हुई, लेकिन इन सबसे परे उसे वह वैसे ही नज़र आए जैसे कि उसे उम्मीद थी—नक़ली और लालची। उसे यह बात काफ़ी ख़राब लगी कि उसने खिड़कियाँ खोलकर खाना बनाया था ताकि झींगे की महक घर भर में न समा जाए लेकिन उन्होंने अन्दर आते ही आँख बन्द करके गहरी साँस ली, मानो निर्वाण को प्राप्त हो गए हों और अपनी बाँहें फैलाकर कहा, "आह, हमारे समुद्र की महक!" मात्र एक गुलाब लाने की वजह से लाज़ारा ने उन्हें और भी कंजूस क़रार दिया, और उसे इस बात का पक्का यक़ीन था कि यह फूल भी वह सरकारी बग़ीचे से तोड़कर लाए होंगे। जब उन्होंने ओमेरो द्वारा कमरे की दीवार पर प्यार से लगाए अपने राष्ट्रपति पद के समय की अख़बारों की कतरनों और चुनाव-प्रचार के झंडों

व पोस्टरों को तिरस्कारपूर्वक देखा तो उसे बहुत ख़राब लगा। उसे चुभा कि उन्होंने बारबरा और लाज़ारो का अभिवादन भी नहीं किया, जबकि बच्चों ने उनके लिए तोहफ़े बनाए थे। रात के खाने के वक़्त उन्होंने दो चीज़ों का उल्लेख किया जो उन्हें बर्दाश्त नहीं थीं—कुत्ते और बच्चे। लाज़ारा को उनसे नफ़रत हो गई। लेकिन आतिथ्य की उसकी कैरीबियाई भावना उसकी नफ़रत पर भारी पड़ी। उसने अपनी ख़ास अफ़्रीकी ड्रेस और सानतेरिया मोती की कैरीबियाई माला पहनी थी। खाने के दौरान उसने न तो कोई फालतू शब्द बोला और न ही कुछ ग़लत किया। वह अनिंद्य सुन्दरी थी, वह परफ़ेक्ट थी!

सच तो यह था कि झींगा और चावल बनाने में उसको महारत हासिल नहीं थी, लेकिन उसने इतने मन से पकाया कि काफ़ी अच्छा बन गया। राष्ट्रपति ने दो बार लिया और खुलकर प्रशंसा की। उन्हें पके हुए केले के पकौड़े और एवोकैडो सलाद भी बहुत पसन्द आया। हालाँकि राष्ट्रपति ने उन दोनों की तरह पुरानी यादों को नहीं कुरेदा। लाज़ारा तो सिर्फ़ सुनने को तैयार थी लेकिन मीठा खाते वक़्त ओमेरो ने भगवान के अस्तित्व की बात छेड़ दी।

"मुझे विश्वास है कि ईश्वर है," राष्ट्रपति ने कहा, "लेकिन उसका मनुष्यों से कोई लेना-देना नहीं है। वह कहीं ज़्यादा बड़ी चीज़ों में उलझे हुए हैं।"

"मैं केवल नक्षत्रों में विश्वास करती हूँ," लाज़ारा ने कहा और राष्ट्रपति की प्रतिक्रिया का परीक्षण किया।

"आपका जन्मदिन कब है?"

"11 मार्च।"

"मुझे मालूम था," लाज़ारा की आवाज़ विजय-भाव से ओत-प्रोत थी। उसने आगे पूछा, "आपको नहीं लगता कि एक ही मेज़ पर दो मीन राशि वाले ज़्यादा हैं?"

जब वह कॉफ़ी बनाने रसोईघर में गई, दोनों आदमी तब भी ईश्वर के बारे में ही बात कर रहे थे। उसने मेज़ साफ़ की। वह दिल से मना रही थी कि शाम अच्छी गुज़रे। कॉफ़ी लेकर वह जैसे ही ड्रॉइंग रूम में दाख़िल हुई तो राष्ट्रपति के एक वाक्य को सुनकर वह स्तब्ध रह गई।

"इसमें कोई शक नहीं है दोस्त कि मेरे राष्ट्रपति होने से ज़्यादा बुरा हमारे बेचारे देश के लिए कुछ नहीं हो सकता था।"

ओमेरो ने लाज़ारा को दरवाज़े पर उधार के चीनी मिट्टी के टी सेट के साथ खड़े देखा और उसे लगा कि वह बेहोश हो जाएगी। राष्ट्रपति की नज़र भी उस पर पड़ी। "मुझे ऐसे मत देखिए मैडम," उन्होंने सहजता से कहा। "मैं दिल से बोल रहा हूँ।" फिर ओमेरो की तरफ़ मुड़ते हुए अपनी बात ख़त्म की—

"अभी मैं अपनी मूर्खता के लिए भारी क़ीमत चुका रहा हूँ।"

लाज़ारा ने कॉफ़ी ढाली और मेज़ पर लटका लैम्प बन्द किया, जिसकी रोशनी से बातचीत में बाधा-सी पड़ रही थी। लैम्प बन्द करते ही कमरा एक अन्तरंग उदासी में डूब गया। पहली बार लाज़ारा को अपने अतिथि में दिलचस्पी हुई, जिसकी हाज़िरजवाबी उसकी उदासी को छिपा नहीं पा रही थी। लाज़ारा की उत्सुकता तब और बढ़ गई जब उन्होंने कॉफ़ी ख़त्म की और कप प्लेट पर उलटा रख दिया।

खाने के बाद की बातचीत में राष्ट्रपति ने उन्हें बताया कि उन्होंने अपने निर्वासन के लिए मार्तीनिक द्वीप का चुनाव कवि ऐमे सेसेयर के साथ दोस्ती होने के कारण किया था। उसी दौरान ऐमे सेसेयर की कृति 'काइएर द'अन रिटूर औ पेस नताल' (घर वापसी का लेखा-जोखा) प्रकाशित हुई थी, जिसने उन्हें एक नई ज़िन्दगी शुरू करने में मदद की थी। पत्नी की पैतृक सम्पत्ति से जो कुछ बचा था, उससे उन्होंने फोर्ट द फ्रांस की पहाड़ियों में लकड़ी का एक घर ख़रीदा, जिसकी खिड़कियों पर जालियाँ थीं और समुद्र की तरफ़ आदिम फूलों से भरी एक छत थी, जहाँ झींगुर की आवाज़ और चीनी मिलों से आती शीरे और रम की महक से भरी हवा में सोने का आनन्द ही कुछ और था। वह अपनी पत्नी के साथ वहाँ रहे जो उनसे चौदह साल बड़ी थीं और अपने एकमात्र बच्चे को जन्म देने के बाद से ही बीमार थीं। राष्ट्रपति ने अपनी क़िस्मत से कोई समझौता नहीं किया और मज़बूती से डटे रहे। लैटिन क्लासिक्स को कई बार पढ़ते हुए, इस दृढ़ विश्वास के साथ कि जैसे यह उनके जीवन का अन्तिम काम हो। सालों तक उन्हें अपने पराजित समर्थकों द्वारा किये जानेवाले सभी प्रकार के साहसिक प्रलोभनों का विरोध करना पड़ा।

"मैंने फिर कभी भी कोई पत्र नहीं खोला," उन्होंने कहा। "कभी नहीं, ख़ास तौर से जब मुझे यह पता चला कि एक सप्ताह बाद सबसे ज़रूरी ख़त भी ज़रूरी नहीं रह जाता और दो महीने बाद किसी को भी उन ख़तों की याद नहीं आती, यहाँ तक कि लिखने वाले भी भूल जाते हैं।"

जब लाज़ारा ने सिगरेट जलाई तो उन्होंने माचिस की रोशनी में उसकी तरफ़ देखा और फट से उसके हाथों से सिगरेट ले ली। एक गहरा क़श लिया और धुआँ गले में रोक लिया। चौंककर लाज़ारा ने दूसरी जलाने के लिए माचिस और सिगरेट की डिब्बी उठाई लेकिन तभी उन्होंने जलती हुई सिगरेट उसे लौटा दी। "आप इतने मन से पीती हैं सिगरेट कि मैं अपने-आप को रोक नहीं सका," उन्होंने कहा। फिर उन्हें धुआँ छोड़ना पड़ा क्योंकि खाँसी आ गई।

"मैंने कई साल पहले सिगरेट पीना छोड़ दिया था, लेकिन उसने मुझे पूरी तरह से नहीं छोड़ा," उन्होंने कहा—"कभी-कभी वह मुझे हरा देती है। जैसे कि अभी।"

खाँसी आने से दो बार और उनका शरीर काँप गया। दोबारा दर्द भी उठ आया था। राष्ट्रपति ने जेब से घड़ी निकालकर समय देखा और रात की दो गोलियाँ लीं। फिर उन्होंने कप की तलहटी की जाँच की—कुछ भी नहीं बदला था, लेकिन इस बार वह चौंके नहीं।

उन्होंने कहा, "मेरे बाद मेरे कुछ पूर्व समर्थक राष्ट्रपति बने हैं।"

"सायागो," ओमेरो ने कहा।

"सायागो के अलावा भी कई और," उन्होंने कहा। मेरे जैसे कई हैं जो एक ऐसे सम्मान को पाना चाहते थे जिसके हम लायक नहीं थे, एक ऐसा काम जो हमें करना ही नहीं आता था। कुछ लोग केवल सत्ता का पीछा करते हैं, लेकिन अधिकांश इससे भी कम की चाहत रखते हैं—जैसे रोज़गार।"

लाज़ारा आग बबूला हो गई।

"क्या आप जानते हैं कि आपके बारे में लोग क्या कहते हैं?" उसने पूछा। घबराकर ओमेरो ने बीच में टोका—

"सब झूठ है।"

"झूठ है भी और नहीं भी," राष्ट्रपति ने शान्ति से कहा। "एक राष्ट्रपति

के सन्दर्भ में, सबसे बुरी बदनामी एक ही समय में सच और झूठ दोनों हो सकती है।

निर्वासन का पूरा समय वह मार्तीनिक में रहे, बाहरी दुनिया के साथ उनका एकमात्र सम्पर्क था अख़बार में छपे समाचार। एक सरकारी स्कूल में स्पैनिश और लैटिन पढ़ाकर उन्होंने अपना ख़र्च चलाया और उन अनुवादों से भी कुछ पैसे कमाए जो ऐमे सेसेयर ने समय-समय पर उन्हें करने को दिये। अगस्त में असहनीय गर्मी थी, और वह अपने बेडरूम में पंखे की आवाज़ पर ध्यान केन्द्रित किये दोपहर तक झूले में पड़े रहते, जबकि उनकी पत्नी दिन के सबसे गर्म समय में भी धूप से बचने के लिए नक़ली फल और फूलों से सजी बड़ी-सी टोपी पहनकर उन पक्षियों की देखभाल करतीं, जिन्हें उन्होंने पाला था। लेकिन जब गर्मी कम हो जाती तो छत पर ठंडी हवा में बैठना उन्हें अच्छा लगता था; अँधेरा होने तक उनकी आँखें समुद्र पर टिकी रहतीं और उनकी पत्नी बेंत की हिलने वाली कुर्सी पर फटी हुई टोपी और हर उँगली पर चमकीले पत्थरोंवाली अँगूठियाँ पहने, दुनिया भर के जहाज़ों को गुज़रते हुए देखती रहतीं। "यह जहाज़ प्यूर्तो सांतो जा रहा है और प्यूर्तो सांतो के केलों से इतना लदा हुआ है कि हिल भी नहीं पा रहा," वह कहतीं। क्योंकि उनके लिए यह सोचना भी असम्भव था कि वहाँ से गुज़रता कोई भी जहाज़ उनके देश का नहीं था। वह अनसुनी कर देते लेकिन समय के साथ उनकी पत्नी एक मामले में उनसे बेहतर साबित हुईं कि उनकी याददाश्त चली गई। वह तब तक ऐसे ही बैठे रहते जब तक कि गोधूलि की बेला समाप्त नहीं हो जाती और मच्छरों से हारकर उन्हें घर में शरण नहीं लेनी पड़ती। ऐसे ही अगस्त के महीने में एक बार जब वह छत पर अख़बार पढ़ रहे थे तो चौंक उठे।

"अरे बाप रे!" उन्होंने कहा, "एस्टोरील में मेरी मृत्यु हो गई है।"

नींद में झूल रही उनकी पत्नी भी यह ख़बर सुनकर चौंक गईं। यह अख़बार वहीं पास में छपता था जिसमें उनके किये अनुवाद छपते थे और अख़बार का प्रबन्धक अक्सर उन्हें मिलने भी आता था। पाँचवें पन्ने पर छह पंक्तियाँ छपी थीं। अख़बार में छपी ख़बर के अनुसार यूरोपीय पतन के मन्दिर

एस्टोरिल डी लिस्बोआ में उनकी मौत हो गई थी, जहाँ वे कभी गए ही नहीं थे और जो शायद दुनिया में एकमात्र जगह थी जहाँ वे मरना नहीं चाहते थे। एक साल बाद हक़ीक़त में उनकी पत्नी स्वर्ग सिधार गईं, अपनी आख़िरी याद से पीड़ित—अपने इकलौते बेटे की याद, जिसने अपने पिता के तख़्तापलट में हिस्सा लिया था और जिसे बाद में उसके ही सहयोगियों ने गोली मार दी थी।

राष्ट्रपति ने गहरी साँस ली। "हम ऐसे ही हैं और हमारा कुछ नहीं हो सकता," उन्होंने कहा। "एक ऐसा महाद्वीप जिसकी कल्पना दुनिया के सबसे गिरे हुए लोगों ने प्यार के एक पल की कल्पना के बग़ैर की थी—अपहरण, बलात्कार, नापाक व्यवहार, छल, दुश्मनी।" उन्होंने लाज़ारा की अफ्रीकी आँखों को देखा; जो बिना तरस खाए उन्हें घूर रही थीं, और उन्होंने एक पुण्यात्मा की तरह मधुर वाणी बोलकर उसको जीतने की कोशिश की।

"नस्लों के मिलने का मतलब है आँसू और ख़ून का मिश्रण। ऐसे मिश्रण से क्या उम्मीद की जा सकती है?"

लाज़ारा ने उन्हें इतने ग़ुस्से से देखा कि अगर कोई नज़रों से मार सकता तो वह मर जाते। लेकिन आधी रात होने से पहले उसने अपने ग़ुस्से पर क़ाबू कर लिया और पूरी औपचारिकता निभाते हुए उनसे विदा ली। राष्ट्रपति ने ओमेरो को होटल तक आने से मना किया लेकिन टैक्सी ढूँढ़ने में मदद करने से नहीं रोक पाए। जब ओमेरो घर लौटा तो उसने अपनी पत्नी को ग़ुस्से से लाल-पीला देखा।

"यह दुनिया का एक ऐसा राष्ट्रपति है जिसे हटा देना एकदम ठीक था। साला क़मीना।" उसने कहा।

हालाँकि ओमेरो ने उसे शान्त करने की भरसक कोशिश की, फिर भी वो रात बहुत मुश्किल से कटी। लाज़ारा ने माना कि उसने इतने आकर्षक आदमी कुछ ही देखे थे, जो औरतों को वशीभूत कर सकते थे और जिनमें घोड़े सरीखा पौरुष था। "हालाँकि बूढ़ा है और बर्बाद हो चुका है, लेकिन बिस्तर में अभी भी शेर होगा," उसने कहा। लेकिन उसका मानना था कि दिखावे की सेवा में ईश्वर के इन उपहारों को उन्होंने बर्बाद कर दिया था। उनका घमंड से कहना कि वे अपने देश के सबसे ख़राब राष्ट्रपति थे, उसे बर्दाश्त नहीं था। न ही

उनके तपस्वी होने का ढोंग, क्योंकि लाज़ारा को विश्वास था कि वे मार्तीनिक के आधे चीनी बागानों के मालिक थे। या सत्ता के प्रति उनकी अवमानना का पाखंड, जबकि यह स्पष्ट था कि वे राष्ट्रपति पद पर लौटने के लिए कुछ भी करेंगे ताकि अपने दुश्मनों को धूल चटा सकें।

"और यह सब इसलिए था ताकि हम उनके चरण धोकर पिएँ।"

"इससे उनको क्या मिलेगा?" ओमेरो ने पूछा।

"कुछ नहीं," उसने कहा। "बात सिर्फ़ इतनी है कि लोगों को सम्मोहित करना एक लत है और अगर एक बार लग जाए तो छूटती नहीं।"

वह इतने ग़ुस्से में थी कि ओमेरो उसके साथ सो भी नहीं सका और उसने रात सोफ़े पर कम्बल में बिताई। आधी रात को लाज़ारा उठ गई, पूरी नग्न, क्योंकि वह ऐसे ही सोती थी और घर पर ऐसे ही रहती थी फिर उसने अपने-आप से एकतरफ़ा बात करना या कहें कि बड़बड़ाना शुरू कर दिया था। एक ही पल में उसने उस रात्रिभोज के सभी निशान मिटा दिये। सुबह होते ही उधार ली गई चीज़ों को लौटाया, पुराने पर्दे दोबारा लगाए और फ़र्नीचर को सही जगह पर रखा। घर एक बार फिर उतना ही दरिद्र और ठीक-ठाक हो गया जितना पिछली रात तक हुआ करता था। अन्त में उसने सारी प्रेस कटिंग, पोस्टर और झंडे उतारकर कूड़े में फेंक दिये।

"भाड़ में जाओ," वह चिल्लाई।

अगले हफ़्ते रात को खाने के बाद, ओमेरो ने राष्ट्रपति को अस्पताल के बाहर उसका इन्तज़ार करते हुए पाया। उन्होंने ओमेरो से उनके साथ होटल चलने का अनुरोध किया। तीन मंज़िल चढ़कर वे एक बरसाती में पहुँचे, जिसमें एक ही रोशनदान था, जो बाहर स्लेटी आसमान की तरफ़ खुलता था; कमरे में बँधी रस्सी पर कपड़े सूख रहे थे। आधा कमरा डबल बेड से घिरा हुआ था, उसके अलावा वहाँ एक कुर्सी, एक चिलमची, एक पोर्टेबल बिडेट और छोटी सी अलमारी थी जिसका आईना एकदम धुँधला था। राष्ट्रपति देख रहे थे कि ओमेरो क्या सोच रहा है।

"जब पढ़ता था तो यहीं रहता था," उन्होंने सफ़ाई देते हुए कहा। "मैंने फोर्ट द फ्रांस से ही बुकिंग कर ली थी।"

राष्ट्रपति ने मख़मल के एक बैग से अपनी सम्पत्ति के अन्तिम अवशेषों को निकालकर बिस्तर पर रख दिया—क़ीमती पत्थरों वाले सोने के कंगन, तीन लड़ीवाला मोतियों का हार और सोने व क़ीमती पत्थरों के दो अन्य हार; सन्तों के लॉकेट वाली सोने की तीन चेन और पन्ना जड़ी सोने की बालियों की एक जोड़ी तथा एक हीरे वाली और एक रूबी वाली; दो छोटे गिरजाघर और एक लॉकेट; क़ीमती पत्थरों वाली ग्यारह अँगूठियाँ और एक शानदार मुकुट जो किसी रानी के लायक था। फिर उन्होंने एक दूसरी थैली से मैचिंग टाई क्लिप के साथ के कफ़ लिंक के तीन जोड़े एक चाँदी का और दो सोने के तथा सोने में मढ़ी एक पॉकेट घड़ी निकाली। अन्त में, उन्होंने एक जूते के बक्से से छह सजावटी चीज़ें निकालीं : दो सोने की, एक चाँदी की और बाक़ी कूड़ा।

"मेरे पास जीवन में बस इतना ही शेष है," उन्होंने कहा।

अपने इलाज के ख़र्चे के लिए उनके पास सब कुछ बेचने के अलावा कोई विकल्प नहीं था, और वह चाहते थे कि ओमेरो उनके लिए यह काम करे। लेकिन ओमेरो को लगा कि बिना रसीद के वह कुछ नहीं कर पाएगा।

राष्ट्रपति ने समझाया कि ये उनकी पत्नी के जेवर हैं जो उनकी दादी द्वारा दी गई विरासत है जिन्हें औपनिवेशिक काल में कोलम्बिया की सोने की खानों में हिस्सेदारी का मौक़ा मिला था। घड़ी, कफ़ लिंक और टाई पिन उनके थे। सजावट वाली चीज़ें भी ज़ाहिर है किसी और की नहीं थीं।

"मुझे नहीं लगता कि ऐसी चीज़ों का किसी के पास भी बिल होता होगा," उन्होंने कहा। लेकिन ओमेरो अपनी बात पर अड़ा रहा।

"तो फिर, ख़ुद यह काम करने के अलावा मेरे पास कोई चारा नहीं है," राष्ट्रपति ने कहा।

वे शान्त भाव से जेवर बटोरने लगे। "प्रिय ओमेरो, विनती करता हूँ कि मुझे माफ़ करना। क्या करूँ, एक राष्ट्रपति की ग़रीबी से बदतर ग़रीबी कोई नहीं होती," उन्होंने कहा। "यहाँ तक कि ज़िन्दा रहना भी घृणित लगता है।" तब ओमेरो ने उन्हें दिल की नज़र से देखा और हथियार डाल दिये।

उस रात, लाज़ारा देर से घर लौटी। दरवाज़े से ही उसने डाइनिंग रूम की तेज रोशनी में चमकते गहनों को देखा और ऐसा लगा मानो उसने अपने बिस्तर पर बिच्छू देख लिया हो।

"तुम कर क्या रहे हो," उसने डरते हुए कहा। "ये चीज़ें यहाँ क्यों हैं?"

ओमेरो के जवाब ने उसे और भी परेशान कर दिया। एक सुनार की तरह उसने एक-एक करके गहनों की जाँच की। फिर एक गहरी साँस ली— "यह तो ख़ज़ाना है।" और वह ओमेरो को देखती रही लेकिन अपनी कशमकश से बाहर निकलने का उसे कोई हल नज़र नहीं आ रहा था।

"क्या बकवास है?" उसने कहा। "हम कैसे विश्वास कर सकते हैं कि यह आदमी सच बोल रहा है?"

"और क्यों नहीं?" ओमेरो ने कहा। "मैंने देखा है वे अपने कपड़े ख़ुद धोते हैं, और हमारी तरह कमरे में बँधी एक रस्सी पर सुखाते हैं।"

"कंजूस हैं इसलिए," लाज़ारा ने कहा।

"या फिर ग़रीब," ओमेरो ने कहा। लाज़ारा ने दोबारा गहनों की पड़ताल की, लेकिन इस बार उतनी बारीक़ी से नहीं क्योंकि वह भी हार मान चुकी थी। इसलिए अगली सुबह उसने अपने सबसे अच्छे कपड़े पहने, उन गहनों को पहना जो कुछ ज़्यादा ही महँगे लग रहे थे, प्रत्येक उँगली पर जितनी हो सकें उतनी अँगूठियाँ पहनीं, यहाँ तक कि अपने अँगूठे पर भी और हर हाथ में उतने कंगन पहन लिये जितने पहन सकती थी, और उन्हें बेचने निकल पड़ी। "देखते हैं कि लाज़ारा दाविस से कौन बिल माँगता है," उसने हँसते हुए कहा। उसने गहने की ऐसी दुकान चुनी, जहाँ प्रतिष्ठा की तुलना में दिखावा अधिक था। उसे पता था कि यहाँ बिना ज़्यादा सवालों के ख़रीदारी और बिक्री होती थी। अन्दर से काँपते हुए लेकिन दृढ़ता से उसने दुकान में प्रवेश किया।

बो टाई के साथ सूट पहने हुए एक दुबले-पतले सेल्समैन ने नाटकीय ढंग से झुकते हुए उसका हाथ चूमा और पूछा कि वह कैसे उसकी मदद कर सकता है। तेज़ रोशनी और शीशों की वजह से दुकान के अन्दर दिन की रोशनी से भी ज़्यादा उजाला था और पूरी की पूरी दुकान हीरे से बनी लग रही थी। इस डर से कि कहीं वह उसका झूठ न पकड़ ले, लाज़ारा क्लर्क को

नज़रअन्दाज़ करते हुए दुकान के अन्दर की तरफ़ चली गई।

दुकानदार ने उसे एक पुराने ज़माने की मेज़ पर बैठने को कहा जो उसके लिए काउंटर का काम करती थी, और उस पर एक साफ़ रूमाल फैलाया। फिर वह लाज़ारा के सामने बैठ गया और इन्तज़ार करने लगा।

"मैं आपकी क्या मदद कर सकता हूँ?"

लाज़ारा ने अपनी अँगूठियाँ, कंगन, हार, झुमके, जो कुछ भी था सब कुछ शतरंज की बाज़ी बिछाने की तरह मेज़ पर रख दिया। उसने कहा कि वह सिर्फ़ इनकी असली क़ीमत पता करना चाहती थी।

जौहरी ने बाईं आँख में मोनोकल लगाया और शान्ति से गहनों की जाँच करने लगा। थोड़ी देर बाद, जाँच रोके बिना ही उसने पूछा—

"आप कहाँ से हैं?"

लाज़ारा को अन्दाज़ा भी नहीं था कि यह सवाल उठेगा।

"ओह, जनाब, बहुत दूर से," उसने कहा।

"हाँ, लगता है," उसने कहा।

वह फिर से चुप हो गया। लाज़ारा की सुनहरी आँखें उसे परख रही थीं। जौहरी ने हीरे के मुकुट पर विशेष ध्यान दिया और उसे अन्य गहनों से अलग कर दिया। लाज़ारा ने गहरी साँस ली।

"आप कन्या राशि के लगते हैं," उसने कहा।

जौहरी ने अपना परीक्षण जारी रखा। "आपको कैसे पता?"

"आपके व्यवहार से," लाज़ारा ने कहा।

काम ख़त्म करने तक उसने अन्य कोई टिप्पणी नहीं की। और अन्त में उसी एहतियात से बात की जैसे शुरू में की थी।

"यह सब कहाँ से आया?"

"दादी की विरासत है," लाज़ारा की आवाज़ में तनाव था। "पिछले साल, 97 साल की उम्र में वह पारामारिबो में गुजर गईं।"

जौहरी ने उसकी आँखों में देखा। "मुझे अफ़सोस है," उसने कहा। "लेकिन इन जेवरों का मूल्य सिर्फ़ सोने के वज़न का है। उसने टियारा उठाया और रोशनी के नीचे चमकाया।

"इसको छोड़कर," उसने कहा। यह बहुत प्राचीन है, शायद मिस्र का है, और अगर इसके हीरे ख़राब नहीं होते तो यह बेशक़ीमती होता। लेकिन इसका अभी भी एक ऐतिहासिक मूल्य है।"

दूसरी ओर, अन्य गहनों के पत्थर जैसे एमेथिस्ट, पन्ना, माणिक, ओपल सभी, बिना किसी शक के, नक़ली थे। "इसमें कोई सन्देह नहीं है कि मूल अच्छे रहे होंगे," जौहरी ने उन्हें वापस करने के लिए उठाते हुए कहा। "लेकिन एक पीढ़ी से दूसरी पीढ़ी तक आते-आते असली नगों की जगह काँच ने ले ली।" लाज़ारा को मितली आने लगी। उसने एक गहरी साँस ली और अपने-आप पर क़ाबू पाने की कोशिश की। दुकानदार ने उसे दिलासा दिया—

"ऐसा अक्सर होता है, मैडम।"

"मालूम है," लाज़ारा ने राहत की साँस लेते हुए कहा। "इसीलिए मैं इनसे निजात पाना चाहती हूँ।"

फिर उसने महसूस किया कि वह ज़्यादा समय तक झूठ नहीं बोल सकती इसलिए वह अपने असली रूप में आ गई। बिना किसी हिचकिचाहट के उसने अपने पर्स से कफ़ लिंक, पॉकेट घड़ी, टाई पिन, सोने और चाँदी की सजावट और राष्ट्रपति के बाक़ी व्यक्तिगत जेवर निकाले और सब कुछ मेज़ पर रख दिया।

"यह भी?" जौहरी ने पूछा।

"सब कुछ," लाज़ारा ने कहा।

जिन स्विस फ्रैंक से भुगतान किया गया, वे इतने नये थे कि उसे डर था उनकी स्याही से उसकी उँगलियाँ गंदी हो जाएँगी। अत: उसने बिना गिने ही पैसे रख लिये और दुकानदार से उसने वैसे ही विदा ली जैसे उसने अभिवादन किया था। बाहर निकलते समय दुकानदार ने उसके लिए काँच का दरवाज़ा खोला और एक क्षण रुककर कहा, "और एक आख़िरी बात मैडम, मैं कुम्भ राशि का हूँ।"

उसी शाम ओमेरो और लाज़ारा पैसे लेकर होटल गए, और दोबारा गिनने के बाद उन्होंने पाया कि अभी भी थोड़ा और पैसा चाहिए। इसलिए

राष्ट्रपति ने अपनी शादी की अँगूठी, घड़ी व चेन, कफ लिंक और टाई क्लिप बिस्तर पर रख दिये।

लाज़ारा ने अँगूठी वापस दे दी।

"इसे देने की ज़रूरत नहीं है," उसने कहा। "ऐसी स्मृतियों का सौदा नहीं किया जा सकता।" राष्ट्रपति ने उसकी बात मान ली और अँगूठी दोबारा पहन ली। लाज़ारा ने घड़ी और चेन भी लौटा दी। "यह भी नहीं," उसने कहा। राष्ट्रपति हालाँकि उससे सहमत नहीं थे, लेकिन फिर भी उन्होंने उन्हें अलग रख दिया।

"स्विट्जरलैंड में घड़ी बेचने की कोशिश कौन करेगा?"

"हम पहले ही कर चुके हैं," राष्ट्रपति ने कहा।

"हाँ, लेकिन घड़ी नहीं। हमने सोना बेचा।"

राष्ट्रपति ने कहा, "यह भी सोना ही है।"

"हाँ, लेकिन ऑपरेशन हो या न हो, आपको समय देखने के लिए घड़ी की ज़रूरत तो होगी ही," लाज़ारा ने कहा।

उसने उनके सुनहरे चश्मे को लेने से भी इनकार कर दिया। हालाँकि, उनके पास एक दूसरा चश्मा भी था। उसने कुछ चीज़ें हाथ में लीं और आगे बहस नहीं की।

"वैसे भी, यह काफ़ी होगा।" उसने कहा।

निकलने से पहले उसने गीले कपड़े रस्सी से उतारे और बिना कुछ कहे रख लिये ताकि घर पर सुखाकर इस्तरी कर सके। वे स्कूटर से गए, जो ओमेरो चला रहा था और लाज़ारा ने पीछे बैठकर उसकी कमर में बाँह डाल रखी थी। गोधूलि की बेला थी और स्ट्रीट लाइट जल रही थी। हवा ने आख़िर पत्तियों को भी गिरा दिया था और पेड़ कंकाल सरीखे लग रहे थे। रॉन नदी के किनारे से एक ट्रक गुज़रा जिसका रेडियो ज़ोर से बज रहा था और सड़क पर संगीत की तरंगें छोड़ रहा था। जॉर्जेस ब्रारोन्स का गीत था...। ओमेरो और लाज़ारा चुपचाप गीत और जलकुम्भी की ख़ुशबू की याद के नशे में डूबे हुए चले जा रहे थे। थोड़ी देर बाद, ऐसा लगा जैसे लाज़ारा लम्बी नींद से जागी हो।

"लानत है," उसने कहा।

"क्या?"

"बेचारा बूढ़ा आदमी," लाज़ारा ने कहा। "क्या बकवास जीवन है!

अगले शुक्रवार यानी 7 अक्तूबर को, राष्ट्रपति का पाँच घंटे लम्बा ऑपरेशन हुआ, हालाँकि हालत तो अभी भी पहले जैसी ही थी। बस वे जीवित थे। दस दिनों के बाद उन्हें वार्ड में शिफ्ट कर दिया गया जहाँ ओमेरो और लाज़ारा उनसे मिल सकते थे। वे एकदम बदले हुए लग रहे थे—विचलित और कमज़ोर। तकिये के छूने भर से उनके बाल झड़ रहे थे। पहले का कुछ बचा था तो वह थी उनके हाथों की कोमलता। दो छड़ियों के साथ चलने का उनका पहला प्रयास असफल साबित हुआ। एक रात उनका नर्स का ख़र्च बचाने के लिए लाज़ारा वहीं बग़ल में सो गई। उसी कमरे में मौजूद एक अन्य मरीज़ ने मौत के डर से रात भर चिल्लाते हुए गुज़ारी। उन अन्तहीन शामों ने लाज़ारा के मन से सब गिले-शिकवे मिटा दिये।

जेनेवा पहुँचने के चार महीने बाद उन्हें छुट्टी दे दी गई। उनके थोड़े-बहुत पैसे को सावधानी से सँभालते हुए ओमेरो ने अस्पताल के बिलों का भुगतान किया और अन्य कर्मचारियों के साथ उन्हें अपनी एम्बुलेंस में घर ले गया, जिन्होंने उन्हें आठवीं मंज़िल पर ले जाने में मदद की। उन लोगों ने उन्हें बच्चों के कमरे में रखा, वही बच्चे जिन्हें उन्होंने नज़रअन्दाज़ किया था, लेकिन धीरे-धीरे वह वास्तविकता से रूबरू हुए। उन्होंने अपना पूरा दम लगाकर बताए गए व्यायाम किये और एक बार फिर छड़ी के सहारे चलने लगे। लेकिन अब अच्छे कपड़े पहनने के बावजूद भी वह पहले जैसे नहीं लग रहे थे—न शक्ल से, न स्वभाव से। भयंकर सर्दी के डर से, जैसा कि पूर्वानुमान लगाया जा रहा था और वास्तव में वह सदी की सबसे कठोर सर्दी थी, डॉक्टरों के सुझाव के ख़िलाफ़ जो उन्हें थोड़ा और निगरानी में रखना चाहते थे, 13 दिसम्बर को उन्होंने मार्सेय से रवाना होने वाले जहाज़ पर घर लौटने का फ़ैसला किया, लेकिन पैसे कम थे, अतः लाज़ारा ने बिना पति को बताए बच्चों के लिए बचाए गए पैसों में से कुछ निकालने चाहे तो पाया कि

वो भी कम हैं। तब ओमेरो ने क़बूल किया कि अस्पताल के बिल को पूरा करने के लिए उसने कुछ पैसे लिये थे।

"ठीक है," लाज़ारा ने थककर कहा। "मान लेंगे कि यह हमारा बड़ा बेटा है।"

11 दिसम्बर को भारी बर्फ़ीले तूफ़ान के बीच मार्सेय से उन्हें ट्रेन में बिठाकर जब वे घर लौटे तो उन्हें बच्चों के बेडसाइड टेबल पर एक पत्र मिला। वहीं उन्होंने बारबरा के लिए अपनी शादी की अँगूठी छोड़ी थी, साथ ही अपनी मृत पत्नी की अँगूठी भी, जिसे उन्होंने कभी बेचने की कोशिश नहीं की, और लाज़ारो के लिए घड़ी। चूँकि रविवार था, अत: कुछ कैरीबियाई पड़ोसी जो यह रहस्य जान गए थे वेराक्रूज से एक हार्प बैंड के साथ कॉर्नेविन स्टेशन पर पहुँच गए थे—राष्ट्रपति मोटा कोट और लाज़ारा का लम्बा रंगीन मफ़लर पहने हुए भी हाँफ रहे थे, लेकिन फिर भी वे ट्रेन के आख़िरी डिब्बे के खुले हिस्से में खड़े तेज़ हवा के बीच अपनी टोपी हिलाकर विदा ले रहे थे। ट्रेन तेज़ होने लगी थी कि तभी ओमेरो को अहसास हुआ कि छड़ी तो उसके पास ही रह गई है। वह प्लेटफ़ॉर्म के अन्त तक भागा और छड़ी को ज़ोर से हवा में उछालकर फेंका, इस उम्मीद में कि शायद राष्ट्रपति उसे पकड़ लें लेकिन वह ट्रैक पर गिर गई और चकनाचूर हो गई। वह क्षण आतंक का था क्योंकि लाज़ारा ने जो आख़िरी चीज़ देखी, वह थी छड़ी को पकड़ने के लिए फैलाया हुआ उनका काँपता हाथ और ट्रेन गार्ड जो बर्फ़ से ढके बूढ़े आदमी को मफ़लर से पकड़ने में कामयाब रहा था, और उसने उन्हें अन्दर खींच लिया था। भयभीत लाज़ारा अपने पति की तरफ़ दौड़ी, वह आँसुओं के बीच हँसने की कोशिश कर रही थी।

"हे ईश्वर," वह चिल्लाई, "इस आदमी को कोई नहीं मार सकता!"

वे सुरक्षित अपने देश पहुँच गए थे जैसा कि कृतज्ञता के अपने लम्बे टेलीग्राम में उन्होंने बताया था। एक साल से अधिक समय तक उनकी कोई ख़बर नहीं आई। अन्त में, हाथ से लिखा छह पृष्ठों का एक पत्र आया जिससे उनको पहचानना असम्भव था। दर्द वापस आ गया था, पहले की तरह तीव्र और समयनिष्ठ, लेकिन उन्होंने उसे अनदेखा करने और जीवन जीने का

फ़ैसला कर लिया था। कवि ऐमे सेसेयर ने उन्हें मोती वाली एक और छड़ी दी थी, लेकिन उन्होंने उसका इस्तेमाल नहीं करने का फ़ैसला किया था। छह महीने के लिए उन्होंने नियमित रूप से मांस और सभी प्रकार के समुद्री भोजन किये तथा दिन में बीस कप कॉफ़ी पी लेकिन अब वे कप के निचले हिस्से को नहीं पढ़ते थे क्योंकि वे भविष्यवाणियाँ कभी सच नहीं हुईं। जिस दिन वे पचहत्तर वर्ष के हुए, उन्होंने मार्तीनिक की सर्वश्रेष्ठ रम पी और सिगरेट भी। वे निश्चित रूप से बेहतर महसूस नहीं कर रहे थे, लेकिन वे बुरा भी महसूस नहीं कर रहे थे। बहरहाल, पत्र का असली कारण ओमेरो और लाज़ारा को यह सूचित करना था कि उनके पास एक सुधार आन्दोलन का नेतृत्व करने के लिए अपने देश लौटने का अवसर था, मातृभूमि के लिए एक ठोस कारण, भले ही सिर्फ़ इसलिए कि वह बुढ़ापे में बिस्तर पर नहीं मरने से तो बेहतर था। इस अर्थ में, पत्र का निष्कर्ष था कि जेनेवा की यात्रा सार्थक साबित हुई थी।

[जून, 1979]

सन्त

मारगारीतो दुआर्ते को मैंने बाईस साल बाद रोम के त्रासतेवेरे इलाक़े की सँकरी सड़कों में से एक पर देखा, और पहले पहल उसे पहचानने में मुझे थोड़ी मुश्किल हुई क्योंकि वह टूटी-फूटी स्पैनिश बोल रहा था और किसी पुराने रोमन नागरिक जैसा लग रहा था। उसके बाल सफ़ेद हो चुके थे और वह कमज़ोर लग रहा था लेकिन शरीर पर शोक के कपड़ों का कोई नामोनिशान नहीं था और न ही वह एंडियन बुद्धिजीवी जैसा गम्भीर लग रहा था जो तब देखने को मिला था जब वह पहली बार रोम आया था। बहरहाल, बातचीत के दौरान मैंने कुरेद-कुरेदकर उसकी दुरूह ज़िन्दगी की परतों से उसे निकाला और दोबारा वैसे ही पाया जैसा वह हुआ करता था—संकोची, अप्रत्याशित और एक संगतराश जैसा स्थिर। हमारे बीते समय के एक कैफ़े में बैठे हुए, कॉफ़ी का दूसरा प्याला पीने से पहले मैंने उससे वह सवाल पूछने की हिम्मत जुटाई जो मुझे अन्दर ही अन्दर खाए जा रहा था।

"सन्त का क्या हुआ?"

"सन्त वहीं है," उसने जवाब दिया। "अभी भी इन्तज़ार में।"

केवल तार सप्तक के सम्राट राफेल रिबेरो सिल्वा और मैं ही उसके जवाब के विशाल मानवीय वज़न को समझ सकते थे। हम उसकी कहानी से इतने वाक़िफ़ थे कि वर्षों तक मैंने सोचा कि मारगारीतो दुआर्ते एक ऐसा किरदार था जिसे एक लेखक की तलाश थी जिसके लिए हम उपन्यासकार

पूरे जीवन इन्तज़ार करते हैं। और अगर मैंने उसे कभी मुझे खोजने नहीं दिया था तो ऐसा इसलिए था क्योंकि उसकी कहानी का अन्त मुझे अकल्पनीय लग रहा था।

वह उस वसन्त में रोम आया था जब पोप पायस XII को हिचकी का दौरा पड़ा था जिसे न तो कोई अच्छा या बुरा डॉक्टर और न ही कोई नीम-हकीम ठीक कर पाया था। वह पहली बार कोलम्बियाई एंडीज में अपने गाँव तोलीमा से निकला था और उसके सोने के तरीक़े तक में यह ज़ाहिर होता था। एक सुबह वह चीड़ की लकड़ी का बना चेलो (वायलिननुमा एक वाद्य यंत्र) लिये हमारे वाणिज्य दूतावास में प्रकट हो गया और राजदूत को अपनी यात्रा का हैरतअंगेज़ कारण बताया। राजदूत ने अपने देशवासी, तार सप्तक के सम्राट राफेल रिबेरो सिल्वा को फ़ोन करके उस सराय में कमरा ढूँढ़ने को कहा जहाँ हम दोनों पहले से रहते थे। इस तरह मैं उससे मिला था।

मारगारीतो दुआर्ते ने प्राइमरी स्कूल से आगे पढ़ाई नहीं की थी, लेकिन पत्र लिखने के उसके काम के चलते उसके ज्ञान का संसार बहुत-बहुत बड़ा हो गया था, क्योंकि उसे हर छपी चीज़ को पढ़ने का जुनून था। अठारह साल की उम्र में, जब वह गाँव में क्लर्क था, उसने एक ख़ूबसूरत लड़की से शादी की जो उनके पहले बच्चे, यानी बेटी के जन्म के समय चल बसी। अपनी माँ से भी ज़्यादा सुन्दर वह बच्ची सात साल की उम्र में एक जानलेवा बुखार का शिकार हो गई। लेकिन मारगारीतो दुआर्ते की असली कहानी रोम आने से छह महीने पहले शुरू हुई थी, जब एक बाँध के निर्माण के लिए उनके गाँव के क़ब्रिस्तान को स्थानान्तरित कर दिया गया और उस क्षेत्र के अन्य सभी निवासियों की तरह, मारगारीतो ने भी अपने मृतकों की हड्डियों को नये क़ब्रिस्तान में ले जाने के लिए खोदा। उसकी पत्नी मिट्टी में तब्दील हो चुकी थी। लेकिन उसके बग़ल की क़ब्र में, उसकी बेटी ग्यारह साल बाद भी वैसे की वैसी थी। वास्तव में, जब उन्होंने ताबूत का ढक्कन खोला तो उसमें से ताज़े कटे गुलाब के फूलों की ख़ुशबू आई जो दफ़नाते वक़्त उसके साथ ताबूत में डाले गए थे। लेकिन सबसे ज़्यादा हैरानी की बात यह थी कि लाश में ज़रा भी वज़न नहीं था।

चमत्कार की ख़बर सुनकर सैकड़ों लोग गाँव में उमड़ पड़े। शक की कोई गुंजाइश नहीं थी—उसकी ज्यों की त्यों लाश से साफ़ था कि वह सन्त थी, यहाँ तक कि सूबे के बिशप भी इस बात से सहमत थे कि वेटिकन को इस बात से अवगत कराना चाहिए। इसलिए उन्होंने चंदा इकट्ठा किया ताकि मारगारीतो दुआर्ते रोम जा सके क्योंकि यह लड़ाई सिर्फ़ उसकी नहीं थी, न ही उस गाँव की संकीर्ण सीमाओं तक सीमित थी, बल्कि पूरे देश की थी।

पैरिओली के शान्त इलाक़े की एक सराय में अपनी कहानी सुनाते हुए मारगारीतो दुआर्ते ने सुन्दर सन्दूक़ का ताला खोलकर ढक्कन उठाया। इस तरह तार सप्तक के सम्राट रिबेरो सिल्वा और मैं उस चमत्कार का हिस्सा बने। वह दुनिया के संग्रहालयों में देखी गई मुरझाई हुई ममी जैसी क़तई नहीं थी, बल्कि दुल्हन के रूप में सजी एक छोटी लड़की थी, जो लम्बे समय से ज़मीन के नीचे सो रही थी। उसकी त्वचा चिकनी और गर्म थी और उसकी खुली, स्पष्ट आँखें महसूस करा रही थीं कि वे मौत के उस पार से हमें देख रही थीं। उसकी त्वचा के विपरीत उसके मुकुट के नक़ली फूल समय की कठोरता को नहीं झेल पाए थे, लेकिन उसके हाथों में रखे गए गुलाब अभी भी ताज़े थे और यह सच है कि उसकी लाश हटाने के बाद भी उसके ताबूत का वज़न नहीं बदला।

वहाँ पहुँचने के एक दिन बाद मारगारीतो दुआर्ते ने सबसे पहले राजनयिकों से बातचीत शुरू की जो कार्यकुशल कम और सहृदय ज़्यादा थे। फिर वह वेटिकन की अनगिनत बाधाओं को दरकिनार करने के लिए अपनी रणनीति बनाने लगा। अपनी रणनीति के बारे में वह कभी खुलकर नहीं बताता, लेकिन हम जानते थे कि वह जुटा हुआ था लेकिन सब व्यर्थ था। उसने हर तरह की धार्मिक मंडली और मानवीय संगठन से सम्पर्क किया था, सबने उसकी बात बिना किसी आश्चर्य के गौर से सुनी भी थी और तत्काल क़दम उठाने के वादे भी किये थे, लेकिन हुआ कुछ नहीं। दरअसल सच तो यह है कि समय ही उपयुक्त नहीं था। वेटिकन के सब फ़ैसले पोप की हिचकी के दौरे के रुकने तक के लिए स्थगित कर दिये गए थे; ऐसी हिचकी जो दुनिया

भर की हर वैज्ञानिक औषधि बल्कि हर तरह के जादू-टोने और टोटके को मात दे रही थी।

अन्त में, जुलाई में, पोप पायस XII ठीक हो गए और कास्तेल गानदोल्फ़ो में गर्मी की छुट्टी पर चले गए। पोप के पहले साप्ताहिक दर्शन के दौरान मारगारीतो सन्त को उन्हें दिखाने की उम्मीद में ले गया। पोप अन्दर के आँगन की बालकनी में दिखाई दिये; जो इतनी नीची थी कि मारगारीतो उनके साफ़-सुथरे नाख़ून तक देख सकता था और उनकी ख़ुशबू को सूँघ सकता था। लेकिन मारगारीतो की उम्मीद के विपरीत, वह दुनिया भर से उनसे मिलने आए लोगों के बीच नहीं आए। लेकिन छह भाषाओं में एक ही भाषण दिया और उनके आशीर्वाद के साथ उनका दर्शन कार्यक्रम समाप्त हो गया।

जब मामला टलता गया, तो मारगारीतो ने ख़ुद ही पूरी कमान सँभाल ली। उसने राज्य सचिव को लगभग साठ पृष्ठों का एक हस्तलिखित पत्र पहुँचाया, जिसका कोई जवाब नहीं मिला। इस बात का अन्देशा उसे था, क्योंकि जिस अधिकारी ने औपचारिक रूप से ख़त लिया था उसने तो लड़की को बमुश्किल एक नज़र देखा था और वहाँ से आने-जाने वाले सभी कर्मचारी उसे बेमन से देख रहे थे। उनमें से एक ने उसे बताया कि पिछले वर्ष उन्हें दुनिया के विभिन्न हिस्सों से सही-सलामत लाशों को सन्त घोषित करने के लिए लगभग आठ सौ से अधिक पत्र मिले थे। अन्त में मारगारीतो ने अनुरोध किया कि वह लाश में वज़न नहीं होने की बात की पुष्टि तो कर लें। अधिकारी ने देखा तो सही, लेकिन वह यह तथ्य दर्ज करने को तैयार नहीं हुआ।

उसने कहा, "यह सामूहिक विमर्श का मामला हो सकता है।"

गर्मियों के नीरस रविवार को, मारगारीतो अपने कमरे में रहता और ख़ाली घंटों में अपने मक़सद से जुड़ी जो किताब मिलती उसे पढ़ डालता। प्रत्येक महीने के अन्त में, अपनी ओर से सुन्दर लेखन शैली में, वह एक कॉपी में ख़र्चे का एक विस्तृत विवरण लिखता, ताकि अपने गाँव के चंदा देनेवालों को हर ख़र्च का बारीक़ी से ब्योरा दे सके। साल ख़त्म होने से पहले ही वह रोम के चप्पे-चप्पे से वाक़िफ़ हो गया था मानो वहीं पैदा हुआ हो और अपनी

एंडियन स्पैनिश जैसी टूटी-फूटी इतालवी आसानी से बोल लेता था, तथा कैननाइज़ेशन की प्रक्रिया के बारे में इतना जान गया था जितना किसी को भी पता था। लेकिन अपनी शोक की पोशाक, काला कोट और मजिस्ट्रेट वाली टोपी बदलने में उसे बहुत समय लगा, हालाँकि ये वस्त्र उस समय रोम में कुछ गुप्त संस्थाओं की विशेषता थे जो अकथनीय काम करती थीं। सन्त का ताबूत लेकर वह सुबह जल्दी निकल जाता और कभी-कभी देर रात लौटता, थका हुआ और दुखी, लेकिन हमेशा आँखों में चमक लिये, जो उसे अगले दिन के लिए हौसला देती थी।

"सन्त अपने समय में होते हैं," वह कहता।

यह तब की बात है जब मैं पहली बार रोम गया था और एक्सपेरिमेंटल फ़िल्म सेंटर में पढ़ रहा था, और एक-एक पल कभी न भुलाए जानेवाली मस्ती में जी रहा था। जिस सराय में हम रहते थे, वो दरअसल विला बोर्गेस से कुछ क़दम की दूरी पर एक आधुनिक अपार्टमेंट था, जिसकी मालकिन के पास दो कमरे थे और चार वह विदेशी छात्रों को किराए पर देती थी। उसे हम बेला मारिया कहते थे, उम्र के आखिरी पड़ाव में भी वह सुन्दर और ख़ुशमिज़ाज थी। उसका एक ही नियम था कि हर कोई अपने कमरे के भीतर राजा है और इस नियम का सख़्ती से पालन होता था। असलियत में रोज़मर्रा की ज़िन्दगी का बोझ उठाने वाली तो उसकी बड़ी बहन, आंटी आंतोनियेता थीं, एक फ़रिश्ता, जो दिन भर घंटों अपनी बाल्टी, झाड़ू और पोछे के साथ हर जगह पाई जातीं, संगमरमर के फ़र्श को आईने-सा चमकाती हुई। उन्हीं ने हमें छोटी गानेवाली चिड़िया खाना सिखाया था जिसका शिकार उसका पति बारतोलीनो करता था, जिसको यह बुरी आदत युद्ध के समय पड़ी थी जो अब भी बरक़रार थी, और अन्त में मारगारीतो को वही अपने घर में रहने के लिए ले गई थीं जब उसके पास बेला मारिया के कमरे का किराया चुकाने के पैसे नहीं थे।

मारगारीतो के रहन-सहन के हिसाब से उस नियमों से परे घर से ज़्यादा अयोग्य जगह कोई नहीं थी। हर घंटे एक नया अहसास होता यहाँ तक कि भोर में भी, जब विला बोर्गेस के चिड़ियाघर से शेर की भयानक दहाड़ के साथ हम जाग उठते। तार सप्तक के सम्राट रिबेरो सिल्वा को ख़ास छूट मिली हुई

थी—रोमन उसके सुबह-सुबह के रियाज़ से नाराज़ नहीं होते थे। वह छह बजे उठता, बर्फ़ के पानी से नहाता, अपनी पैशाचिक दाढ़ी और भौंहों को सँवारता और ऊनी चारखानेदार कपड़े का रोब पहन चीनी रेशम का स्कार्फ़ और इत्र लगाकर तैयार हो जाता तथा तन-मन से रियाज़ में जुट जाता। उस वक़्त जाड़े के मौसम के आसमान में तारे टिमटिमा रहे होते जब वह खिड़कियाँ खोल देता और गले की तैयारी के लिए निचले सुरों में बँधी प्रेम में भीगी बन्दिशों की तान से अपना रियाज़ शुरू करता और तब तक करता जब तक कि आवाज़ खुल न जाए। हर रोज़ यही उम्मीद होती कि जब वह तार सप्तक के षड्ज को ज़ोर से छेड़ेगा तो जवाब में विला बोर्गेस का शेर धरती को थर्रा देने वाली दहाड़ मारेगा।

"तुम तो सेंट मार्क के अवतार हो मेरे बच्चे," आंटी आंतोनियेता चमत्कृत होकर कहतीं। "सिर्फ़ वही शेर से बात कर सकता था।"

एक सुबह शेर ने जवाब नहीं दिया। हमारे तार सप्तक के सम्राट ने ऑथेलो के प्रेमगीत से शुरुआत की—"अब रात के अँधेरे में, सब तरफ़ सन्नाटा है।" अचानक, नीचे आँगन से एक ख़ूबसूरत कोकिला आवाज़ ने प्रतिउत्तर दिया। तार सप्तक के सम्राट ने अपना गाना जारी रखा और इस तरह दोनों ने गीत पूरा करते हुए पड़ोसियों को आनन्दित किया। तार सप्तक का सम्राट तो बेहोश होने को था जब उसे पता चला कि उसकी अदृश्य देसदेमोना कोई और नहीं, बल्कि महान मारिया कैनिग्लिया थी।

मुझे लगता है कि इस प्रकरण के चलते मारगारीतो दुआर्ते घर के जीवन में घुलने-मिलने लगा। अब वह मेज़ पर सभी के साथ बैठता। शुरू में वह रसोई में बैठता था जहाँ आंटी आंतोनियेता उसे गाने वाली चिड़िया का शोरबा बनाकर देती थीं। खाना समाप्त होने के बाद बेला मारिया इतालवी सिखाने के लिए हमें प्रतिदिन के समाचार-पत्र पढ़कर सुनाती थी और विभिन्न समाचारों के सन्दर्भ में की गई उसकी टिप्पणी दिल ख़ुश कर देती थी। एक दिन सन्त के सन्दर्भ में उसने बताया कि पालेरमो में एक विशाल संग्रहालय था जहाँ कापूचीन पंथ के क़ब्रिस्तान से निकाली हुई आदमी, औरत और बच्चों की, यहाँ तक कि बिशपों की भी अक्षत लाशें थीं। इस ख़बर ने मारगारीतो को इतना

परेशान कर दिया कि जब तक हम पालेरमो नहीं गए, तब तक उसे पल भर का भी चैन नहीं मिला। लेकिन उसके दिल को ठंडक पहुँचने के लिए उन शानदार ममियों पर एक नज़र डालना ही काफ़ी था।

"यह तो एकदम अलग हैं," उसने कहा। "साफ़ दिख रहा है कि ये मर चुके हैं।"

दोपहर के भोजन के बाद रोम अगस्त के उनींदेपन के आगे घुटने टेक देता। दोपहर का सूरज मध्य आकाश के केन्द्र में गतिहीन होता और दोपहर दो बजे के सन्नाटे में, केवल पानी की सुगबुगाहट सुनाई देती, जो रोम की प्राकृतिक आवाज़ थी। लेकिन शाम के सात बजे के क़रीब ताज़ी हवा के भीतर आने के लिए खिड़कियाँ खोल दी जातीं और सड़कों पर मोटर साइकिल के बैकफ़ायर होने की तेज़ आवाज़, तरबूज़ विक्रेताओं की चीख़ें और बग़ीचों में फूलों के बीच प्रेमगीतों के प्रति उत्साहित भीड़ उमड़ पड़ती, जिसका उद्देश्य सिर्फ़ जीवन जीना था।

तार सप्तक का सम्राट और मैं दोपहर को सोते नहीं थे। हम उसके वेस्पा पर निकलते थे, वह चलाता था और मैं पीछे बैठता था तथा तेज़ धूप में जागे हुए पर्यटकों की तलाश में विला बोर्गेस की गर्मी में सदियों पुराने कल्पवृक्षों के नीचे लहराती वेश्याओं के लिए बर्फ़ के गोले और चॉकलेट ले जाते। वे सुन्दर, ग़रीब और प्रेमिल थीं, उन दिनों की अधिकांश इतालवी महिलाओं की तरह; वे नीले ऑर्गंडि, गुलाबी पॉपलीन व हरे लिनन के कपड़ों में, हाल के युद्ध में गोलियों की बारिश से छलनी छातों तले धूप से बचती घूमती थीं। उनके साथ रहने में ख़ुशी मिलती थी, क्योंकि वे अपने धंधे के नियमों को नज़रअन्दाज़ कर हमारे साथ कॉफ़ी पीतीं और बातचीत करतीं या फिर पार्क में किराए पर मिलने वाली घोड़ागाड़ी की सवारी करतीं या भूतपूर्व राजाओं एवं उनकी दुखी प्रेमिकाओं के लिए सहानुभूति जगातीं जो शाम को गैलोपाटोओ में घुड़दौड़ करते थे। कई बार हमने किसी भटके हुए विदेशी के साथ उनके लिए इंटरप्रेटर का भी काम किया।

हम मारगारीतो दुआर्ते को विला बोर्गेस उनके लिए नहीं, बल्कि शेर से मिलाने ले गए थे जो गहरी खाई से घिरे एक रेगिस्तानी टापू पर खुला रहता

था, और जैसे ही दूसरे किनारे पर उसने हमें देखा, वह बेचैनी से दहाड़ने लगा। यह देखकर उसकी देखभाल करने वाले को भी आश्चर्य हुआ; यहाँ तक कि पार्क में आने वाले आगंतुक भी आश्चर्यचकित हो गए। तार सप्तक के सम्राट राफेल रिबेरो सिल्वा ने अपने सुबह वाले गायन से उसको अपनी पहचान कराने की कोशिश की, लेकिन शेर ने उस पर कोई ध्यान नहीं दिया। वह बिना किसी भेदभाव के हम सभी पर दहाड़ता रहा, लेकिन ट्रेनर को तुरन्त अहसास हो गया कि वह केवल मारगारीतो पर दहाड़ रहा था। हुआ यह कि वह जिस तरफ़ भी जाता, शेर भी उसी तरफ़ जाता और जैसे ही वह छिप गया, शेर ने दहाड़ना बन्द कर दिया। सिएना विश्वविद्यालय से शास्त्रीय साहित्य में डॉक्टर की उपाधि प्राप्त उसके ट्रेनर के हिसाब से मारगारीतो उस दिन अन्य शेरों के साथ रहा होगा और उससे उनकी गंध आ रही होगी। इसके अलावा उसे और कोई कारण नहीं समझ आया था।

"जो भी हो," उसने कहा, "उसकी दहाड़ युद्ध की ललकार नहीं बल्कि सहानुभूति है।"

हालाँकि, तार सप्तक के सम्राट रिबेरो सिल्वा पर इस अलौकिक प्रकरण का कोई असर नहीं हुआ बल्कि जब हम पार्क में लड़कियों से बात करने के लिए रुके तो मारगारीतो की घबराहट ने उस पर असर डाला। उसने इसका ज़िक्र खाने की मेज़ पर किया और कुछ शरारत के चलते और कुछ उसकी व्यथा को समझते हुए हम उसकी बात से सहमत हुए कि मारगारीतो को अकेलेपन से निजात दिलाना एक अच्छा काम होगा। हमारे दहलते दिलों की कोमलता को देखकर, बेला मारिया ने नगों वाली अँगूठियों से भरे अपने हाथ छाती पर बाइबल की किसी माँ की तरह रख लिये।

"मैं यह काम ख़ैरात में कर देती," उसने कहा, "लेकिन सच तो यह है कि वास्कट पहनने वाले आदमी मुझे पसन्द नहीं।"

और इस तरह तार सप्तक का सम्राट रिबेरो सिल्वा दोपहर दो बजे विला बोर्गेस पहुँचा और अपने वेस्पा पर एक तितली को बैठाकर ले आया जो उसे मारगारीतो दुआर्ते को एक घंटे का साथ देने के लिए सबसे उपयुक्त लगी। उसने अपने बेडरूम में उसके कपड़े उतरवाए, उसे सुगंधित साबुन से

नहलवाया, उसे पोंछा, अपना निजी सेंट लगाया और फिर पूरे शरीर पर कर्पूर वाला पाउडर मला जो वह ख़ुद शेविंग के बाद इस्तेमाल करता था। अन्त में, अभी तक लगे समय और एक घंटा अतिरिक्त के लिए उसे पैसे दिये तथा उसे सब कुछ समझाया कि उसे क्या करना था।

सिर से पैर तक नग्न वह सुन्दरी मन्द रोशनी वाले घर में एक स्वप्न की भाँति निकली और पीछे के कमरे के दरवाज़े पर दो हल्की सी दस्तक दीं, और मारगारीतो दुआर्ते नंगे पैर और बिना क़मीज़ के दरवाज़े पर प्रकट हुआ।

"नमस्ते जनाब," उसने एक स्कूली छात्रा की तरह से कहा। "मुझे तार सप्तक के सम्राट रिबेरो सिल्वा ने भेजा है।"

मारगारीतो ने उस सदमे को बेहद संजीदगी से बर्दाश्त किया। उसने दरवाज़ा खोला और वह बिस्तर पर लेट गई जबकि उसका सम्मानपूर्वक स्वागत करने के लिए मारगारीतो अपनी क़मीज़ और जूते पहनने के लिए दौड़ा। फिर वह उसके बग़ल में एक कुर्सी पर बैठ गया और बात करने लगा। हैरान लड़की ने उसे जल्दी करने के लिए कहा क्योंकि उनके पास केवल एक घंटा ही था। मारगारीतो को कुछ समझ में नहीं आ रहा था।

बाद में लड़की ने कहा कि वह बिना एक भी पैसा लिये उसके साथ उतना समय बिता सकती है जितना वह चाहता है, क्योंकि उससे बेहतर व्यवहार करने वाला आदमी इस दुनिया में हो ही नहीं सकता। इस बीच जब उसे समझ नहीं आ रहा था कि वह क्या करे, तो उसने कमरे में नज़र दौड़ाई जहाँ उसकी नज़र चिमनी के पास रखे केस पर पड़ी। उसने पूछा क्या यह एक सेक्सोफ़ोन है। मारगारीतो ने कोई जवाब नहीं दिया लेकिन कमरे में रोशनी करने के लिए पर्दे खोल दिये और केस को पलंग पर लाकर खोला। लड़की ने कुछ कहने की कोशिश की, लेकिन उसका मुँह खुला का खुला रह गया। या जैसा कि उसने हमें बाद में बताया—"मेरी तो फट गई।" बुरी तरह आतंकित वह लड़की वहाँ से भागी, लेकिन हॉल में रास्ता भटक गई और मेरे कमरे में बल्ब बदलने जा रही आंटी आंतोनियेता से जा टकराई। दोनों इतना डर गईं कि लड़की तो देर रात तक तार सप्तक के सम्राट के कमरे से बाहर निकलने की हिम्मत ही नहीं कर पाई।

आंटी आंतोनियेता को समझ ही नहीं आ रहा था कि क्या हुआ। वह इतनी डरी हुई मेरे कमरे में आईं कि उनके हाथ काँप रहे थे और वह बल्ब बदल ही नहीं पा रही थीं। मैंने उनसे पूछा क्या हुआ था। "इस घर में भूत हैं," उन्होंने कहा। "और अब दिन के उजाले में भी दिखने लगे हैं।" उन्होंने मुझे बताया कि युद्ध के दौरान एक जर्मन अधिकारी ने तार सप्तक के सम्राट वाले कमरे में अपनी प्रेमिका का गला काट दिया था। और काम करते समय आंटी आंतोनियेता ने कई बार गलियारे में उस मृत सुन्दरी के भूत को घूमते हुए देखा था।

"अभी मैंने उसे गलियारे में नग्न घूमते हुए देखा," उन्होंने कहा। "वही थी।"

पतझड़ में शहर फिर अपनी पुरानी दिनचर्या पर लौट आया। गर्मियों की फूलों वाली छतें पहली हवाओं के साथ ही बन्द हो गई थीं और तार सप्तक के सम्राट और मैं त्रासतेवेरे में अपने पुराने अड्डों पर लौट आए, जहाँ हम काउंट कार्लो कैल्कान्नि के गायन छात्रों और फ़िल्म स्कूल के मेरे कुछ सहपाठियों के साथ खाते-पीते थे। फ़िल्म स्कूल के छात्रों में सबसे ज़्यादा मेहनती लाकिस था, एक बुद्धिमान और सौम्य ग्रीक, जिसका एकमात्र दोष था सामाजिक अन्याय के बारे में उसका बोर करने वाला भाषण। सौभाग्य से, वहाँ मौजूद तार सप्तक के सुरों में गाने वाले सभी आदमी और औरतें हमेशा अपनी तेज़ आवाज़ में ओपेरा गाकर उसे हराने में कामयाब होते हालाँकि इसमें आधी रात हो जाती, पर कोई परेशान नहीं होता था। बल्कि, देर रात घूम रहे कुछ राहगीर भी गाने में शामिल हो जाते और तालियों से सराहना करने के लिए घरों की खिड़कियाँ खुल जातीं।

एक रात, जब हम गा रहे थे, मारगारीतो चुपचाप वहाँ आया। उसके पास चीड़ की लकड़ी का बक्सा था जिसमें मौजूद सन्त की लाश को सान ज्योवनी लेतरानो के पैरिश पुजारी को दिखाने के बाद समयाभाव के कारण वह कमरे में रखने नहीं जा पाया था। सन्त चुने जाने की प्रक्रिया के लिए ज़िम्मेदार वेटिकन की संस्था साग्रादा कॉंग्रेगासीऑन देल रीतो के महत्त्व को सब जानते थे। मैंने आँख के कोने से देखा कि उसने केस को चुपके से उस अलग पड़ी

मेज़ के नीचे रख दिया और वहीं बैठा रहा जब तक कि हमने गाना-बजाना ख़त्म नहीं किया। आधी रात को जब रेस्तराँ ख़ाली होने लगा तो हमेशा की तरह हमने मेज़ें जोड़ीं और सब साथ बैठ गए, कुछ गाना गाते रहे, कुछ फ़िल्मों पर चर्चा करते रहे। वहाँ सब दोस्त थे, उनमें मारगारीतो दुआर्ते भी था, जिसे सब एकाकी और उदास कोलम्बियाई के रूप में पहचानते थे और जिसके बारे में कोई भी कुछ नहीं जानता था। लाकिस ने उससे पूछा कि क्या वह चेलो बजाता है। मैं उसके इस सीधे सवाल से थोड़ा चकरा गया, तार सप्तक का सम्राट भी उतना ही असहज था, और हमें फौरन कोई जवाब नहीं सूझा। एकमात्र मारगारीतो ही था जिसने इस सवाल का सहजता से सामना किया।

"चेलो नहीं है," उसने कहा। "सन्त है।"

उसने केस को मेज़ पर रखा, ताला खोला और ढक्कन उठाया। पूरा रेस्तराँ स्तब्ध रह गया। वहाँ मौजूद ग्राहक, वेटर यहाँ तक कि ख़ून के धब्बों वाले एप्रन पहने रसोइया तक इस विलक्षण दृश्य को देखने के लिए इकट्ठा हो गए। कुछ ने क्रॉस का चिह्न बनाया। एक महिला रसोइया तो अभिभूत होकर काँपने लगी, घुटनों के बल बैठ गई और प्रार्थना करने लगी।

लेकिन शुरुआती शोर-शराबे के बाद हम अपने समय में पवित्रता की कमी के बारे में बहस करने लगे। ज़ाहिर है, लाकिस सबसे कट्टरपंथी था। अन्त में यह निष्कर्ष निकला कि वह सन्त पर फ़िल्म बनाना चाहता था।

"मुझे यक़ीन है," उसने कहा, "बूढ़ा सेसार इस विषय को यूँ ही नहीं छोड़ता।"

वह हमारे कहानी-लेखन और पटकथा के गुरु सेसार ज़वात्तिनी का ज़िक्र कर रहा था; सिनेमा के इतिहास में महान लोगों में से एक और एकमात्र ऐसे व्यक्ति जिन्होंने कोर्स के बाहर हमारे साथ व्यक्तिगत सम्बन्ध बनाया था। उन्होंने हमें न केवल काम सिखाया था बल्कि जीवन को देखने का एक अलग तरीक़ा भी सिखाया था। कहानियाँ उनके अन्दर से फूट पड़ती थीं, लगभग उनकी इच्छा के ख़िलाफ़ मानो वह फ़िल्म पटकथा-लेखन की मशीन हों, और उन कहानियों को इतनी तेज़ी से पकड़ने के लिए मदद की ज़रूरत होती ताकि वह बीच सोच में ही ग़ायब न हो जाएँ और जब कहानी ख़त्म होती वह

शान्त हो जाते। कहानी ख़त्म होने के बाद ही उनका जोश ठंडा पड़ता। "कुछ भी हो इसे फ़िल्माना ही होगा," वह कहते। उनके हिसाब से स्क्रीन पर उनका मूल जादू काफ़ी कम हो जाता था। वह अपने विचारों को विषय के हिसाब से व्यवस्थित कर कार्ड पर लिखकर दीवार पर टाँगा करते थे। घर के एक कमरे की दीवारें ऐसे कार्डों से भरी हुई थीं।

अगले शनिवार हम मारगारीतो दुआर्ते के साथ उनसे मिलने गए। वह जीवन के प्रति इतने लालची थे कि आंखेला मेरिची की कृपा से टेलीफ़ोन पर सुनी हमारी कहानी के प्रति उत्सुक हमें अपने घर के दरवाज़े पर ही मिल गए। उन्होंने तो ठीक से दुआ-सलाम तक नहीं किया और मारगारीतो को सीधे अन्दर ले गए जहाँ उन्होंने मेज़ तैयार कर रखी थी। केस भी उन्होंने ख़ुद खोला। फिर वह हुआ जिसकी हमने कल्पना भी नहीं की थी। पागल होने के बजाय, जैसा हमने सोचा था, उन्हें तो मानो साँप सूँघ गया हो।

"आश्चर्यजनक!" वह डर के मारे बुदबुदाए।

कुछ पल के लिए वह सन्त को देखते रहे, फिर बक्सा बन्द किया और बिना कुछ कहे मारगारीतो को दरवाज़े तक ले गए, मानो वह अपना पहला क़दम लेता कोई बच्चा हो। उन्होंने उसकी पीठ थपथपाकर उसे विदा किया। "धन्यवाद, बेटा, बहुत-बहुत धन्यवाद," उन्होंने कहा। "ईश्वर आपके संघर्ष में आपका साथ दे।" दरवाज़ा बन्द करके वह हमारी तरफ़ मुड़े और हमें अपना फ़ैसला सुनाया।

उन्होंने कहा, "यह सिनेमा के लिए नहीं है। कोई भी इस पर विश्वास नहीं करेगा।"

यह आश्चर्यजनक सबक हमारे साथ ट्राम में घर तक गया। अगर उन्होंने ऐसा कहा था, तो आगे कुछ नहीं कहा जा सकता था—कहानी बेकार थी। लेकिन घर पहुँचते ही बेला मारिया ने सन्देश दिया कि ज़वात्तिनी उसी रात हमारा इन्तज़ार करेंगे लेकिन बिना मारगारीतो के।

जब हम वहाँ पहुँचे तो वे काफ़ी उद्विग्न दिखाई दे रहे थे। लाकिस दो या तीन सहपाठियों को लाया था, लेकिन जैसे वे तो उन्हें दिखाई ही नहीं दिये।

"मुझे सूझ गया," वह चिल्लाए। "फ़िल्म शानदार होगी अगर मारगारीतो

लड़की को पुनरुज्जीवित करने का चमत्कार करे तो।"

"फ़िल्म में या असली जीवन में?" मैंने पूछा।

उन्होंने अपने ग़ुस्से को पीते हुए मुझसे कहा, "मूर्खों वाली बात मत करो" लेकिन तभी हमने उनकी आँखों में एक अनूठे विचार की चमक देखी। "क्या पता वह उसे वास्तविक जीवन में पुनरुज्जीवित कर सके," उन्होंने कहा और गम्भीरता से आगे बोले—"उसे कोशिश करनी चाहिए।"

यह तो बस एक क्षणिक ख़याल था और वह अपनी बात पर लौट आए। पागलों की तरह घर में चारों ओर घूमने लगे। वह ज़ोर से चिल्ला रहे थे और तेज़ आवाज़ में फ़िल्म की कहानी कह रहे थे। चमत्कृत से हम सुनते रहे। ऐसा लग रहा था मानो हम फ़िल्म के चित्र देख रहे हों, जिन्हें उन्मत्त उड़ान भरती चिड़ियों के रूप में घर में उड़ने के लिए छोड़ दिया गया हो।

"एक रात," उन्होंने कहा, "जब उससे न मिलने वाले लगभग बीस पोप मर जाते हैं, तब थका और बूढ़ा मारगारीतो अपने घर पहुँचता है, बक्सा खोलता है, लाश के चेहरे को सहलाता है और दुनिया भर की कोमलता के साथ उससे कहता है, 'प्यारी बेटी अपने पिता के प्यार के लिए उठ जाओ'।"

उन्होंने हम सभी को देखा और विजयी भाव से बोले, "और लड़की उठ जाती है!"

वह हमारी प्रतिक्रिया का इन्तज़ार कर रहे थे। लेकिन हम इतने हैरान थे कि समझ नहीं आ रहा था कि क्या कहें। ग्रीक लाकिस को छोड़कर, जिसने स्कूल के बच्चे की तरह सवाल पूछने के लिए हाथ उठाया।

"मेरी समस्या है कि मुझे विश्वास नहीं होता," उसने कहा। हम हैरान थे कि वह सीधे ज़वात्तिनी के पास गया और कहा, "माफ़ी चाहता हूँ, लेकिन मैं विश्वास नहीं कर पा रहा।"

अब हतप्रभ होने की बारी ज़वात्तिनी की थी।

"और क्यों नहीं?"

"मालूम नहीं," परेशान होकर लाकिस ने कहा। "लेकिन ऐसा नहीं हो सकता।"

"आश्चर्य है," वह चिल्लाए। उनकी दहाड़ पूरे पड़ोस में सुनी गई होगी। "स्टालिनवादियों के बारे में मुझे यही सबसे ख़राब लगता है कि वे वास्तविकता में विश्वास नहीं करते।"

अगले पन्द्रह वर्षों में जैसा कि मारगारीतो ने ख़ुद बताया वह सन्त को कास्तेल गानदोल्फ़ो इस उम्मीद में लाया कि शायद पोप को दिखाने का मौक़ा मिल जाए। लैटिन अमेरिका से आए लगभग दो सौ तीर्थयात्रियों के बीच धक्का-मुक्की करते हुए वह किसी तरह परोपकारी जॉन XXIII को अपनी कहानी बताने में भी कामयाब रहा, लेकिन वह लड़की को दिखा नहीं सका क्योंकि सुरक्षा के कारण अन्य तीर्थयात्रियों के बैकपैक के साथ उसे भी अपना बक्सा गेट पर ही छोड़ना पड़ा था। इतनी भीड़ और शोर में जितने ध्यान से हो सकता था पोप ने उसकी बात सुनी और उसका गाल थपथपाया।

"शाबाश मेरे बच्चे," उन्होंने कहा। "ईश्वर इस तपस्या का इनाम तुम्हें ज़रूर देंगे।"

लेकिन हमेशा मुस्कराने वाले पोप अल्बिनो लुसियानी के बहुत कम समय के कार्यकाल में मारगारीतो को वास्तव में अपना सपना पूरा होते हुए नज़र आया था। मारगारीतो की कहानी से प्रभावित होकर पोप के रिश्तेदारों में से एक ने हस्तक्षेप करने का वादा भी किया था। अन्य किसी ने उस पर ज़्यादा ध्यान नहीं दिया। लेकिन दो दिन बाद, सराय में दोपहर के खाने के वक़्त किसी ने मारगारीतो के लिए फ़ोन पर एक सन्देश छोड़ा—उसे रोम में ही रहना चाहिए, क्योंकि गुरुवार से पहले-पहले उसे निजी मुलाक़ात के लिए वेटिकन बुलाया जाएगा।

हालाँकि, यह कभी पता नहीं चला क्या यह एक मज़ाक़ था। मारगारीतो को ऐसा नहीं लगा और वह पूरे समय सतर्क था। वह घर से बाहर नहीं निकला। अगर उसे बाथरूम भी जाना होता तो वह ज़ोर से घोषणा करता—"मैं बाथरूम जा रहा हूँ।" इस पर बुढ़ापे की अवस्था में पहुँच चुकी बेला मारिया भी ज़ोर से हँस देती।

"हम जानते हैं मारगारीतो," वह चिल्लाती, "कहीं पोप का बुलावा न आ जाए।"

अगले सप्ताह, एक सुबह दरवाज़े के नीचे से सरकाए गए अख़बार की हेडलाइन देखकर मारगारीतो निढाल हो गया—पोप का देहान्त। पल भर के लिए उसे लगा कि पुराना अख़बार होगा, ग़लती से उस दिन आया होगा, क्योंकि विश्वास करना मुश्किल था कि हर महीने एक पोप की मृत्यु हो रही थी। लेकिन सच यही था—तैंतीस दिन पहले चुने गए पोप, रादैव गुरकराने वाले अल्बिनो लुसियानी अपने बिस्तर में मृत्यु को प्राप्त को हो गए थे।

मारगारीतो दुआर्ते से मिलने के बाईस साल बाद मैं रोम लौटा था और अगर उससे आकस्मिक मुलाक़ात नहीं होती तो शायद उसको याद भी नहीं करता। मैं मौसम से इतना परेशान था कि किसी के बारे में भी नहीं सोच पा रहा था। गर्म शोरबे सरीखी बूँदाबाँदी लगातार हो रही थी, एक समय की हीरे सरीखी रोशनी धुँधली हो गई थी और जो जगहें मेरी थीं और जहाँ मेरी यादें बसी थीं अब अनजान मालूम पड़ रही थीं। सराय तो वहीं थी लेकिन किसी को बेला मारिया की कोई ख़बर नहीं थी। तार सप्तक के सम्राट रिबेरो सिल्वा द्वारा इतने सालों में भेजे गए सभी छह फ़ोन नम्बरों में से एक पर भी कोई जवाब नहीं मिला। फ़िल्म स्कूल के नये लोगों के साथ दोपहर को खाना खाते समय मैंने अपने टीचर की बात की तो पल भर के लिए मेज़ पर अचानक चुप्पी छा गई; फिर किसी ने कहने की हिम्मत की—

"ज़वात्तिनी? पता नहीं। माफ़ करना।"

सच था—किसी ने उनके बारे में नहीं सुना था। विला बोर्गेस के पेड़ बारिश में उखड़ गए थे, उदास राजकुमारियों के घुड़दौड़ वाले इलाक़े पर जंगली घास ने क़ब्ज़ा कर लिया था। गुज़रे ज़माने की सुन्दरियों की जगह अब तड़क-भड़क कपड़े पहनने वाले एथलेटिक उभयलिंगियों ने ले ली थी। इन सब मरे हुए जीव-जन्तुओं में एकमात्र बूढ़ा शेर ज़िन्दा था, सूखे पानी के टापू पर, खाज और ज़ुकाम से पीड़ित। अब पियात्ज़ा दी स्पान्या के रेस्तराँ में न कोई प्यार के गीत गाता था और न ही कोई प्यार में जान देता था। हमारी यादों का रोम सीज़र के प्राचीन रोम के भीतर एक और प्राचीन रोम था। तभी अचानक, दूर से आती एक आवाज़ से मैं त्रासतेवेरे की एक गली में ठिठक गया—

"हैलो, कवि।"

यह वही था, बूढ़ा और थका हुआ। पाँच पोप की मृत्यु हो चुकी थी, अविनाशी रोम में पतन के पहले के लक्षण दिखाई दे रहे थे और वह अभी भी इन्तज़ार कर रहा था। "मैंने इतना लम्बा इन्तज़ार किया है कि अब ज़्यादा समय नहीं लगेगा," चार घंटे अतीत को याद करके बातें करने के बाद जब हम लोग चलने लगे तो टसने कहा, "अब कुछ ही महीनों की बात है।" पुरानी रोमन टोपी और कॉम्बेट बूट पहने धुँधली रोशनी में वह पैर घसीटता हुआ चला गया, पोखरों से बेपरवाह। तब मुझे पूरी तरह से विश्वास हो गया कि दरअसल सन्त तो मारगारीतो था जो बिना यह महसूस किये, अपनी बेटी की लाश के ज़रिये, ज़िन्दा होते हुए भी ख़ुद अपने सन्त घोषित किये जाने के लिए बाईस साल तक जायज़ लड़ाई लड़ता रहा था।

[अगस्त, 1981]

सोती हुई सुन्दरी और हवाई यात्रा

वह बहुत सुन्दर और नाज़ुक थी—गेहुँआ रंग, सौम्य त्वचा, बादामी आँखें, कंधों तक लहराते काले बाल और उसके चेहरे की आभा इंडोनेशिया या एंडीज की पुरानी सभ्यताओं जितनी प्राचीन थी। उसने बहुत ही हल्के कपड़े पहने हुए थे—एक लिंक्स जैकेट, बहुत ही बारीक फूलों के प्रिंट का एक रेशमी ब्लाउज़, लिनेन की पैंट और बोगनविलिया के रंग की पतली पट्टीवाले जूते। जब मैं पेरिस के चार्ल्स दे गॉल एयरपोर्ट पर न्यूयॉर्क जाने वाले विमान की लाइन में खड़ा था तब मैंने उसे अपने पास से गुज़रते हुए देखा; उसकी चाल किसी शेरनी जैसी थी। तभी मैंने सोचा, "मैंने अपने जीवन में आज तक इतनी सुन्दर लड़की नहीं देखी।" वह दृश्य काफ़ी अलौकिक था जो एक पल में ही आँखों के सामने से लॉबी की भीड़ में कहीं ओझल हो गया।

सुबह के नौ बजे थे। रात से ही बर्फ़ गिर रही थी और शहर की सड़कों पर ट्रैफ़िक रोज़ से कुछ ज़्यादा था तथा हाईवे पर तो गाड़ियाँ रेंग रही थीं। सड़क के किनारे पर सामान ढोनेवाले ट्रक और बर्फ़ में ढकी गाड़ियाँ खड़ी थीं। वहीं दूसरी तरफ़ एयरपोर्ट की लॉबी में जैसे वसन्त ऋतु चल रही थी।

अपना नाम लिखवाने के लिए मैं लाइन में खड़ा था जहाँ लाइन में मेरे आगे लगी हॉलैंड की एक महिला ने अपने ग्यारह बैग के वज़न की बहस में लगभग एक घंटा निकाल दिया। मैं ऊबने लगा था, तभी मैंने वो क्षणिक दृश्य देखा जिससे मेरी साँसें थम गईं और मुझे पता भी नहीं लगा कि बहस कब

ख़त्म हुई, जब तक कि एक महिला कर्मचारी ने डाँटकर मुझे मेरे ख़यालों के आसमान से नीचे नहीं उतारा। मैंने माफ़ी माँगते हुए उससे पूछा क्या वो पहली नज़र के प्यार में यक़ीन करती है। "हाँ, बिलकुल!"—उसने कहा। "नामुमकिन तो दूसरी चीज़ें होती हैं।" अपने कंप्यूटर की स्क्रीन पर लगातार देखते हुए उसने पूछा कि मुझे कौन-सी सीट चाहिए, धूम्रपान या धूम्रपान रहित।

"मुझे कोई फ़र्क़ नहीं पड़ता बस उस ग्यारह बैगवाली महिला के बग़ल में न हो," मैंने साफ़-साफ़ कहा।

उसने अपने कंप्यूटर की धीमी रोशनी वाली स्क्रीन से बिना नज़र हटाए एक औपचारिक मुस्कान के साथ कहा, "एक नम्बर चुनिए—तीन, चार या सात।"

"चार।"

उसकी मुस्कान में जीत की चमक थी।

"मेरी पन्द्रह साल की सर्विस में आप पहले हैं जिन्होंने सात नहीं चुना है," उसने कहा।

उसने मेरे बोर्डिंग पास पर सीट नम्बर अंकित किया और सारे काग़ज़ात मुझे वापिस दे दिये, पहली बार अपनी अंगूरी रंग की आँखों से मुझे देखते हुए। उन्हें देखकर सुकून मिला, लेकिन मैं वापस उसी सुन्दरी को ढूँढ़ने में लग गया। तभी उस महिला ने मुझे बताया कि हवाई अड्डा बन्द हो गया है और सभी उड़ानें स्थगित कर दी गई हैं।

"कब तक?"

"जब तक भगवान की मर्ज़ी," उसने मुस्कराते हुए कहा। आज सुबह ही रेडियो पर घोषणा हुई थी कि आज सुबह वर्ष की सबसे बड़ी बर्फ़बारी होगी।

वह ग़लत थी—यह इस सदी की सबसे बड़ी बर्फ़बारी थी। लेकिन फ़र्स्ट क्लास के वेटिंग हॉल में वसन्त इतना स्वाभाविक लग रहा था कि गमलों में गुलाब के फूल जीवन्त लग रहे थे, यहाँ तक कि रिकॉर्डेड संगीत भी अत्यन्त मोहक लग रहा था बिलकुल वैसा जैसा रचनाकारों ने बनाते वक़्त कल्पना की होगी। अचानक मुझे लगा कि वह सुन्दरी यहीं कहीं हो सकती थी और मैं पूरी शिद्दत के साथ उसे सभी कमरों में ढूँढ़ने लगा। लेकिन वहाँ ज़्यादातर अंग्रेज़ी

अख़बार पढ़ने में व्यस्त असल ज़िन्दगी के आदमी थे, दूसरी तरफ़ उनकी पत्नियाँ बड़ी खिड़कियों के पार बर्फ़ में बन्द पड़े विमान, बर्फ़ के कारख़ाने, ख़ूँख्वार शेरों द्वारा तबाह किये गए रॉइससी के विशाल खेत देखते हुए दूसरे आदमियों के बारे में सोच रही थीं। दोपहर तक वहाँ बैठने की जगह भी नहीं थी और गर्मी इतनी बढ़ गई थी कि मुझे साँस लेने के लिए वहाँ से भागना पड़ा।

बाहर मुझे काफ़ी चौंकाने वाला नज़ारा दिखा। वेटिंग हॉल लोगों से भर चुका था, यहाँ तक कि गलियारे में भी साँस लेने की जगह नहीं थी। कुछ लोग सीढ़ियों पर तो कुछ ज़मीन पर ही अपने बच्चों, जानवरों और सामान के साथ बैठ गए थे। शहर से सम्पर्क बिलकुल टूट चुका था और प्लास्टिक का यह महल ऐसा लग रहा था मानो अन्तरिक्ष के तूफ़ान में फँसा हुआ एक विशाल स्पेस कैप्सूल हो। मन में तुरन्त ख़याल आया कि वह सुन्दरी भी इस भीड़ में ही कहीं होगी और यह अहसास होते ही मैं फिर से उसका इन्तज़ार करने लगा।

दोपहर को खाने के समय तक तो लगा कि हम बुरी तरह फँस गए थे। सभी सातों रेस्तराँ, कैफ़ेटेरिया और बार के बाहर लम्बी लाइन लगी हुई थी, और तीन घंटे के अन्दर ही सबको बन्द करना पड़ा क्योंकि खाने-पीने का सारा सामान ख़त्म हो चुका था। वे बच्चे जो अब तक शान्त थे, अचानक उन्होंने एक साथ रोना शुरू कर दिया था और भीड़ से बेचैनी बढ़ गई थी। यह सूझ-बूझ दिखाने का समय था। इस हलचल में खाने की एक ही चीज़ मेरे हाथ लगी और वे थे आइसक्रीम के दो कप, जो मैंने छोटे बच्चों की दुकान से ख़रीदे थे। मैंने उन्हें धीरे-धीरे काउंटर के पास खाया, उसी दौरान वेटर ख़ाली होती हुई कुर्सियों को मेज़ पर रखते जा रहे थे और मैं अपने आपको पीछे लगे शीशे में देखते हुए, आख़िरी आइसक्रीम खाता हुआ सुन्दरी के बारे में सोच रहा था।

सुबह ग्यारह बजे रवाना होने वाला न्यूयॉर्क का विमान रात को आठ बजे निकला। आख़िरकार जब मैं विमान में चढ़ा तो प्रथम श्रेणी के यात्री अपनी सीट पर बैठ चुके थे और एक एयर होस्टेस ने मुझे मेरी सीट तक जाने में मदद की। मेरी तो साँस ही रुक गई जब मैंने देखा कि मेरे बग़ल में खिड़की वाली सीट पर वह सुन्दरी एक अभ्यस्त यात्री की तरह अपनी जगह पर बैठ रही थी। मैंने सोचा, "अगर किसी दिन मैं यह लिखूँ तो शायद कोई मेरा यक़ीन

भी नहीं करेगा।" मैंने बड़ी मुश्किल से असमंजस के साथ उसे हैलो बोला लेकिन उसने मेरी ओर ध्यान भी नहीं दिया। वह वहाँ ऐसे जम गई थी जैसे कई सालों तक उसे अब कहीं और नहीं जाना था, हर एक चीज़ अपनी जगह पर और क्रम में रखते हुए, अन्त में वह जगह एक ऐसे आदर्श घर की तरह लग रही थी जहाँ हर चीज़ बस एक हाथ की दूरी पर थी। इस बीच फ़्लाइट अटेंडेंट हमारे स्वागत के लिए शैम्पेन ले आया। मैंने एक गिलास उसे देने के लिए उठाया लेकिन मेरा मन बदल गया। उसे सिर्फ़ एक गिलास पानी चाहिए था, और उसने फ़्लाइट अटेंडेंट से पहले बिलकुल न समझ आने वाली फ्रेंच और फिर थोड़ी आसान अंग्रेज़ी में कहा कि पूरी यात्रा के दौरान उसे किसी भी वजह से न जगाया जाए। उसकी आवाज़ में एक गहरी उदासी थी।

जब वह पानी लाया, तो सुन्दरी ने अपनी दादी माँ के ज़माने के पुराने बक्से जैसा प्रसाधन बॉक्स जिसके किनारे ताँबे के थे, अपनी गोदी में रखा और उसमें रखी ढेरों गोलियों के बीच से दो सुनहरी गोलियाँ निकालीं। वह हर काम को इतने करीने और संजीदगी के साथ कर रही थी मानो पैदा होने के बाद उसके साथ कोई आकस्मिक घटना कभी घटी ही न हो। अन्त में उसने खिड़की का पर्दा गिराया, अपनी सीट को लम्बा किया और अपने जूते उतारे बिना ही अपने-आप को कमर तक कम्बल से ढक लिया। अपनी आँखों पर उसने स्लीप मास्क लगाया और मेरी ओर पीठ करके सो गई। पूरी यात्रा के दौरान वह बिना करवट लिये, बिना किसी आवाज़ के लगातार आठ घंटे और अतिरिक्त बारह मिनट जो न्यूयॉर्क पहुँचने के लिए लगे, सोती रही।

यात्रा लम्बी थी। मेरा हमेशा से मानना है कि प्रकृति में एक ख़ूबसूरत महिला से ज़्यादा ख़ूबसूरत कुछ भी नहीं है और इसलिए अपने बग़ल में सो रही उस ख़ूबसूरत परी के जादू से बचना मेरे लिए नामुमकिन था। जैसे ही विमान ने उड़ान भरी, फ्लाइट अटेंडेंट अपने स्थान पर वापस चला गया और उसकी जगह एक एयर होस्टेस ने ले ली जिसने हेडफ़ोंस देने के लिए सुन्दरी को जगाने की कोशिश की। फ्लाइट अटेंडेंट को दी गई सुन्दरी की हिदायत मैंने एयर होस्टेस को बताई पर वह तो अपने कानों से सुनना चाहती थी कि उसे रात का भोजन भी नहीं देना है। फ्लाइट अटेंडेंट को इस बात की पुष्टि

करनी पड़ी लेकिन फिर भी एयर होस्टेस ने मुझे डाँट लगाई क्योंकि सुन्दरी ने अपने गले में 'डू नॉट डिस्टर्ब' का पट्टा नहीं लगाया था।

रात का खाना मैंने अकेले ही खाया, ख़ामोशी में ख़ुद से बातें करते हुए जो मैं उससे कहता अगर वह सो नहीं रही होती। वह इतनी गहरी नींद में सो रही थी कि एक पल के लिए मुझे चिन्ता हुई कि उसने गोलियाँ सोने के लिए नहीं बल्कि मरने के लिए थीं। मैं हर घूँट लेने से पहले अपना ग्लास उठा रहा था और उसे टोस्ट कर रहा था।

"तुम्हारे स्वास्थ्य के लिए, सुन्दरी।"

रात के भोजन के बाद बत्तियाँ बन्द कर दी गईं, फ़िल्म लगा दी गई जिसे कोई भी नहीं देखना चाहता था और हम दोनों दुनिया के अँधेरे में अकेले रह गए। सदी का सबसे बड़ा तूफ़ान अब समाप्त हो चुका था, अटलांटिक की रात विशाल और पारदर्शी मालूम पड़ रही थी और विमान तारों के बीच गतिहीन लग रहा था। फिर मैंने कई घंटों तक उसे इंच दर इंच ध्यान से देखा और जीवन का एकमात्र संकेत जो मैं देख सकता था वो था उसके माथे पर किसी पानी पर गुजरनेवाले बादलों जैसी सपनों की छाया। उसके गले में एक पतली चेन थी जो उसकी सुनहरी त्वचा पर लगभग नज़र नहीं आ रही थी, उसके कान छिदे हुए नहीं थे, उसके नाख़ून गुलाबी थे जो उसके अच्छे स्वास्थ्य की निशानी थे और उसके बाएँ हाथ में एक सादी सी अँगूठी थी। चूँकि उसकी उम्र बीस साल से ज़्यादा की नहीं लग रही थी, इसलिए मैंने ख़ुद को सान्त्वना दी कि अँगूठी शादी की नहीं बल्कि सगाई की थी। तभी मुझे खेरार्दो डिएगो की कविता याद आई और शैम्पेन के बुलबुलों के साथ मैं उसे दोहराने लग गया, *"यह जानकर कि तुम सोती हो, निश्चिन्त, सुरक्षित, परित्याग की एक बहती नदी के साथ, एक अमिश्रित रेखा में, मेरी बँधी हुई बाँहों के इतने क़रीब।"* फिर मैंने अपनी सीट को उसकी सीट के बराबर किया और अब हम दोनों बेहद क़रीब लेटे हुए थे इतने क़रीब मानो सुहाग सेज पर हों। उसकी साँसों की गरमाहट बिलकुल उसकी आवाज़ जैसी थी, उसकी त्वचा से आने वाली ख़ुशबू उसकी सुन्दरता को बयान कर रही थी। मुझे सब कुछ बहुत अविश्वसनीय लग रहा था—पिछले वसन्त मैंने यासुनारी कवाबाता का

एक उपन्यास पढ़ा था जिसमें क्योटो के कुछ वृद्ध पूँजीपति शहर की ख़ूबसूरत लड़कियों को नशे की हालत में नग्न अवस्था में रात भर देखने के लिए मोटी रक़म अदा करते थे जबकि वे लोग उसी बिस्तर पर उनका प्यार पाने को मरते थे। वे उनको जगा नहीं सकते थे, न ही छू सकते थे, और वे कोशिश भी नहीं करते थे, क्योंकि आनन्द का सारा सार उनको सोता हुआ देखने में था। उस रात उस सुन्दरी को सोता हुआ देखकर मैंने न केवल उन वृद्धों के विक्षिप्त संस्कार को समझा बल्कि पूरी तरह उसे जिया भी।

"किसने सोचा था," शैम्पेन की वजह से पूरी तरह से आत्ममुग्ध होकर मैंने सोचा, "मैं एक बूढ़ा जापानी बन जाऊँगा।"

शैम्पेन के नशे और फ़िल्म की मूक रोशनी में मैं काफ़ी घंटे सोया रहा और जब जागा तो मेरा सर फट रहा था। मैं बाथरूम गया। मेरी सीट से ठीक दो सीट पीछे ग्यारह बैग वाली महिला अजीब-सी हालत में अपनी सीट पर लेटी हुई थी। वह किसी युद्ध के मैदान में पड़ी एक अनजान लाश जैसी लग रही थी। बीच गलियारे में फ़र्श पर उसका रंगीन मनके की चेन से जुड़ा पढ़ने का चश्मा गिरा हुआ था, और उसे न उठाने पर मुझे थोड़ी देर के लिए काफ़ी आनन्द आया।

शैम्पेन का नशा उतारने के लिए काफ़ी देर तक अपना मुँह धोने के बाद जब मैंने अपना चेहरा शीशे में देखा तो मैं चौंक गया; बदसूरत व एकदम बेकार। मैं हैरान रह गया यह देखकर कि प्यार में बर्बाद हो जाने के बाद ऐसी हालत हो जाती है। तभी अचानक से विमान अपना सन्तुलन खोते हुए नीचे की तरफ़ गया और फिर जितना हो सका सीधा हुआ और अन्ततः अपनी रफ़्तार में उड़ने लगा। 'अपनी सीट पर लौटें' वाले निशान की बत्तियाँ जल चुकी थीं। मैं हड़बड़ी में बाहर निकला यह सोचते हुए कि शायद उस दैवी कोलाहल से वह सुन्दरी उठ जाए और डर के मेरी बाँहों में छुप जाए। जल्दबाज़ी में मैं उस डच महिला के चश्मों पर पैर रखने ही वाला था और ऐसा करते हुए मुझे बहुत ख़ुशी भी हुई होती, पर मैंने पैर पीछे खींचा और उन्हें उठाकर उस महिला की गोद में रख दिया। अचानक मुझे उसके प्रति कृतज्ञता का आभास हुआ कि उसने मुझसे पहले चार नम्बर की सीट नहीं चुनी।

उस सुन्दरी की नींद अपराजेय थी। जब विमान स्थिर हुआ, तो मेरे मन में उसे किसी भी तरह जगाने की लालसा जाग उठी क्योंकि यात्रा के उस आख़िरी घंटे में, भले ही वो नाराज़ हो जाए मैं उसे एक बार जगा हुआ देखना चाहता था ताकि मैं आज़ाद हो सकूँ और शायद अपनी जवानी को फिर से महसूस कर सकूँ। लेकिन मेरी हिम्मत नहीं हुई। मुझे अपने-आप पर बहुत ग़ुस्सा आया और ख़ुद से चिढ़कर मैंने कहा, "मैं वृषभ राशि में पैदा क्यों नहीं हुआ।"

लैंडिंग की घोषणा होते ही वह बिना किसी सहायता के अपने-आप जाग गई, वह अभी भी उतनी ही सुन्दर और तरोताज़ा लग रही थी मानो किसी गुलाब के बग़ीचे में सो रही थी। तभी मुझे अहसास हुआ कि विमान में अगल-बग़ल बैठे लोग, पुराने शादीशुदा जोड़ों की तरह, उठते ही एक-दूसरे को गुड मॉर्निंग नहीं कहते। उसने भी नहीं कहा। उसने अपना स्लीपिंग मास्क हटाया, अपनी चमकती आँखें खोलीं, अपनी सीट सीधी की और कम्बल को एक तरफ़ रखा। उसने अपने बालों को सँवारा और फिर अपने मेकअप किट को अपने घुटने पर रखकर जल्दी से हल्का-सा मेकअप किया। मेकअप में इतना समय लगा कि दरवाज़े खुलने तक उसे मेरी तरफ़ देखने की ज़रूरत नहीं पड़ी। फिर उसने अपनी लिंक्स की जैकेट पहनी और दक्षिण अमेरिका की स्पैनिश में एक पारम्परिक माफ़ी माँगते हुए वह बिना मुझे अलविदा कहे, बिना मेरा शुक्रिया अदा किये लगभग मेरे ऊपर से गुज़र गई और न्यूयॉर्क के अमेज़न में आज के दिन में गुम हो गई। जबकि मैंने हम दोनों की रात को ख़ुशनुमा करने के लिए इतना कुछ किया था।

[जून, 1982]

मैं सपने बेचती हूँ

एक सुबह 9 बजे, जब हम होटल हवाना रिविएरा की छत पर नाश्ता कर रहे थे, तभी तेज़ धूप में अचानक समुद्र से उठी एक तेज़ लहर ने मालेकोन ऐवन्यू से गुज़र रही या फिर फ़ुटपाथ पर खड़ी कई गाड़ियों को हवा में उछाल दिया, यहाँ तक कि एक गाड़ी तो होटल के किनारे से टकराई। यह बिलकुल डायनामाइट के धमाके जैसा था जिसकी वजह से होटल की सभी 20 मंज़िलों तक घबराहट फैल गई और लॉबी के रंगीन काँच चकनाचूर हो गए। उस धमाके ने वेटिंग हॉल में उपस्थित काफ़ी पर्यटकों को एक ही पल में टेबल कुर्सियों के साथ हवा में उछाल दिया, कुछ लोग तो काँच के टुकड़े लगने की वजह से घायल भी हो गए। समुद्री लहर ज़रूर विशालकाय रही होगी, क्योंकि मालेकोन की दीवार और होटल के बीच एक चौड़ी सड़क थी और उसे पार करने के बाद भी उस लहर में होटल की खिड़की के काँच को तोड़ने के लिए पर्याप्त बल था।

जोश से भरे क्यूबन स्वयंसेवकों ने फ़ायरमैन की मदद से सिर्फ़ छह घंटों में ही सारा मलबा रास्ते से हटा दिया। समुद्र की तरफ़ खुलने वाले दरवाज़ों को बन्द करके नये दरवाज़े लगा दिये गए और कुछ ही समय में सब कुछ फिर से पहले जैसा व्यवस्थित हो गया। इन सबके बीच किसी का भी ध्यान होटल की दीवार से टकराने वाली गाड़ी पर नहीं गया। सबको लग रहा था वह होटल के पास फ़ुटपाथ पर खड़ी हुई गाड़ियों में से एक थी। लेकिन जब क्रेन की मदद से उसे हटाया गया तो गाड़ी में ड्राइवर की सीट पर सुरक्षा पेटी

से बँधी एक महिला की लाश मिली। झटका इतना तगड़ा था कि मृत महिला के शरीर की एक भी हड्डी साबुत नहीं बची थी। उसके चेहरे को काफ़ी क्षति पहुँची थी, जूतों का जोड़ अलग हो गया था और कपड़े फट चुके थे। उसकी उँगली में साँप के आकार की सोने की अँगूठी थी, और उस साँप की आँखें पन्ने की थीं। पुलिस ने पुष्टि की कि वास्तव में वह नये पुर्तगाली राजदूत की नौकरानी थी जो 15 दिन पहले ही उनके साथ हवाना आई थी और उस सुबह नई गाड़ी से बाज़ार जाने के लिए निकली थी। अख़बार में ख़बर पढ़ते समय उसके नाम ने मेरा ध्यान अपनी ओर नहीं खींचा बल्कि मेरा सारा ध्यान जिज्ञासावश उसकी अँगूठी पर गया—साँप के आकार की अँगूठी जिसकी आँखें पन्ने की थीं। हालाँकि मैं यह नहीं पता कर पाया कि उसने यह अँगूठी किस उँगली में पहनी हुई थी।

यह अत्यन्त महत्त्वपूर्ण तथ्य था क्योंकि मुझे डर था कि यह वही महिला न हो जिसका असली नाम मैं कभी नहीं जान पाया था पर वह बिलकुल वैसी ही अँगूठी अपने दाहिने हाथ की तर्जनी उँगली में पहनती थी। उन दिनों यह कोई आम बात नहीं थी। मैं उस महिला से पहली बार 34 साल पहले विएना के लैटिन छात्रों के एक बार में मिला था जहाँ पर वह उबले आलू के साथ सॉसेज खा रही थी और बियर पी रही थी। मैं उस सुबह ही रोम से आया था और आज भी उसकी पहली झलक—उसके बड़े स्तन, कोट के कॉलर पर लटक रही लोमड़ी की पूँछ-सी चोटी और वह मिस्र की अँगूठी जो उसकी उँगली में थी, की याद मेरे ज़ेहन में ताज़ा है। वह बिना रुके टूटी-फूटी स्पैनिश बोल रही थी और मुझे लगा लकड़ी के उस बार काउंटर पर वह अकेली ऑस्ट्रियाई थी। लेकिन नहीं, उसका जन्म कोलम्बिया में हुआ था और इस बीच हुए दो युद्धों के दौरान संगीत और गायन की पढ़ाई के लिए वह ऑस्ट्रिया चली गई थी। जब मैंने उसे पहली बार देखा था तब उसकी उम्र मुश्किल से 30 साल थी और वह कोई ख़ास सुन्दर नहीं थी बल्कि समय से पहले उसकी उम्र ढलने लगी थी; बावजूद इसके वह एक बहुत प्यारी इनसान थी और ख़तरनाक भी।

विएना अभी भी एक प्राचीन शाही शहर था, जिसकी भौगोलिक स्थिति द्वितीय विश्वयुद्ध के बाद एक-दूसरे के जानी दुश्मन बने दो वैश्विक ध्रुवों के

बीच होने के कारण दुनिया के बीच काला बाज़ारी और वैश्विक जासूसी के स्वर्ग में बदल गई थी। मैं अपनी उस भगोड़ी हमवतन के लिए इससे उचित किसी दूसरी जगह की कल्पना भी नहीं कर सकता था, जो वहाँ छात्रों की मेस में सिर्फ़ अपने मूल देश के प्रति वफ़ादारी निभाने के लिए खाना खा रही थी जबकि उसके पास इतने पैसे थे कि वह अन्दर बैठे सभी के लिए खाना ख़रीद सकती थी। उसने अपना असली नाम कभी नहीं बताया और हम उसे एक जर्मन टंग ट्विस्टर 'फ्राउ फ्रीडा' के नाम से जानते रहे थे जिसका आविष्कार विएना में रह रहे लैटिन छात्रों ने उसके लिए किया था। अभी मेरा परिचय हुआ ही था कि मैंने उत्सुकतावश यह पूछने की गुस्ताख़ी कर डाली कि वह अपने मूल स्थान क्विन्दीओ की तेज़ हवा वाली चट्टानों से बिलकुल अलग जगह ऐसी अनजान दुनिया में कैसे आ पहुँची थी? जिसका उसने मुझे एक ही झटके में जवाब दिया—"मैं सपने बेचती हूँ।"

वास्तव में, यही उसका एकमात्र काम था। वह पुराने कालदास के एक सम्पन्न दुकानदार की ग्यारह सन्तानों में से तीसरी थी और जब से उसने बोलना सीखा था, अपने घर में ख़ाली पेट सपने सुनाने की एक अच्छी आदत बना ली थी क्योंकि वही एक समय था जब उसकी पूर्वाभास की कला पूर्ण रूप से संरक्षित रहती थी। जब वह सात साल की थी तब उसने सपना देखा कि उसका एक भाई पानी की धारा की चपेट में आकर बह गया है। उसकी माँ ने धार्मिक अन्धविश्वास के वशीभूत हो अपने बेटे के नदी में नहाने पर पाबन्दी लगा दी थी जो उसे सबसे ज़्यादा पसन्द था। लेकिन फ्राउ फ्रीडा की भविष्यवाणियों का अपना एक अलग ही तरीक़ा था।

उसने कहा, "इस सपने का मतलब यह नहीं है कि वह डूबने वाला है, बस उसे मीठा नहीं खाना चाहिए।" एक पाँच साल के बच्चे के लिए, जिसे रविवार को मिठाई न खाना पाप सरीखा लगता था, सपने की ऐसी अजीब व्याख्या सबको काफ़ी बेतुकी लगी लेकिन अपनी बेटी की दैवी कला से आश्वस्त माँ ने इस चेतावनी को गम्भीरता से लिया। हालाँकि एक छोटी सी लापरवाही की वजह से बच्चे के गले में टॉफी फँस गई जो वह छुपकर खा रहा था जिसकी वजह से उसका दम घुट गया और उसे बचाया नहीं जा सका।

जब तक विएना की भयंकर ठंड में जीवन मुश्किल नहीं हो गया तब तक फ्राउ फ्रीडा ने कभी नहीं सोचा था कि सपने देखना भी एक काम हो सकता है। फिर उसने काम माँगने के लिए उस घर का दरवाज़ा सबसे पहले खटखटाया जहाँ वह रहना चाहती थी और जब उससे पूछा गया कि उसे क्या काम आता है तो उसने बड़ी ईमानदारी से जवाब दिया, "मैं सपने देखती हूँ।" घर की मालकिन की स्वीकृति लेने के लिए एक छोटा-सा स्पष्टीकरण ही पर्याप्त था। एक साधारण-सा वेतन तय हुआ जो बस उसके रोज़मर्रा के ख़र्चे पूरा करने के लिए पर्याप्त था। हालाँकि उसे वेतन के साथ एक बहुत अच्छा कमरा और तीन वक़्त का खाना भी मिलता था। सुबह के नाश्ते के वक़्त ख़ास तौर पर घर के सारे सदस्य यह जानने के लिए इकट्ठा होते थे कि उनका दिन कैसा जाएगा। घर का मालिक एक ज़मींदार था और मालकिन एक ख़ुशमिज़ाज महिला जो रोमांटिक चैम्बर संगीत की शौक़ीन थी और दो छोटे बच्चे थे जिनकी उम्र क्रमश: 11 और 9 साल थी। सभी बहुत धार्मिक थे और प्राचीन अन्धविश्वासों पर बहुत यक़ीन करते थे। इसलिए उन्होंने फ्राउ फ्रीडा को ख़ुशी के साथ स्वीकार किया जिसका एकमात्र काम था अपने सपनों द्वारा घरवालों का रोज़ का भविष्य बताना।

उसने लम्बे समय तक अपना काम काफ़ी अच्छे से किया, ख़ासकर युद्ध के दौरान जब वास्तविकता किसी बुरे सपने से ज़्यादा डरावनी थी। घर में हर एक को नाश्ता कब और कैसे करना था इसका निर्णय सिर्फ़ वही ले सकती थी और बहुत जल्द ही उसकी भविष्यवाणियों का घर में एकछत्र राज हो गया। उसका प्रभुत्व पूरे परिवार पर छा चुका था। यहाँ तक कि वो साँस भी उसकी अनुमति से लेते थे। जिन दिनों मैं विएना में था उस समय घर के मालिक की मृत्यु हुई थी और उसने आभार के साथ अपनी कमाई का एक हिस्सा फ्राउ फ्रीडा के नाम कर दिया था इस शर्त के साथ कि वह उसके परिवार के लिए सपने देखती रहेगी जब तक उसके सपने ख़त्म न हो जाएँ।

मैं विएना में एक महीने से अधिक रहा, दूसरे छात्रों की तरह दिक़्क़तों में, उस पैसे के इन्तज़ार में जो कभी पहुँचे ही नहीं। फ्राउ फ्रीडा का अप्रत्याशित रूप से सराय में आना हमारी दरिद्रता के समय में किसी उत्सव से कम नहीं

होता था। ऐसी ही एक रात बियर के नशे में, उसने विश्वास के साथ मेरे कान में कुछ कहा जिसका अर्थ था मुझे बिलकुल भी समय बर्बाद नहीं करना चाहिए।

उसने कहा, "मैं यहाँ तुम्हें यह कहने आई हूँ कि कल रात मैंने तुम्हारे बारे में एक सपना देखा है। तुम्हें तुरन्त यहाँ से चले जाना चाहिए और अगले पाँच साल तक विएना नहीं आना चाहिए।"

उसे अपनी बात पर इतना यक़ीन था कि उसने मुझे उसी रात रोम जाने वाली आख़िरी ट्रेन में बिठा दिया। मैं उस बात से इतना प्रभावित हुआ कि उस दिन के बाद से मैंने अपने-आप को एक ऐसी आपदा से बचा हुआ पाया है जिसे मैंने कभी अनुभव ही नहीं किया था और मैं आज तक विएना वापस नहीं गया हूँ।

हवाना में घटी आपदा से पहले फ्राउ फ्रीडा को बार्सिलोना में देखना मुझे काफ़ी अजीब लगा था, यह मेरे लिए एक रहस्य की भाँति था। यह उस दिन हुआ जब पाब्लो नेरुदा ने स्पेनी गृहयुद्ध के बाद पहली बार लम्बी समुद्री यात्रा द्वारा वालपराइसो जाते हुए स्पेन की धरती पर क़दम रखा था। एक सुबह उन्होंने हमारे साथ कुछ किताबों की तलाश में एक पुरानी किताबों की दुकान में बिताई, और पोर्टर में उन्होंने एक पुरानी फटी हुई किताब ख़रीदी जिसकी क़ीमत शायद रंगून में वाणिज्य दूतावास के दो महीने के उनके वेतन के बराबर थी। वे किसी अपंग हाथी की तरह भीड़ में चल रहे थे, और एक बच्चे की भाँति जिज्ञासावश हर चीज़ का राज़ जानना चाह रहे थे। उनके लिए दुनिया एक चाबीवाले खिलौने जैसी थी जिससे ज़िन्दगी का आविष्कार हुआ था।

मैंने इससे ज़्यादा पुनर्जागरण के पोप के विचारों से मेल खाने वाला इनसान नहीं देखा था—खाने के शौक़ीन और सभ्य। न चाहने के बावजूद उन्हें हमेशा सभा की अध्यक्षता करनी पड़ती थीं। खाने के समय उनकी पत्नी मातील्दे हमेशा उनके सीने पर एक रूमाल लगाती थी, जो रूमाल से ज़्यादा किसी नाई का कपड़ा लगता था, पर एक वही रास्ता था जिससे कि खाते समय उनके कपड़े ख़राब न हों। कारवालेइराज़ रेस्तराँ का वह दिन इस बात का बेहतरीन उदाहरण है। उन्होंने बिलकुल किसी कुशल सर्जन की तरह छोटे-छोटे टुकड़ों में तोड़ते हुए तीन पूरे लॉबस्टर खाए और साथ ही वे अपनी नज़रों से

अपने आसपास के सभी लोगों के व्यंजनों का लुत्फ़ भी ले रहे थे। सभी की प्लेट से वह जिस आनन्द से थोड़ा-थोड़ा चख रहे थे जो दूसरों को खाने के लिए प्रेरित कर रहा था। उनके आसपास तरह-तरह के व्यंजन थे जैसे गैलीसिया की बड़ी सीपी या शेलफ़िश, कान्ताब्रिया के मशहूर विशेष सीप, आलीकान्ते के झींगे और कोस्टा ब्रावा का विशेष समुद्री घोंघा। इसी दौरान, किसी फ्रांसीसी की तरह वह केवल अन्य व्यंजनों की बात कर रहे थे, विशेष रूप से चिली के प्रागैतिहासिक समुद्री खाने की जो उनके दिल के बेहद क़रीब था। तभी अचानक से उन्होंने खाना बन्द कर दिया और लॉबस्टर को तोड़ते हुए धीमी आवाज़ में मुझसे कहा, "मेरे पीछे कोई है जो मुझे लगातार देखे जा रहा है।"

मैंने थोड़ा उठकर देखा और सच में ऐसा ही था। उनके पीछे तीन टेबल की दूरी पर पुराने ज़माने की फेल्ट हैट और बैंगनी स्कार्फ़ पहने एक निडर महिला, अपना खाना चबाते हुए उन्हें एकटक घूर रही थी। मैंने उसे फौरन पहचान लिया। वह बूढ़ी और मोटी हो चुकी थी पर वही थी; उसकी तर्जनी उँगली में वही साँप की आकृतिवाली अँगूठी थी।

वह नेपल्स से नेरुदा और उनकी पत्नी के साथ उसी जहाज़ में आ रही थी लेकिन यात्रा के दौरान उन्होंने एक-दूसरे को नहीं देखा था। हमने उसे अपने साथ कॉफ़ी पीने के लिए अपनी टेबल पर आमंत्रित किया और कवि महाशय को चमत्कृत करने के लिए मैंने उसे सपनों के बारे में बात करने के लिए उकसाया। नेरुदा ने उसकी बातों पर ज़्यादा ध्यान नहीं दिया, क्योंकि वे सपनों की भविष्यवाणियों पर विश्वास नहीं करते थे।

"केवल कविता में ही सूक्ष्मदर्शी होने की क्षमता है," उन्होंने कहा।

दोपहर के खाने के बाद, जब हम लास रामब्लास की सैर के लिए निकले तो जान-बूझकर मैं फ्राउ फ्रीडा के साथ थोड़ा अलग चलने लगा ताकि हम पुरानी बातें कर सकें और कोई सुने भी नहीं । उसने मुझे बताया कि ऑस्ट्रिया की सम्पत्ति बेचकर वह अब पोर्टो, पुर्तगाल में आराम से रह रही थी। उसका एक महलनुमा घर था जहाँ से अमेरिका तक का सारा समुद्र दिखता था, हालाँकि उसने कहा नहीं पर उसकी बातों से स्पष्ट था कि उसने स्वप्न-दर-स्वप्न अपने विएना के मालिकों की सारी सम्पत्ति हड़प ली थी।

हालाँकि मुझे यह पसन्द नहीं आया, क्योंकि मैं हमेशा यही सोचता था कि सपने देखने की यह चाल उसकी अपनी आजीविका चलाने से ज़्यादा कुछ नहीं थी। और मैंने उसे यह कहा भी।

वह ठहाके लगाकर हँसने लगी। "तुम अभी भी हमेशा की तरह निडर हो", उसने मुझसे कहा। फिर उसने और कुछ नहीं कहा क्योंकि समूह के अन्य लोग नेरुदा की प्रतीक्षा में रुक गए थे ताकि वह पक्षियों के समूह के साथ-साथ तोतों के समूह से अपनी चिली की ख़ास बोली में कुछ बात कर सकें। और जब हमने दोबारा बातचीत शुरू की तो फ्राउ फ्रीडा ने विषय बदल दिया।

"वैसे, अब तुम विएना लौट सकते हो," उसने मुझसे कहा।

और तब मुझे इस बात का अहसास हुआ कि हमें एक-दूसरे से मिले 13 साल बीत चुके थे।

"अगर तुम्हारे सपने झूठे भी हुए, तब भी मैं वापस नहीं लौटूँगा," मैंने कहा। "मैं कोई जोखिम नहीं उठाना चाहता।"

तीन बजे हमने उससे विदा ली ताकि नेरुदा अपनी दोपहर की नींद ले सकें। वे हमारे घर में सोए, कुछ ख़ास तरीक़े की तैयारी के बाद, जिससे अनायास ही जापान के चाय समारोह की याद आ गई। कुछ खिड़कियों को बन्द करना पड़ा और कुछ को खोलना पड़ा ताकि एक निश्चित तापमान बना रहे, एक निश्चित दिशा से रोशनी आती रहे और पूरी तरह से शान्ति रहे। नेरुदा तुरन्त ही सो गए और दस मिनट बाद जब हमने सोचा भी नहीं था, किसी बच्चे की तरह जाग गए। नींद से जागकर वह तरोताज़ा महसूस कर रहे थे। वे कमरे में आए तो उनके गाल पर तकिये का मोनोग्राम छपा हुआ था।

"मैंने उस सपने देखने वाली महिला के बारे में सपना देखा," उन्होंने कहा। मातील्दे चाहती थीं कि वे पूरा सपना सुनाएँ।

"मैंने सपने में देखा कि वह मेरे बारे में सपना देख रही थी," उन्होंने कहा।

"यह तो बोर्खेज़ की कला है," मैंने उनसे कहा। उन्हें मेरी यह बात सुनकर कुछ ज़्यादा ख़ुशी नहीं हुई।

"और क्या यह लिखा हुआ है?"

"अगर नहीं लिखा हुआ है तो वह ज़रूर किसी दिन इसके बारे में

लिखेंगे," मैंने कहा। "यह उनकी कई पहेलियों में से एक होगी।"

शाम के छह बजे जैसे ही हम जहाज़ पर सवार हुए, नेरुदा ने हमसे विदा ली और दूर किसी एक टेबल पर बैठ गए। उन्होंने उसी हरी स्याही से कुछ छंद लिखने शुरू किये, जिससे वह अपनी किताबों के समर्पण पृष्ठ पर मछलियाँ और फूल बनाते थे। जहाज़ की पहली घोषणा होते ही हमने फ्राउ फ्रीडा की तलाश शुरू की और जब हम उसे अलविदा कहे बिना ही जाने वाले थे तो ठीक उसी समय वह पर्यटक डेक पर दिखाई दी। वह अभी-अभी दोपहर की नींद से जागी थी।

"मैंने कवि महाशय के बारे में सपना देखा," उसने हमें कहा। मैंने चौंकते हुए उसे कहा कि मुझे सारा सपना सुनाए।

"मैंने सपने में देखा कि वह मेरे बारे में सपना देख रहे थे," उसने कहा। फिर मेरे चेहरे पर हैरानी देखकर उसने उलझन के साथ कहा, "तुम क्या चाहते हो? कई बार इतने सारे सपनों के बीच कुछ ऐसे भी होते हैं जिनका वास्तविक जीवन से कोई लेना-देना नहीं होता।"

मैं फिर कभी उससे नहीं मिला और न ही मुझे उसकी कोई ख़बर मिली जब तक कि मैंने उस दिन होटल रिविएरा की दुर्घटना में मृत महिला की साँप की आकृतिवाली अँगूठी नहीं देखी। इसलिए महीनों बाद एक राजनयिक स्वागत समारोह में जब मैं पुर्तगाली राजदूत से मिला तो अपने-आप को सवाल पूछने से रोक नहीं पाया। राजदूत ने भी बड़े जोश और अत्यन्त प्रशंसा के साथ मुझे उसके बारे में बताया। "आप कल्पना नहीं कर सकते कि वह कितनी असाधारण महिला थी," उन्होंने कहा। "आपको उसके बारे में कहानी लिखनी ही पड़ती।" और उसी स्वर में वह उसके बारे में चकित कर देने वाली ढेरों जानकारियाँ बताते रहे लेकिन ऐसा कोई संकेत नहीं दिया कि मैं किसी अन्तिम निष्कर्ष पर पहुँच सकूँ।

अन्त में मैंने उनसे पूछ लिया, "आख़िर वह करती क्या थी?"

"कुछ नहीं," उन्होंने कुछ निराशा के साथ कहा। "वह सपने देखती थी।"

[मार्च, 1980]

मैं सिर्फ़ फ़ोन करने आई थी

वसन्त की बरसात की एक दोपहर, जब मारिया दे ला लूज़ सेरवांतेस बार्सिलोना वापस जा रही थी, उसकी किराए की कार मोनेग्रोस के रेगिस्तान में ख़राब हो गई। वह सत्ताईस वर्षीय मेक्सिकन थी, सुन्दर और गम्भीर, जिसका वर्षों पहले एक संगीत कलाकार के रूप में अच्छा-ख़ासा नाम था। उसकी शादी एक जादूगर से हुई थी, जिससे वह उस दिन ज़ारागोज़ा में कुछ रिश्तेदारों से मिलने के बाद मिलने जा रही थी। तूफ़ान में आती-जाती कारों और मालवाहक ट्रकों को एक घंटे तक रोकने की नाकाम कोशिशों के बाद, एक खस्ताहाल बस के ड्राइवर को उस पर दया आ गई। हालाँकि, उसने मारिया को पहले ही सचेत कर दिया था कि वह बहुत दूर नहीं जा रहा है।

"कोई फ़र्क़ नहीं पड़ता," मारिया ने कहा। "मुझे बस एक फ़ोन चाहिए।"

यह सच था। उसे सिर्फ़ अपने पति को बताना था कि वह सात बजे से पहले घर नहीं पहुँचेगी। अप्रैल के महीने में समुद्र तट पर पहने जाने वाले जूते और छात्रों जैसा कोट पहने वह एक भीगी हुई छोटी चिड़िया सरीखी लग रही थी और कार ख़राब होने के हादसे से इतनी परेशान थी कि चाबी लेना ही भूल गई। ड्राइवर के बग़ल में बैठी दिखने में सैनिक जैसी महिला ने मारिया को एक तौलिया और एक कम्बल दिया तथा अपनी सीट पर उसके लिए जगह बनाई। मारिया ने जितना हो सका ख़ुद को पोंछा और कम्बल लपेटकर सिगरेट जलाने की कोशिश करने लगी लेकिन उसकी माचिस गीली थी। बग़ल

में बैठी महिला ने उसे माचिस दी और सूखी सिगरेटों में से एक माँगी। सिगरेट पीते वक़्त मारिया को भड़ास निकालने का मन हुआ तो बारिश के शोर और बस की खड़खड़ाहट से ऊँची आवाज़ में चीख़ी। महिला ने होंठों पर उँगली रखकर उसे टोका।

"वे सो रहे हैं," वह फुसफुसाई।

मारिया ने मुड़कर देखा तो पाया कि बस अनिश्चित उम्र और अलग-अलग परिस्थितियों की महिलाओं से भरी हुई थी जो उस तरह के ही कम्बल में सो रही थीं जैसा उसके पास था। उनकी शान्ति से प्रभावित मारिया भी अपनी सीट पर सिमटकर बैठ गई और बारिश के शोर में गुम हो गई। जब वह उठी, तो अँधेरा हो चुका था और तूफ़ान बर्फ़ीली बूँदाबाँदी में बदल गया था। उसे पता नहीं था कि वह कितनी देर सोई थी या दुनिया में किस जगह पर थी। उसके बग़ल वाली महिला चौकस थी।

"हम कहाँ हैं?" मारिया ने पूछा।

"हम पहुँच गए हैं," महिला ने जवाब दिया।

बस विशाल पेड़ों के जंगल में एक पुराने कॉन्वेंट जैसी एक विशाल, उदास इमारत के पथरीले आँगन में प्रवेश कर रही थी। आँगन में एक लालटेन की मन्द रोशनी में दिखाई दे रहे यात्री तब तक गतिहीन बैठे रहे जब तक सैनिक जैसी दिख रही महिला ने उन्हें बच्चों जैसे आदेश और निर्देश नहीं दिये। वे सभी बड़ी उम्र की महिलाएँ थीं, और आँगन की मन्द रोशनी में उनकी हरकतें इतनी सुस्त थीं कि वे सपने की छवियों जैसी दिख रही थीं। सबसे आख़िर में नीचे उतर रही मारिया ने सोचा कि वे नन थीं। लेकिन उसको तब शक हुआ जब उसने कई महिलाओं को वर्दी में देखा, जो उन्हें बस के दरवाज़े पर लेने आई थीं, उन्हें सूखा रखने के लिए उनके सिर पर कम्बल डाला था और उन्हें एक पंक्ति में खड़ा किया था तथा वे शब्दों से निर्देश देने की जगह लय में बजती तालियों से निर्देश दे रही थीं। मारिया ने अलविदा कहा और उस महिला को कम्बल देने की कोशिश की जो उसके बग़ल में बैठी थी लेकिन उस महिला ने कम्बल से सिर ढककर आँगन पार करने को कहा और फिर कम्बल दरबान को देने के लिए कहा।

"क्या कोई टेलीफ़ोन है?" मारिया ने पूछा।

"बेशक," महिला ने कहा। "वे आपको दिखाएँगे कि कहाँ है।"

उस महिला ने एक और सिगरेट माँगी, तो मारिया ने उसे गीला पैकेट दे दिया। "रास्ते में सूख जाएँगे," उसने कहा। महिला ने बस के पायदान से अलविदा कहा, और चिल्लाकर बोली, "शुभकामनाएँ।" इससे पहले कि वह कुछ और कह पाती बस चली गई।

मारिया बिल्डिंग के दरवाज़े की ओर भागी। एक मेट्रन ने ज़ोर से ताली बजाकर उसे रोकने की कोशिश की, लेकिन अन्त में उसे ज़ोर से चिल्लाना पड़ा—"रुक जाओ, मैंने कहा!" मारिया ने कम्बल के नीचे से देखा तो बर्फ़ीली आँखों का जोड़ा और पंक्ति में खड़े होने का इशारा करती एक उँगली को पाया। उसने आज्ञा का पालन किया। अन्दर गलियारे में वह समूह से अलग हो गई और दरबान से पूछा कि टेलीफ़ोन कहाँ है। तभी किसी दूसरी मेट्रन ने उसके कंधे को थपथपाते हुए उसे वापस पंक्ति में खड़ा कर दिया और काफ़ी मीठी आवाज़ में कहा—

"इस तरफ़ प्रिय, टेलीफ़ोन इस तरफ़ है।"

मारिया अन्य महिलाओं के साथ एक कम रोशनी वाले गलियारे में आ गई, और अन्त में वे एक बड़े से सोने के कमरे में पहुँचे। जहाँ मेट्रन ने कम्बल इकट्ठे किये और बिस्तर बाँटना करना शुरू कर दिया। एक अन्य मेट्रन, जो मारिया को अधिक मानवीय और उच्च रैंक की लग रही थी, वहाँ आने वाली महिलाओं के कपड़ों पर लगे उनके नाम के टैग एक सूची से मिला रही थी। जब वह मारिया के पास पहुँची, तो वह आश्चर्यचकित थी क्योंकि उसने अपने नाम का टैग नहीं लगाया हुआ था।

"मैं सिर्फ़ फ़ोन इस्तेमाल करने आई थी," मारिया ने उसे बताया।

उसने जल्दी से समझाया कि हाईवे पर उसकी कार ख़राब हो गई थी। पार्टियों में जादू के करतब दिखाने वाला उसका पति बार्सिलोना में उसका इन्तज़ार कर रहा था, क्योंकि आधी रात से पहले उनको तीन प्रोग्राम करने थे, और वह उसे बताना चाहती थी कि वह समय से नहीं पहुँच पाएगी। लगभग सात बज चुके थे। उसका पति 10 मिनट में घर से निकल जाएगा और उसे

डर था कि वह सब प्रोग्राम रद्द कर देगा, क्योंकि उसे देर हो गई थी। मेट्रन मानो उसकी बात ध्यान से सुन रही थी।

"तुम्हारा नाम क्या है?" मेट्रन ने पूछा।

मारिया ने राहत की साँस लेते हुए अपना नाम बताया, लेकिन कई बार सूची जाँचने के बाद भी उस महिला को नाम नहीं मिला। घबराकर उसने दूसरी मेट्रन से पूछा। उसके पास भी कोई जवाब नहीं था तो उसने कन्धे उचका दिये।

"लेकिन मैं सिर्फ़ फ़ोन इस्तेमाल करने आई थी," मारिया ने कहा।

"ज़रूर, प्रिय," मेट्रन ने बिस्तर पर ले जाते हुए उससे कहा। उसकी बात में इतनी ज़्यादा मिठास थी कि वो असली नहीं हो सकती थी। उसने कहा, "यदि तुम बात मानोगी तो किसी से भी फ़ोन पर बात कर सकोगी। लेकिन आज नहीं, कल।"

फिर मारिया के दिमाग़ का बल्ब जला और वह समझ गई कि बस से उतरी महिलाएँ मछलीघर की तलहटी पर बैठी मछलियों जैसे क्यों चल रही थीं। असल में उन्हें नींद की गोलियाँ दी गई थीं और पत्थर की मोटी दीवारों व जमी हुई सीढ़ियों वाला अन्धकार से भरा वह महल वास्तव में महिला मानसिक रोगियों का अस्पताल था। व्याकुल होकर वह उस कमरे से भाग निकली, लेकिन इससे पहले कि वह मुख्य दरवाज़े तक पहुँच पाती, मैकेनिक का चोग़ा पहने एक मोटी-ताज़ी मेट्रन ने घुमाकर एक हाथ मारा और उसे रोक दिया तथा फ़र्श पर पटककर दबोच लिया। आतंकित मारिया ने उसकी तरफ़ देखा—

"ईश्वर के लिए," उसने कहा। "मैं अपनी मरी हुई माँ की क़सम खाती हूँ कि मैं सिर्फ़ फ़ोन करने आई थी।"

उस महिला के चेहरे पर सिर्फ़ एक नज़र ही काफ़ी थी मारिया के यह समझने के लिए कि किसी तरह की गिड़गिड़ाहट चोग़ा पहनने वाली उस पागल महिला को नहीं हिला सकती थी; उसकी असामान्य ताक़त के कारण उसे हरकुलिना कहा जाता था। वह मुश्किल केसों की प्रभारी थी और मारने की कला में कुशल उसके भालूनुमा हाथों से ग़लती से दो महिला क़ैदियों की गला दबने से हत्या हो गई थी। पहला हादसा दुर्घटना क़रार दे दिया गया लेकिन दूसरा कम स्पष्ट साबित हुआ और हरकुलिना को चेतावनी दी गई कि

अगली बार पूरी जाँच होगी। माना जाता था कि एक अच्छे कुलीन परिवार की इस काली, मोटी औरत का स्पेन के विभिन्न मानसिक अस्पतालों में घटी सन्दिग्ध दुर्घटनाओं का सन्दिग्ध इतिहास था।

पहली रात मारिया को सुलाने के लिए उन्हें बेहोशी की दवा का इंजेक्शन देना पड़ा। सुबह होने से पहले जब सिगरेट की लालसा ने उसे जगाया, तो उसकी कलाई और टखने बिस्तर की सलाखों से बँधे हुए थे। वह चिल्लाई, लेकिन कोई नहीं आया। दूसरी ओर उसके पति को बार्सिलोना में उसका कोई अता-पता नहीं। सुबह उसे दवाख़ाने ले जाना पड़ा, क्योंकि वह अपनी गन्दगी में बेहोश मिली थी।

जब उसे होश आया तो उसे पता ही नहीं था कि कितना समय बीत चुका है। लेकिन अब उसे दुनिया प्यार का स्वर्ग लग रही थी। उसके बिस्तर के बग़ल में, सपाट पैरों और शान्त मुस्कान वाले एक लम्बे बुज़ुर्ग आदमी ने सिर पर दो बार हाथ फेरकर उसकी जीने की इच्छा लौटा दी थी। वे उस अस्पताल के निदेशक थे।

उनसे कुछ भी कहने से पहले या उनका अभिवादन किये बिना मारिया ने सिगरेट माँगी। उन्होंने एक सिगरेट जलाकर दी और साथ में बाक़ी पैकेट भी उसे दे दिया। मारिया अपने आँसुओं को रोक नहीं पाई।

"जी भरकर रो लो," डॉक्टर ने अपनी निद्रापक आवाज़ में कहा। "आँसू से बेहतर कोई दवा नहीं है।"

मारिया ने भी बेहिचक अपने दिल की बात कह दी, जो वह कभी अपने प्रेमियों से भी नहीं कह पाई थी। उसकी बात सुनते हुए डॉक्टर ने उसके बालों को सहलाया, तकिया ठीक किया ताकि साँस लेने में तकलीफ़ ना हो, और प्यार से मारिया को अकाल्पनिक समझ व अनिश्चितता की भूलभुलैया से निकलने का रास्ता दिखाया। यह उसके जीवन में पहली बार था कि किसी आदमी ने मन से उसकी बात सुनी थी और बदले में हमबिस्तर नहीं होना चाहा था। एक लम्बे घंटे के अन्त में, जब मारिया ने दिल का सारा गुबार निकाल लिया था उसने टेलीफ़ोन पर अपने पति से बात करने की अनुमति माँगी।

डॉक्टर अपने पद की पूरी गरिमा के साथ खड़ा हो गया। "अभी

नहीं, राजकुमारी," उसके गाल को पहले से कहीं अधिक कोमलता के साथ थपथपाते हुए उसने कहा। "सब कुछ अपने समय से।" उसने उसे दरवाज़े से बिशप की तरह आशीर्वाद दिया, उस पर भरोसा करने के लिए कहा और हमेशा के लिए ग़ायब हो गया।

उसी दोपहर, मारिया को एक सीरियल नम्बर देकर और उसके वहाँ आने की पहेली तथा पहचान के संशय को लेकर कुछ टिप्पणियों के साथ अस्पताल में भर्ती कर लिया गया। हाशिये पर निदेशक ने अपने हाथ से टिप्पणी की थी—उत्तेजित।

मारिया के अनुमान के मुताबिक़, उसका पति अपने तीन कार्यक्रमों के लिए निर्धारित समय से आधे घंटे की देरी से ओर्ता ज़िले में अपने मामूली अपार्टमेंट से निकला था। उनके स्वच्छन्द और ख़ुशहाल रिश्ते के दो सालों में मारिया को पहली बार देर हुई थी। उसके पति को लगा कि उस सप्ताहान्त पूरे प्रान्त को तबाह करने वाली भारी बारिश के कारण ऐसा हुआ होगा। निकलने से पहले उसने रात के कार्यक्रम की सूची दरवाज़े पर लगा दी।

पहली पार्टी में सभी बच्चे कंगारू के वेश में थे। उसने अपना अदृश्य मछली वाला बेहतरीन जादू नहीं दिखाया, क्योंकि मारिया के बिना वह मुमकिन नहीं था। उसका दूसरा कार्यक्रम व्हीलचेयर पर बैठी एक निन्यानबे वर्षीय महिला के घर पर था जिसे ग़रूर था कि उसके पिछले तीस जन्मदिनों में हर साल अलग जादूगर आया था। वह मारिया की अनुपस्थिति से इतना परेशान था कि सबसे आसान खेल भी नहीं दिखा पा रहा था। उसका तीसरा कार्यक्रम हर रात की तरह लास रामब्लास के एक कैफ़े में था, जहाँ उसने फ्रांसीसी पर्यटकों के एक समूह के लिए बेमन से जादू का खेल दिखाया। इन लोगों को उसके दिखाए हुए पर विश्वास नहीं हो रहा था, क्योंकि उन्हें जादू में विश्वास नहीं था। प्रत्येक शो के बाद उसने अपने घर फ़ोन किया, इस उम्मीद में कि मारिया फ़ोन उठा लेगी। आख़िरी कॉल के बाद उसकी चिन्ता यक़ीन में बदलने लगी कि मारिया को कुछ हो गया है।

सार्वजनिक कार्यक्रमों के लिए अनुकूलित अपनी वैन में घर लौटते समय, उसने पासेओ दे ग्रासिया के किनारे ताड़ के पेड़ों में वसन्त की भव्यता

देखी और यह सोचकर काँप गया कि मारिया के बिना शहर कैसा होगा। उसकी आख़िरी उम्मीद भी तब ग़ायब हो गई जब उसने पाया कि उसका नोट अभी भी दरवाज़े पर टँगा था। वह इतना परेशान था कि बिल्ली को खाना देना भी भूल गया।

अब जब मैं यह लिख रहा हूँ तो मुझे अहसास हो रहा है कि मैंने कभी उसका असली नाम जानने की कोशिश नहीं की, क्योंकि बार्सिलोना में हम उसे केवल उसके पेशेवर नाम से जानते थे : सातुरनो एल मागो (शनि जादूगर)। वह अजीब फूहड़ आदमी था, लेकिन मारिया का चातुर्य और आकर्षण उसकी हर कमी को पूरा कर देता था। इस रहस्यमय समुदाय में मारिया ही उसका हाथ पकड़कर लाई थी, वह ऐसा समुदाय था, जहाँ रात के बारह बजे किसी आदमी को अपनी पत्नी के बारे में पता करने के लिए किसी को भी फ़ोन करने की नहीं सूझेगी। सातुरनो ज़ारागोज़ा से लौटने के बाद इस हादसे को भूल जाना चाहता था। इसलिए उस रात उसने सिर्फ़ ज़ारागोज़ा फ़ोन किया जहाँ सो रही दादी ने उसे बताया कि मारिया दोपहर के खाने के बाद ही निकल गई थी। वह भोर में सिर्फ़ एक घंटे के लिए सोया। उसने एक बुरा सपना देखा था कि मारिया ने फटी हुई और ख़ून से लथपथ शादी की पोशाक पहनी हुई है और भयभीत निश्चितता के साथ उसकी आँख खुली कि इस बार वह हमेशा के लिए उसे छोड़ गई थी, इस विशाल दुनिया में अकेले।

पिछले पाँच वर्षों में उसको मिलाकर मारिया ने तीन अलग-अलग पुरुषों को छोड़ा था। उसे मिलने के छह महीने बाद जब वे मेक्सिको सिटी के आँसुरेस ज़िले में एक नौकरानी के कमरे में पागल प्यार में गोते लगा रहे थे, मारिया अचानक उसे छोड़कर चली गई थी। एक सुबह, रात की अकथनीय हरकतों के बाद, मारिया चली गई थी। वह सब कुछ छोड़ गई, यहाँ तक कि अपनी पिछली शादी की अँगूठी भी; उसने एक ख़त भी छोड़ा था जिसमें उसने कहा था कि वह उस जंगली प्यार की पीड़ा बर्दाश्त नहीं कर सकती थी। सातुरनो को लगा कि वह अपने पहले पति के पास लौट गई थी; उसके हाई स्कूल का एक सहपाठी, जिससे उसने गुप्त रूप से शादी की थी, क्योंकि तब वह नाबालिग थी अतः दो प्यार रहित सालों के बाद मारिया ने उसे एक

दूसरे आदमी के लिए छोड़ दिया। लेकिन ऐसा नहीं था—वह अपने माता-पिता के घर गई थी, और सातुरनो हर क़ीमत पर उसे वापस लाने के लिए वहाँ गया। उसने मिन्नतें कीं, वादे किये, वादों को पूरा करने के वादे किये लेकिन वह एक चट्टान से जूझ रहा था। "रिश्ते या तो लम्बे होते हैं या छोटे होते हैं। यह छोटा था," मारिया ने कहा। मारिया की ज़िद के आगे उसने हार मान ली। लेकिन ऑल सेंट्स डे की सुबह, लगभग एक साल तक जान-बूझकर उसे भूलने की तमाम कोशिश के बाद जब वह अपने कमरे में लौटा तो उसने मारिया को लिविंग रूम के सोफ़े पर नारंगी फूलों के ताज और कुँआरी दुल्हनों की लम्बी, जालीदार पोशाक में सोते पाया।

मारिया ने उसे सच बता दिया। उसका नया मंगेतर, एक निःसन्तान विधुर था, जिसने कैथोलिक चर्च में शादी करनी चाही थी लेकिन मारिया चर्च में दुल्हन बनी इन्तज़ार करती रह गई थी। उसके माता-पिता ने शादी न होने के बावजूद रिसेप्शन देने का फ़ैसला किया था। मारिया ने भी शामिल होने का फ़ैसला किया था। वह मेक्सिको के ख़ास संगीत बैंड, (जिन्हें मारीआची कहा जाता है) पर नाची, उनके साथ गाना गाया, जमकर दारू पी और फिर आधी रात को पश्चात्ताप की आग में जलते हुए सातुरनो को ढूँढ़ने निकल पड़ी।

वह घर पर नहीं था, लेकिन चाबी हॉल में गमले के नीचे थी, जहाँ वह हमेशा रखता था। इस बार मारिया का आत्मसमर्पण बिना शर्त था। "इस बार कब तक?" उसने पूछा। उसने ब्राजील के कवि विनीसियस डी मोरेस की एक पंक्ति के साथ जवाब दिया—"प्यार तब तक शाश्वत है जब तक होता है।" दो साल बाद तक यह अभी भी शाश्वत था।

लगता था मारिया समझदार हो गई है। उसने अभिनेत्री बनने का सपना छोड़ दिया था और ख़ुद को काम और बिस्तर में उसके लिए समर्पित कर दिया था। पिछले साल के अन्त में उन्होंने पेरपिग्नान में एक जादूगर सम्मेलन में भाग लिया था, और घर लौटते समय पहली बार बार्सिलोना गए थे। उन्हें शहर इतना पसन्द आया कि वे आठ महीने से यहाँ रह रहे थे और सब कुछ इतना अच्छा था कि उन्होंने घोर कैटालोनियाई इलाक़े ओर्ता में एक अपार्टमेंट ख़रीद लिया यहाँ बहुत शोर था और बिल्डिंग में दरबान भी नहीं था लेकिन

पाँच बच्चों के लिए पर्याप्त जगह थी। उस सप्ताहान्त तक वे दोनों बहुत ख़ुश थे, जब मारिया कार किराए पर लेकर और सोमवार रात सात बजे तक वापस आने का वादा करके ज़ारागोज़ा में अपने रिश्तेदारों से मिलने गई थी। गुरुवार को भोर तक उसकी कोई ख़बर नहीं आई।

अगले सप्ताह के सोमवार को किराए की कार के लिए बीमा कम्पनी ने फ़ोन किया और मारिया के लिए पूछा। "मैं कुछ भी नहीं जानता, उसे ज़ारागोज़ा में ढूँढ़ो," सातुरनो ने कहा और फ़ोन काट दिया। एक हफ़्ते बाद एक पुलिस अधिकारी उसे बताने आया कि कार मिल गई है, मारिया ने जहाँ छोड़ी थी उससे नौ सौ किलोमीटर दूर कादीज़ की सड़क पर। अधिकारी जानना चाहता था कि क्या मारिया के पास चोरी से सम्बन्धित और कोई जानकारी थी। सातुरनो बिल्ली को खाना खिला रहा था; उसने पुलिसवाले को देखा भी नहीं और कहा कि उन्हें अपनी तफ़्तीश बन्द कर देनी चाहिए क्योंकि उसकी पत्नी भाग गई है और वह नहीं जानता वह कहाँ और किसके साथ है। उसका विश्वास इतना दृढ़ था कि अधिकारी ने असहज महसूस किया और अपने सवालों के लिए माफ़ी माँगी। मामले को बन्द घोषित कर दिया गया।

ईस्टर पर जब रोज़ा रेगास ने उन्हें नौकायन के लिए कदाकेस आमंत्रित किया था तभी सातुरनो को शक हो गया था कि मारिया उसे फिर से छोड़ने वाली है। हम फ्रांकोइज़्म के अन्तान्त के समय मारीतिम के लोकप्रिय और खचाखच भरे डिवाइन गौच बार में थे, और लोहे की मेज़ व कुर्सियों जिन पर मुश्किल से छह लोग बैठ सकते थे हम 20 बैठे थे। उस दिन जब सिगरेट की दूसरी डिब्बी ख़त्म हुई तो मारिया की माचिस भी ख़त्म हो गई। तभी रोमन कांस्य कड़ा पहने एक पतली बाजू ने मेज़ पर शोर मचाने वाली भीड़ के बीच रास्ता बनाया और मारिया की सिगरेट जलाई। हालाँकि मारिया ने धन्यवाद कहते समय देखा तक नहीं कि वह किसे धन्यवाद कह रही थी। लेकिन जादूगर सातुरनो ने उसे देखा—एक दुबला-पतला, चिकना किशोर, मौत की तरह फीका जिसकी कमर तक लम्बी, काली चुटिया लटक रही थी। बार की खिड़की के शीशे वसन्त की त्रामोनताना हवा के प्रकोप के आगे बमुश्किल टिक पा रहे थे, लेकिन उसने सूती पाजामा और सैंडल पहनी हुई थी।

वे दोबारा उससे शरद ऋतु के ख़त्म होने पर मिले, इस बार ला बार्सेलोनेता के एक समुद्री भोजन बार में, उन्हीं सूती कपड़ों में लेकिन इस बार चोटी गुँथी हुई थी। वह उनसे पुराने दोस्त की तरह मिला और जिस तरह से उसने मारिया को चूमा तथा जिस तरह से मारिया ने उसे वापस चूमा, सातुरनो को शक हुआ कि वे छिपकर मिलते रहे होंगे। कुछ दिनों बाद घर की डायरी में उसे मारिया का लिखा एक नया नाम और नम्बर दिखा तथा ईर्ष्या की निर्दयी स्पष्टता के चलते वह समझ गया कि वह कौन है। घुसपैठिए के बारे में जानकर उसका शक पुख़्ता हो गया—वह बाईस साल का नौजवान था, एक अमीर परिवार का इकलौता बेटा जो डिजाइनर दुकान की खिड़कियों का डेकोरेटर था; उभयलिंगी के रूप में प्रसिद्ध था और पैसे के बदले विवाहित महिलाओं के साथ समय बिताने के लिए जाना जाता था। जब मारिया घर नहीं आई तो सातुरनो ख़ुद को रोक नहीं पाया। रोज़ उस लड़के को फ़ोन करने लगा, सुबह छह बजे से अगली सुबह हर दो या तीन घंटे पर और फिर जब भी वह टेलीफ़ोन के पास होता था। कोई जवाब न मिलने से सातुरनो और अधिक व्याकुल हो गया।

चौथे दिन सफ़ाई करने के लिए वहाँ आई एक आँदालूसी महिला ने फ़ोन उठाया और कहा, "साहब चले गए हैं।" उसके जवाब में सातुरनो को पागल करने के लिए पर्याप्त अस्पष्टता थी। सातुरनो अपने-आप को रोक नहीं पाया और पूछ लिया क्या मारिया मैडम वहाँ थीं।

"मारिया नाम का कोई भी व्यक्ति यहाँ नहीं रहता है," महिला ने उसे बताया, "साहब कुँवारे हैं।

"मुझे पता है," उसने कहा। "वह रहती नहीं है, लेकिन आती-जाती है, है ना?"

महिला नाराज हो गई, "कौन बोल रहा है?"

सातुरनो ने फ़ोन काट दिया। महिला का इनकार एक और सबूत लग रहा था; लेकिन अब उसे सन्देह नहीं था बल्कि वह निश्चिन्त हो गया। वह आपे से बाहर हो गया। इसके बाद उसने बार्सिलोना में अपने सभी जानने वालों को एक के बाद एक फ़ोन किया। किसी के पास बताने को कुछ नहीं था

लेकिन हर कॉल से उसका दुख और गहरा होता गया, क्योंकि उसका ईर्ष्यालु उन्माद गौच डिवाइन के बेदर्द निशाचरों में प्रसिद्ध हो गया था, और वे उसे तकलीफ़ पहुँचाने वाले मज़ाक़ से ही जवाब देते थे। तब उसे अहसास हुआ कि वह उस ख़ूबसूरत, उन्मादी, अभेद्य शहर में कितना अकेला था, जहाँ वह कभी ख़ुश नहीं रहेगा। इसलिए अगले दिन सुबह बिल्ली को खाना देने के बाद, मौत से बचने के लिए उसने अपना दिल कड़ा किया और मारिया को भूल जाने का फ़ैसला लिया।

दो महीने के बाद भी मारिया को अस्पताल के जीवन की आदत नहीं पड़ी थी। लकड़ी की खुरदुरी लम्बी मेज़ पर ज़ंजीरों से बँधे छुरी-काँटे से वह खाना चुगती थी। उसकी आँखें उदास, मध्ययुगीन भोजन कक्ष पर नज़र रख रहे जनरल फ्रांसिस्को फ्रांको की फ़ोटो पर टिकी रहती थीं। सबसे पहले उसने दिन भर प्रार्थना के लिए निर्धारित समय का विरोध किया, सुबह की प्रार्थना, दोपहर की प्रार्थना, रात की प्रार्थना। उसने बाहर मैदान में गेंद खेलने से इनकार कर दिया, और फिर उत्साहित क़ैदियों के साथ नक़ली फूल बनाने से मना कर दिया। लेकिन तीसरे हफ़्ते के बाद वह धीरे-धीरे वहाँ के जीवन में शामिल होने लग गई। डॉक्टरों का कहना था कि सब ऐसे ही शुरुआत करते हैं, और देर-सवेर उस समुदाय का हिस्सा बन जाते हैं।

सोने के भाव सिगरेट बेच रही मेट्रन ने शुरू के दिनों में तो उसकी तलब का मसला सुलझा दिया था, लेकिन जब कुछ दिनों बाद जो थोड़े-बहुत पैसे उसके पास थे वे ख़त्म हो गए तो मुश्किल फिर खड़ी हो गई। उसने अख़बार की सिगरेट में हल ढूँढ़ा जिसे कुछ क़ैदी कचरे में फेंके हुए सिगरेट बट उठाकर बनाते थे। सिगरेट पीना उसके लिए फ़ोन करने के बराबर का जुनून बन गया था। बाद में, नक़ली फूल बनाने के जो पैसे मिलते वे उसे क्षणिक सान्त्वना देते।

सबसे कठिन था रात का अकेलापन। कई क़ैदी/मरीज़ उसकी तरह देर रात तक जगी रहतीं लेकिन कुछ करने की हिम्मत नहीं होती क्योंकि ताले और ज़ंजीर से बन्द दरवाज़े पर पहरा दे रही रात वाली मेट्रन भी जागी हुई होती। एक रात, दुःख से अभिभूत मारिया ने बग़ल के बिस्तर पर लेटी महिला से पूछा—

"हम कहाँ हैं?"

उसकी पड़ोसिन ने बहुत गम्भीरता से साफ़ जवाब दिया, "नरक में।"

"सुना है कि यह हब्शियों का देश है," कमरे में एक दूसरी आवाज़ गूँजी। "और यह सच ही होगा क्योंकि गर्मियों में, जब-जब चाँद निकलता है तो कुत्ते समुद्र पर भौंकते हुए सुनाई पड़ते हैं।"

दरवाज़े पर लगे ताले की ज़ंजीर की खड़खड़ाहट हुई और दरवाज़ा खुला। उस अप्रत्याशित सन्नाटे में एकमात्र जीवित मालूम पड़ने वाली प्राणी, यानी उनकी बेरहम संरक्षक ने कमरे के एक छोर से दूसरे की तरफ़ चलना शुरू कर दिया। मारिया आतंक से अधमरी हो गई और केवल वह जानती थी कि क्यों।

अस्पताल आने के पहले हफ़्ते में ही रात की ड्यूटी पर तैनात मेट्रन ने उसे गार्ड रूम में उसके साथ सोने का प्रस्ताव दिया था। उसने सीधे-सीधे अपनी बात कही—प्यार के बदले सिगरेट, चॉकलेट या जो कुछ भी वह चाहे। "तुम्हारे पास सब कुछ होगा," मेट्रन ने काँपती आवाज़ में कहा। "तुम राज करोगी।" जब मारिया ने इनकार कर दिया, तो उसने अपनी रणनीति बदल दी, और उसके तकिये के नीचे, उसके कपड़ों की जेब में, ऐसी जगह जहाँ कोई सोच भी नहीं सकता वह छोटे-छोटे प्रेम-पत्र छोड़ देती। ऐसे प्यार भरे सन्देश जो पत्थर को भी पिघला दें। महीने भर बाद वह हार मानने ही वाली थी जब उस रात की वो घटना हुई।

जब उसे यक़ीन हो गया कि अन्य मरीज़ सो रहे हैं, तो मेट्रन मारिया के बिस्तर के पास पहुँची और उसके कान में प्यार भरी अश्लीलता से फुसफुसाई तथा उसके चेहरे को, डर से जकड़ी उसकी गर्दन को, उसकी कठोर बाँहों और उसके थके हुए पैरों को चूमा। फिर शायद यह सोचकर कि मारिया डर से नहीं बल्कि चाहत के चलते शिथिल है, उसने आगे बढ़ने की हिम्मत की। लेकिन तभी मारिया ने उसे उलटा हाथ मारा और वह बग़लवाले पलंग से जा टकराई। उत्तेजित मरीज़ों के हंगामे के बीच ग़ुस्साई मेट्रन खड़ी हो गई।

"कुतिया!" वह चिल्लाई। "हम इस नरक में एक साथ सड़ेंगे जब तक कि तू मेरे लिए पागल नहीं हो जाती।"

जून के पहले रविवार को गर्मी बिना किसी चेतावनी के आ पहुँची, जिसके चलते आपातकालीन उपाय करने पड़े क्योंकि मिस्सा के दौरान गर्मी से तप रही मरीज़ों ने अपने ऊनी लबादे उतारना शुरू कर दिये। मारिया ने भी मज़े लेकर मेट्रनों को अन्धी मुर्ग़ियों की तरह गलियारे में भागती नंगी मरीज़ों का पीछा करते देखा। इस पागलपन में अपने को बचाने के लिए वह भी भागी और ख़ुद को एक ख़ाली कार्यालय में अकेला पाया, जहाँ एक टेलीफ़ोन निरन्तर बज रहा था। मारिया ने बिना सोचे-समझे फ़ोन उठाया और एक मुस्कराती हुई आवाज़ सुनी, जिसे टेलीफ़ोन कम्पनी की समय सेवा की नक़ल करने में बहुत आनन्द मिल रहा था—

"समय है पैंतालीस बजकर निन्यानवे मिनट और एक सौ सात सेकंड।

"गधे," मारिया ने कहा।

मुस्कराते हुए मारिया ने फ़ोन काटा। वह कमरे से निकलने ही वाली थी कि उसे अहसास हुआ कि वह हाथ आया सुनहरा मौक़ा छोड़ रही थी। उसने इतनी जल्दी और दबाव में छह अंकों का नम्बर मिलाया कि उसे पक्का नहीं था वह उसके घर का ही नम्बर है या नहीं। उसका कलेजा मुँह को आ रहा था, उस परिचित घंटी की उत्सुक, उदास आवाज़ सुनते हुए, जो एक, दो, तीन बार बजी और फिर उसने अपने प्यार की आवाज़ सुनी, उस घर में उसके बिना।

"हैलो?"

मारिया का गला भर आया। उसे बोलने में समय लगा।

"जानेमन," उसने गहरी साँस ली।

आँसू जीत रहे थे। लाइन के दूसरे छोर पर छाई संक्षिप्त, भयभीत चुप्पी के बाद एक जलन भरी आवाज़ उभरी—

"रंडी!"

और उसने फ़ोन पटक दिया।

उस रात ग़ुस्से में मारिया ने भोजनालय में जनरलिसिमो की फ़ोटो को नीचे खींचा, और पूरी ताक़त के साथ बग़ीचे की तरफ़वाली काँच की खिड़की पर दे मारा तथा ख़ून से सनकर जमीन पर लेट गई। मेट्रनों के वार का विरोध करने के लिए अभी भी उसके पास पर्याप्त क्रोध था, जो उसे रोकने की

असफल कोशिश कर रही थीं। लेकिन जब उसने दरवाज़े पर हरकुलिना को अपनी बाँहें मोड़कर उसे घूरते हुए देखा तो हार मान ली। फिर भी वे उसे खींचकर हिंसक रोगियों के वार्ड में ले गए, उस पर बर्फ़ीले पानी की बौछार की और उसके पैरों में तारपीन का इन्जेक्शन लगाया। इससे होने वाली सूजन से वह चल नहीं सकती थी, और तब मारिया को अहसास हुआ कि दुनिया में कोई भी उसे इस नरक से नहीं बचा सकता था। अगले हफ़्ते, जब वह अस्पताल के कमरे में लौटी तो रात को दबे पाँव रात की ड्यूटी वाली मेट्रन के कमरे में गई और दरवाज़ा खटखटाया।

मारिया ने अपनी क़ीमत पहले चुकाए जाने की शर्त रखी। वह चाहती थी कि मेट्रन उसके पति को एक सन्देश पहुँचाए। मेट्रन को शर्त मंजूर थी बशर्ते उसे पूरी तरह से गुप्त रखा जाए।

"अगर किसी को कुछ भी पता चला तो तुम ख़त्म," उसने चेतावनी देते हुए कहा।

इस तरह, अगले शनिवार जादूगर सातुरनो मारिया को वापस ले जाने के लिए अपनी वैन सजाकर महिलाओं के पागलख़ाने पहुँचा, तो निदेशक अपने युद्धपोत की तरह साफ़-सुथरे कार्यालय में उससे मिला और उसकी पत्नी की स्थिति पर एक स्नेही रिपोर्ट दी। किसी को नहीं पता था कि वह कहाँ से आई थी, या कैसे और कब, क्योंकि उसके आगमन की पहली जानकारी वह आधिकारिक प्रवेश फॉर्म था जिस पर निदेशक ने ख़ुद उससे बात करने के बाद हस्ताक्षर किये थे। उस दिन शुरू की गई जाँच अनिर्णायक साबित हुई थी। जो भी हो, निदेशक को सबसे अधिक चिन्ता इस बात की थी कि सातुरनो को अपनी पत्नी का ठिकाना पता कैसे चला था। सातुरनो ने उस मेट्रन का राज़ नहीं खोला।

"कार की बीमा कम्पनी ने मुझे बताया," उसने कहा।

निदेशक ने सन्तुष्ट होकर सिर हिलाया। "मुझे नहीं पता कि बीमा कम्पनियाँ कैसे सब कुछ पता लगाती हैं," उसने कहा। फिर उसने अपनी ख़ाली मेज़ पर पड़ी फ़ाइल को एक नज़र देखा और कहा—

"सिर्फ़ उसकी हालत की गम्भीरता ही निश्चितता है।"

आवश्यक सावधानियों के साथ वह उसे उसकी पत्नी से मिलने की अनुमति देने के लिए तैयार था, बशर्ते जादूगर सातुरनो अपनी पत्नी की भलाई के लिए बताए गए सारे नियमों का पालन करे, बिना कोई सवाल पूछे। ख़ासतौर से पत्नी के साथ उसका रवैया, ताकि उसे दोबारा ग़ुस्से का दौरा ना पड़े जो अब तक नियमित रूप से पड़ रहे थे और ख़तरनाक होते जा रहे थे।

"अजीब बात है," सातुरनो ने कहा। "वह हमेशा ग़ुस्सैल रही है लेकिन बहुत संयम है उसमें।"

डॉक्टर ने एक जानकार आदमी का-सा भाव लाते हुए कहा, "ऐसे व्यवहार बरसों तक अव्यक्त रहते हैं, और फिर एक दिन फूट पड़ते हैं। कुल मिलाकर, क़िस्मत अच्छी थी कि वह यहाँ पहुँची क्योंकि ऐसे मामलों में हम विशेषज्ञ हैं।" फिर उसने सातुरनो को मारिया के टेलीफ़ोन को लेकर अजीब जुनून के बारे में सचेत किया।

"उसे बहला देना," उसने कहा।

"चिन्ता मत करो, डॉक्टर," सातुरनो ने हँसते हुए कहा। "यही मेरी विशेषता है।"

कॉन्वेंट का पुराना पूजा घर अब विजिटिंग रूम था, जेल और स्वीकारोक्ति कक्ष का संगम। सातुरनो का आना ख़ुशी का विस्फोट नहीं था जैसा शायद दोनों ने उम्मीद की होगी। मारिया कमरे के बीच में खड़ी थी, दो कुर्सियों और फूलों से ख़ाली फूलदान वाली एक छोटी सी मेज़ के बग़ल में। साफ़ था कि अपने गुलाबी कोट और ख़ैरात में मिले बदहाल जूतों में मारिया जाने के लिए तैयार खड़ी थी। हरकुलिना बाँहें मोड़े एक कोने में खड़ी थी, लगभग अदृश्य। पति को अन्दर आता देख भी मारिया हिली नहीं; उसके चेहरे पर अभी भी खिड़की के काँच के टुकड़ों की खरोंचें थीं। उसने चेहरे पर कोई भाव प्रकट नहीं होने दिया। वह सामान्य ढंग से मिले।

"कैसी हो?" सातुरनो ने पूछा।

"शुक्र है, आख़िर तुम आ गए प्रिय," उसने कहा। "यह नरक है।"

उनके पास बैठने का समय नहीं था। आँसुओं में डूबते हुए मारिया ने उसे अस्पताल के दुखों के बारे में बताया यानी मेट्रन की क्रूरता तथा यह भी

कि खाना कुत्तों तक के लायक नहीं है, और अन्तहीन रातों के बारे में जिनमें डर के मारे झपकी तक मुमकिन नहीं थी।

"मुझे यह भी नहीं पता कि मैं कितने दिनों से यहाँ हूँ, या कितने महीने या साल, मुझे बस इतना पता है कि हर दिन पिछले दिन से बदतर रहा है," और उसने गहरी साँस ली। "मुझे नहीं लगता कि मैं पहले जैसी हो पाऊँगी।"

"अब सब ख़त्म हो गया है," उसने मारिया के चेहरे की खरोंचों को सहलाते हुए कहा। "मैं हर शनिवार को आऊँगा और उससे ज़्यादा भी, अगर निदेशक अनुमति देता है। देखना, सब कुछ ठीक हो जाएगा।"

उसने ख़ौफ़ से भरी आँखों से सातुरनो को देखा। जैसे जादू दिखाते समय सातुरनो लोगों को आकर्षित करता था उसने उसी हुनर का इस्तेमाल किया यानी झूठ के पुलिंदे में चाशनी उड़ेलकर उसने कहा, "इसका मतलब है, कि तुमको पूरी तरह से ठीक होने के लिए अभी कुछ और दिन लगेंगे।" मारिया सच्चाई समझ गई।

"ईश्वर के लिए, जानेमन," उसने स्तब्ध होते हुए कहा, "कम-से-कम तुम तो ऐसा मत कहो! कि मैं पागल हूँ!"

"कैसी बात करती हो!" सातुरनो ने हँसने की कोशिश करते हुए कहा। "लेकिन अगर तुम यहाँ कुछ दिन और रहती हो, तो सभी के लिए बेहतर होगा। ज़ाहिर है, बेहतर परिस्थितियों में।"

"लेकिन मैंने तुमको कहा ना कि मैं सिर्फ़ फ़ोन करने आई थी!" मारिया ने कहा।

सातुरनो को समझ नहीं आया कि वह उसकी इस भयानक सनक पर क्या प्रतिक्रिया दे। उसने हरकुलिना की तरफ़ देखा। हरकुलिना ने मौक़े का फ़ायदा उठाया और घड़ी की ओर इशारा करके बताया कि मुलाक़ात का समय ख़त्म हो गया है। मारिया ने उसका इशारा समझ लिया, पीछे देखा तो हरकुलिना को हमले के लिए तैयार पाया। मारिया तुरन्त अपने पति के गले लग गई और एक असली पागल महिला की तरह चिल्लाने लगी। सातुरनो ने जितने आराम से हो सका अपने को छुड़ाया और मारिया को हरकुलिना की दया पर छोड़ दिया। हरकुलिना पीछे से मारिया पर कूदी और प्रतिक्रिया देने का समय दिये

बिना ही अपने बाएँ हाथ से मारिया का हाथ पीछे मोड़ा और उसकी गर्दन पर अपनी लोहे जैसी बाँह कस दी और चीख़कर जादूगर सातुरनो से कहा—

"जाओ!"

आतंकित सातुरनो भाग खड़ा हुआ।

लेकिन अगले शनिवार, जब वह इस मुलाक़ात के सदमे से उबर गया, तो वह वापस अस्पताल आया, इस बार बिल्ली के साथ, जिसे उसने अपने जैसे कपड़े पहनाए थे। लाल-पीली टाइट्स, टोपी और एक लबादा जो उड़ने के लिए मालूम पड़ता था। वह सर्कस वैन को अस्पताल के आँगन तक ले गया और वहाँ लगभग तीन घंटे तक का एक विलक्षण कार्यक्रम पेश किया जिसे सभी मरीज़ों ने बालकनी से देखा और तालियाँ बजाकर सराहा। मारिया को छोड़कर सभी वहाँ थे। मारिया ने न केवल अपने पति से मिलने से इनकार कर दिया था, बल्कि वह बालकनी में भी नहीं आई। सातुरनो का दिल टूट गया।

"यह प्रतिक्रिया विशिष्ट है," निदेशक ने उसे सान्त्वना दी। "सब ठीक हो जाएगा।"

लेकिन कुछ ठीक नहीं हुआ। मारिया से मिलने की कई कोशिशों के बाद, सातुरनो ने उसे ख़त पहुँचाने की भी हरसम्भव कोशिश की। लेकिन सब व्यर्थ था। उसने चार बार ख़त बिना खोले ही लौटा दिया। सातुरनो ने हार मान ली थी, लेकिन फिर भी वह दरबान के पास मारिया के लिए सिगरेट छोड़ता रहा। बिना यह जाने कि वे मारिया को मिल भी रही हैं या नहीं, जब तक कि वास्तविकता ने उसे हरा नहीं दिया।

उसके बाद सातुरनो की कोई ख़बर नहीं मिली सिवाय इसके कि उसने दूसरी शादी कर ली थी और अपने देश लौट गया था। बार्सिलोना छोड़ने से पहले उसने अपनी भूख से अधमरी बिल्ली अपनी एक महिला दोस्त को दे दी थी जिसने मारिया को लगातार सिगरेट पहुँचाने का वादा किया था। लेकिन बाद में वह भी ग़ायब हो गई। रोज़ा रेगास को याद आया कि उसने लगभग बारह साल पहले कोर्ते इंगल्स डिपार्टमेंटल स्टोर में उसे देखा था; उसका सिर मुँड़ा हुआ था, उसने किसी पूरब पंथी जैसे केसरी कपड़े पहने हुए थे और वह गर्भवती थी। उसने रोज़ा को बताया कि जितनी बार हो सका वह मारिया

के लिए सिगरेट ले गई थी, और उसकी कुछ अप्रत्याशित आपात स्थितियाँ भी सँभाली थीं। लेकिन एक दिन जब वह वहाँ गई तो उसे अस्पताल की जगह खँडहर मिला। अस्पताल को उसके समय की बुरी यादों को मिटाने के लिए ढहा दिया गया था। आख़िरी मुलाक़ात में मारिया शान्त लग रही थी, थोड़ा वज़न बढ़ गया था और वह अस्पताल में सुकून से मालूम पड़ रही थी। यह वही दिन था जब वह मारिया के लिए बिल्ली को भी ले गई थी क्योंकि सातुरनो ने बिल्ली के खाने के लिए जो पैसे दिये थे वे ख़त्म हो गए थे।

[अप्रैल, 1978]

अगस्त के भूत

हम दोपहर बारह बजे से थोड़ा पहले अरीज़ो पहुँच गए और टस्कन के ग्रामीण इलाक़े में वेनेजुएला के लेखक मिगेल ओतेरो सिल्वा द्वारा ख़रीदे गए पुनर्जागरण महल की तलाश में हमने दो घंटे से अधिक समय बिताया। अगस्त के महीने का एक गर्म हलचल भरा रविवार था और पर्यटकों से भरी सड़कों पर ऐसे इनसान को ढूँढ़ना जिसे कुछ भी जानकारी हो, आसान नहीं था। कई विफ़ल प्रयासों के बाद हम वापस कार के पास गए और सनोबर के पेड़ों से घिरी सड़क पर निकल पड़े। सड़क पर कोई साइन बोर्ड नहीं था। बतखों को सँभाल रही एक बूढ़ी महिला ने हमें महल का सही रास्ता और स्थान बताया तथा चलने से पहले हमसे पूछा क्या हम वहाँ रात को रुकने वाले हैं। हमने जवाब दिया कि हमारा इरादा तो सिर्फ़ वहाँ दोपहर का खाना खाने का था।

"तब ठीक है," उसने कहा, "क्योंकि वह घर भुतहा है।"

मेरी पत्नी और मैं, जो भूत-प्रेत में विश्वास नहीं करते थे, उसके अन्धविश्वास पर हँसे। लेकिन हमारे दोनों बेटों, एक नौ साल का और दूसरा सात साल का, को भूत से मिलने का विचार बहुत पसन्द आया।

शानदार मेज़बान, खाने के शौक़ीन और बेहतरीन लेखक मिगेल ओतेरो सिल्वा और एक शानदार खाना हमारा इन्तज़ार कर रहे थे। चूँकि हम देर से पहुँचे थे और महल को अन्दर से देखने का समय नहीं था, लिहाज़ा हम सीधे खाने की मेज़ पर बैठ गए। बाहर से देखने में तो कुछ भी डरावना नहीं था

और जो थोड़ी-बहुत बेचैनी थी, फूलों से भरी छत से पूरे शहर का दृश्य देखने पर वह भी दूर हो गई। विश्वास करना मुश्किल था कि इतने प्रतिभाशाली लोग उस पहाड़ी पर पैदा हुए थे, जहाँ नब्बे हज़ार लोगों के रहने के लिए जगह कम थी। हालाँकि मिगेल ओतेरो सिल्वा ने अपनी कैरीबियाई हाज़िरजवाबी के साथ कहा कि उनमें से कोई भी अरीज़ो का सबसे प्रसिद्ध मूल निवासी नहीं था।

"सबसे प्रसिद्ध लुडोविको था," उसने कहा।

बस इतना ही, न कोई पारिवारिक नाम न कुछ—लुडोविको, कला और युद्ध का महान संरक्षक, जिसने अपने दुख का यह महल बनाया था, और जिसके बारे में मिगेल पूरे समय बोलते रहे। उन्होंने हमें लुडोविको की अपार शक्ति, उसके कष्टमय प्यार, और उसकी भयानक मौत के बारे में बताया। उन्होंने हमें बताया कि कैसे दिल के पागलपन के एक पल में उसने अपनी पत्नी को बिस्तर में छुरा घोंप दिया था, जहाँ उन्होंने कुछ ही पल पहले प्यार किया था तथा अपने क्रूर लड़ाकू कुत्तों को ख़ुद पर छोड़ दिया था जिन्होंने उसके टुकड़े कर दिये। उन्होंने हमें पूरी गम्भीरता से यक़ीन दिलाया कि आधी रात के बाद लुडोविको का भूत घर के अँधेरे में घूमता है और प्यार के अपने नर्क में शान्ति पाने की कोशिश करता है।

महल वास्तव में विशाल और ग़मगीन था। लेकिन दिन की रोशनी में, भरे पेट और सन्तुष्ट दिल के साथ, मिगेल की कहानी मेहमानों के लिए मनोरंजन मात्र थी। दोपहर की झपकी लेने के बाद बिना किसी पूर्वाभास के हम लोगों ने बयासी कमरों के चक्कर लगाए जिनमें नये मालिक ने कुछ-न-कुछ बदलाव किये थे। मिगेल ने पहली मंज़िल का नवीनीकरण किया था और संगमरमर के फ़र्श, एक सॉना और व्यायाम उपकरणों वाला एक आधुनिक बेडरूम बनाया था। साथ ही शानदार फूलों से भरी छत भी बनाई थी जहाँ हमने दोपहर का भोजन किया था। सदियों तक महल की दूसरी मंज़िल का सबसे अधिक उपयोग किया गया था और वहाँ के कमरों की कोई ख़ास विशेषता नहीं थी, बस अलग-अलग समय के साजोसामान क़िस्मत के भरोसे छोड़ दिये गए थे। लेकिन सबसे ऊपरी मंज़िल पर हमने एक कमरा देखा, जो जैसा का तैसा पड़ा था, जहाँ समय जाना भूल गया था वो लुडोविको का कमरा था।

वह पल जादुई था। वहाँ बिस्तर था, जिसके पर्दों पर सोने के धागे से कढ़ाई की गई थी और बिस्तर पर बिछी चादर के फुँदने अभी भी लुडोविको की बलि चढ़ी प्रेमिका के ख़ून से कड़े थे। वहाँ बर्फ़ीली राख से भरी एक चिमनी भी थी जिसमें रखी लकड़ी पत्थर में बदल गई थी; अलमारी में हथियार सजे हुए थे और सोने के एक फ्रेम में, हमारे विचारमग्न शूरवीर का चित्र था, जिसे किसी बेचारे फ्लोरेंटाइन मास्टर ने बनाया होगा। हालाँकि, जिस चीज़ ने मुझे सबसे ज़्यादा प्रभावित किया, वह ताज़ा स्ट्रॉबेरी की ख़ुशबू थी जो पूरे बेडरूम पर छाई हुई थी।

टस्कनी में गर्मियों के दिन लम्बे और सुस्त होते हैं और दिन नौ बजे ढलता है। महल का चक्कर लगाते-लगाते हमें पाँच बज गए थे लेकिन मिगेल ने हमें सान फ्रांसिस्को के चर्च में पिएरो दे ला फ्रांसेस्का द्वारा बनाए फ्रेसको दिखाने की ज़िद की। वहाँ एक चौक पर पेड़ के नीचे बैठकर हमने कॉफ़ी पी और जब हम अपना सामान लेने वापस आए तो हमने पाया कि खाना हमारा इन्तज़ार कर रहा है।

इस तरह हम रात के खाने के लिए रुक गए।

जब हम एक तारोंवाले धुँधले आकाश के नीचे खाना खा रहे थे, लड़कों ने रसोई से टॉर्च ली और ऊपरी मंज़िलों पर अँधेरा खँगालने निकल पड़े। मेज़ पर बैठकर हमें सीढ़ियों पर जंगली घोड़ों की टाप, चरमराते दरवाज़े और उदास कमरों में लुडोविको को पुकारती ख़ुशी की चीख़ें सुनाई दे रही थीं। वहाँ सोने का विचार भी उनके दिमाग़ की ही उपज थी। मिगेल ओतेरो सिल्वा ने भी ख़ुशी से उनका समर्थन किया, और हम उन्हें मना करने की हिम्मत नहीं जुटा पाए।

मेरी आशंका के विपरीत हम बहुत आराम से सोए। मेरी पत्नी और मैं पहली मंज़िल के एक बेडरूम में थे और बच्चे हमारे बग़ल के कमरे में। दोनों कमरों में आधुनिक सुविधाएँ थीं और उनमें कुछ भी ग़मगीन नहीं था। रात को जागते हुए मैंने ड्राइंग रूम में लगी घड़ी के बारह घंटे गिने और मुझे बतखों की देखभाल करने वाली महिला की डरावनी चेतावनी याद आई। लेकिन हम इतने थके हुए थे कि जल्द ही गहरी नींद में खो गए और सुबह सात बजे के

बाद खिड़की पर बेलों से छनकर आती सूरज की रोशनी से मेरी नींद खुली। मेरे बग़ल में मेरी पत्नी मासूमियत के शान्त समुद्र में तैर रही थी। "क्या मूर्खता है," मैंने ख़ुद से कहा, "आज के दिन और इस युग में अभी भी भूतों पर विश्वास करना।" तभी मैं स्ट्रॉबेरी की ताज़ा ख़ुशबू से हिल गया और मैंने देखा कि ठंडी राख वाली चिमनी और उसके अन्दर पत्थर में बदली लकड़ी और सोने के फ्रेम में उदास शूरवीर का चित्र हमें तीन शताब्दियों की दूरी से देख रहे थे।

हम पहली मंज़िल के उस कमरे में नहीं थे जहाँ हम पिछली रात सोए थे बल्कि हम लुडोविको के कमरे में थे, धूल भरे पर्दों के नीचे और उसके शापित बिस्तर पर ख़ून से भीगी चादर पर।

[अक्तूबर, 1980]

मारिया दोस प्रासेरेस

अन्तिम संस्कार के प्रतिष्ठान का आदमी समय का इतना पाबन्द था कि जब वह दरवाज़े पर पहुँचा तो मारिया दोस प्रासेरेस अपने बाथरोब में थी, बालों में कर्लर लगे थे और उसे बस इतना ही वक़्त मिला था कि वह कान के पीछे एक लाल गुलाब लगा ले ताकि उतनी बदसूरत ना लगे जितना वह महसूस कर रही थी। उसे अपने हुलिये पर और भी ज़्यादा अफ़सोस हुआ जब उसने दरवाज़ा खोला और पाया कि जैसा उसे लगता था कि मौत के सभी व्यापारी होते होंगे, उसके उलट वह चारख़ानेदार जैकेट और रंग-बिरंगी पक्षियोंवाली टाई पहने एक संकोची इनसान था। बार्सिलोना के उस तरंगी वसन्त के मौसम में जिसमें तेज हवाओं वाली तीखी बारिश जाड़े से अधिक कष्टकर होती है, उसने ओवरकोट नहीं पहन रखा था। हर पहर में मर्दों की ख़ातिरदारी करने वाली मारिया दोस प्रासेरेस को उस वक़्त अजीब-सी शर्मिन्दगी महसूस हुई। वह हाल ही में छिहत्तर साल की हुई थी और उसे यक़ीन था कि क्रिसमस से पहले उसकी मृत्यु हो जाएगी, इसके बावजूद वह दरवाज़ा बन्द करने वाली थी और अन्तिम संस्कार के विक्रेता को एक पल इन्तज़ार करने के लिए कहने वाली थी, ताकि उसके स्वागत के लिए वह क़ायदे से तैयार हो ले लेकिन उसने लड़के को अन्दर आने के लिए कहा क्योंकि उसे लगा कि वह अँधियारे गलियारे में ठंड से जम जाएगा।

"कृपया मेरे इस अव्यवस्थित हुलिये के लिए मुझे क्षमा करें," उसने

कहा, “कातालोनिया में रहते हुए मुझे पचास साल से ऊपर हो गए हैं, यह पहली बार है जब कोई तय समय पर आया है।”

मारिया दोस प्रासेरेस फर्राटे से कातालोनियाई बोलती थी, बस उसका भाषा संस्कार बीते ज़माने का था जिसमें उसकी विस्मृत पुर्तगाली लय सुनाई देती थी। उम्र और बालों में कर्लर लगे होने के बावजूद, वह अभी भी एक दुबली-पतली, उत्साही मुलातो महिला लग रही थी, जिसके बाल पतले थे और आँखें पीली पड़ गई थीं, जिसने बहुत समय पहले पुरुषों के प्रति दया-ममता खो दी थी। सड़क की रोशनी से चुँधियाए सेल्समैन ने कोई टिप्पणी नहीं की, पायदान पर अपने जूते साफ़ किये और झुककर मारिया दोस प्रासेरेस का हाथ चूमा।

“आप मेरे ज़माने के मर्दों जैसे हैं,” मारिया दोस प्रासेरेस ने हँसते हुए कहा, “बैठिए।”

यद्यपि उसकी नौकरी नई-नई थी, लेकिन वह इतना तो जानता था कि सुबह आठ बजे ऐसा स्वागत कोई नहीं करता, ख़ास तौर पर एक निर्दयी और बूढ़ी महिला, जो देखने में दक्षिण अमेरिका से भागी हुई पागल मालूम पड़ रही थी। और इसलिए वह दरवाज़े से केवल एक क़दम दूर ठहर गया; उसे समझ नहीं आ रहा था क्या कहे। इस बीच मारिया दोस प्रासेरेस ने खिड़कियों के भारी आलीशान पर्दे खोले। अप्रैल की कमज़ोर रोशनी उस लिविंग रूम के कोनों तक पहुँच रही थी जो एक प्राचीन व्यापारी की दुकान लग रहा था। हर चीज़ रोजमर्रा की ज़रूरत के हिसाब से थी—पर्याप्त चीज़ें थीं, ना ज़्यादा न कम—और हर चीज़ इतनी सहजता और सलीके के साथ अपनी जगह पर रखी हुई थी कि बार्सिलोना जैसे पुराने और रहस्यमय शहर में उससे सुन्दर घर ढूँढ़ना मुश्किल होगा।

“माफ़ कीजिएगा,” उसने कहा। “मैं शायद ग़लत जगह आ गया हूँ।”

“काश यह सच होता,” मारिया दोस प्रासेरेस ने कहा, “लेकिन मृत्यु ग़लती नहीं करती है।”

डाइनिंग रूम की मेज़ पर सेल्समैन ने एक रेखाचित्र फैलाया, जिसमें नेविगेशन चार्ट जैसी ढेरों परतें थीं, और विभिन्न रंग के निशान और आँकड़ोंवाले

अलग-अलग अनुभाग थे। मारिया दोस प्रासेरेस ने पाया कि यह मॉन्टजुइक के विशाल क़ब्रिस्तान का रेखाचित्र था, और उसे अक्तूबर की बारिश में ब्राजील में मनोस के क़ब्रिस्तान का पुराना ख़ौफ़ याद हो आया, जहाँ रंग-बिरंगे काँच से सजे मकबरों और नामरहित क़ब्रों के बीच टपीर (बड़ा स्तनधारी जानवर) दौड़ते थे। जब वह बहुत छोटी थी, तो एक सुबह बाढ़ से अमेज़न नदी दलदल बनी हुई थी, जहाँ उसने टूटे हुए ताबूतों को चीथड़ों और मृत इनसानों के बालों के साथ अपने घर के आँगन में तैरते देखा था। यही कारण था कि अपने अन्तिम विश्राम स्थल के लिए उसने पास के छोटे सान जेरवासियो क़ब्रिस्तान की जगह मॉन्टजुइक की पहाड़ी को चुना था।

"मुझे ऐसी जगह चाहिए जहाँ कभी पानी ना भरे," मारिया दोस प्रासेरेस ने कहा।

"यह ऐसी ही जगह है," सेल्समैन ने कहा। उसने अपने पॉइंटर से इशारा करते हुए कहा जिसे वह कलम की तरह जेब में लेकर चलता था। "इस ऊँचाई पर समुद्र का पानी नहीं पहुँच सकता।"

वह रेखाचित्र को तब तक ध्यान से देखती रही जब तक उसे मुख्य प्रवेश द्वार के पास तीन समान, गुमनाम क़ब्रें नहीं मिल गईं जिनमें गृह युद्ध में मारे गए बुएनावेंतूरा दुर्रुति और दो अन्य अराजकतावादी नेता दफ़न थे। हर रात कोई-न-कोई उनकी बेनाम क़ब्रों के पत्थरों पर उनका नाम लिखता था—पेंसिल से, पेंट से, चारकोल से, आईब्रो पेंसिल या नेल पॉलिश से लेकिन हर सुबह गार्ड उन्हें साफ़ कर देते थे ताकि किसी को पता न चले कि कौन किस मूक पत्थर के नीचे पड़ा है। बार्सिलोना का सबसे दुखद और अशान्त अन्तिम संस्कार शायद दुर्रुति का था और मारिया दोस प्रासेरेस उसमें शरीक हुई थी। वह उसके पास की क़ब्र में आराम करना चाहती थी। लेकिन बग़ल में क़ब्र की जगह नहीं थी इसलिए जो मिल रहा था, उसी का मन बना लिया। "इस शर्त पर," उसने कहा, "कि आप मुझे पाँच साल के लिए दड़बे में नहीं रखोगे किसी डाकघर की तरह।" फिर उसे दूसरा ख़याल आया—"और, मुझे लिटाकर दफ़नाया जाए।" प्रीपेड क़ब्रों के बहुप्रचारित प्रचार को लेकर अफ़वाह फैल रही थी कि वे जगह बचाने के लिए ऊर्ध्वाधर दफ़न कर रहे थे।

इस बात पर सेल्समैन ने किसी रट्टू तोते की तरह उसे बताया कि पारम्परिक उपक्रम प्रतिष्ठानों द्वारा किस्त योजना पर क़ब्रों की अभूतपूर्व बिक्री को बदनाम करने के लिए ही यह अफ़वाह फैलाई जा रही है। वह बोल ही रहा था कि किसी ने तीन बार दरवाज़ा खटकाया। वह कुछ अनिश्चितता के साथ रुक गया, लेकिन मारिया दोस प्रासेरेस ने उसे बोलते रहने का इशारा किया। "चिन्ता मत करो," उसने शान्त आवाज़ में कहा। "नोई है।"

सेल्समैन ने अपनी बात जारी रखी और मारिया दोस प्रासेरेस को उसका जवाब सन्तोषजनक लगा। फिर भी, दरवाज़ा खोलने से पहले जो बात उसके दिमाग़ में उठ रही थी, यानी मनोस की बाढ़ के बाद से जो उसे कचोट रहा था उस पर वह खुलकर अपनी बात कहना चाहती थी। "मेरा मतलब है," उसने कहा, "मैं एक ऐसी जगह की तलाश में हूँ जहाँ मैं बाढ़ के ख़तरे से दूर धरती में लेट सकूँ और यदि सम्भव हो तो गर्मियों में पेड़ों की छाया में, या जहाँ मुझे एक निश्चित अवधि के बाद बाहर निकालकर कचरे में नहीं फेंक दिया जाएगा।"

उसने सामने का दरवाज़ा खोला तो बारिश में भीगा एक छोटा कुत्ता अन्दर आ गया जिसका अव्यवस्थित रूप घर के बाक़ी हिस्सों से मेल नहीं खाता था। वह अपनी सुबह की सैर से लौट रहा था और जैसे ही वह अन्दर आया, उसमें अत्यन्त ऊर्जा का संचार हुआ। वह मेज़ पर कूदा और पागलों की तरह भौंकते हुए अपने गंदे पंजों से क़ब्रिस्तान के नक़्शे को लगभग तहस-नहस कर दिया। हालाँकि उसके पागलपन को रोकने के लिए उसकी मालकिन की एक नज़र ही पर्याप्त थी। "नोई !" उसने बिना चिल्लाए कहा। "बस करो!"

कुत्ता एकदम चुप हो गया, दुखी होकर मारिया दोस प्रासेरेस को देखा और उसके थूथन से दो चमकते आँसू नीचे टपके। मारिया दोस प्रासेरेस ने सेल्समैन को देखा और उसे हैरान पाया।

"अरे वाह!" उसने कहा। "यह रो रहा है।"

"थोड़ा परेशान हो गया था इस समय यहाँ किसी गैर को पाकर," मारिया दोस प्रासेरेस ने धीमी आवाज़ में माफ़ी माँगी। "आम तौर पर जब यह

घर आता है तो अन्य पुरुषों से कहीं ज़्यादा फ़िक्र दिखाता है। हाँ, आपने जो भी दिखाया वह तो मैं पहले भी देख चुकी हूँ।"

"लेकिन अजीब बात है, यह रो रहा था!" सेल्समैन ने दोहराया और फिर तुरन्त उसे अहसास हुआ कि वह शिष्टाचार की सीमा लाँघ रहा था। अत: उसने शरमाते हुए मारिया दोस प्रासेरेस से माफ़ी माँगी। "माफ़ कीजिएगा, लेकिन मैंने कभी ऐसा कुछ नहीं देखा है, यहाँ तक कि फ़िल्मों में भी नहीं।"

"अगर सिखाओ तो सभी कुत्ते ऐसा कर सकते हैं," मारिया दोस प्रासेरेस ने कहा। "लेकिन लोग जीवन भर उन्हें ऐसी आदतें सिखाते हैं जो उन्हें दुखी करती हैं, जैसे कि प्लेट से खाना या समय पर और एक ही जगह पर हगना और मूतना। लेकिन उन्हें स्वाभाविक चीज़ें नहीं सिखाते जिससे उन्हें ख़ुशी मिले, जैसे हँसना और रोना। तो हम क्या बात कर रहे थे?"

उनकी बात लगभग ख़त्म हो गई थी। मारिया दोस प्रासेरेस को पेड़ों के बिना गर्मी काटने पर समझौता करना पड़ा क्योंकि क़ब्रिस्तान में छाया केवल शासन के प्रतिष्ठित व्यक्तियों के लिए आरक्षित थी। दूसरी ओर, अनुबंध में दी गई शर्तों का कोई मतलब नहीं था क्योंकि वह एडवांस में नकद भुगतान करने पर दी जाने वाली छूट का फ़ायदा उठाना चाहती थी।

काम ख़त्म करने के बाद जब सेल्समैन काग़ज़ अपने ब्रीफ़केस में वापस रख रहा था तब उसने कमरे को और ध्यान से देखा तथा वह इसकी सुन्दरता की जादुई हवा में सिहर गया। उसने मारिया दोस प्रासेरेस को दोबारा देखा, मानो पहली बार देख रहा हो।

"क्या मैं आपसे एक व्यक्तिगत सवाल कर सकता हूँ?" सेल्समैन ने पूछा। मारिया दोस प्रासेरेस उसके साथ दरवाज़े तक गई।

"बिलकुल" उसने कहा। "बस मेरी उम्र मत पूछना।"

"मैं अपने काम के चलते घर देखकर लोगों के काम का अन्दाज़ा लगा लेता हूँ, लेकिन सच कहूँ तो यहाँ मैं कुछ समझ नहीं पा रहा हूँ। आप क्या करती हैं?"

हँसी से लोट-पोट मारिया दोस प्रासेरेस ने जवाब दिया—"मैं धंधा करती हूँ बेटा। क्या मैं धंधेवाली जैसी नहीं लगती?"

सेल्समैन शर्म से लाल हो गया। "माफ़ कीजिएगा।"

"खेद तो मुझे होना चाहिए," मारिया दोस प्रासेरेस ने उसकी बाँह पकड़ी ताकि दरवाज़े से न टकराए। "ध्यान से! मुझे क़ायदे से दफ़नाने से पहले अपना सिर मत फोड़ लेना!"

जैसे ही उसने दरवाज़ा बन्द किया, अपने छोटे से कुत्ते को उठाया और प्यार करने लगी तथा अपनी सुन्दर अफ्रीकी आवाज़ में बग़ल के नर्सरी स्कूल से आ रहे बच्चों के गीतों को गुनगुनाने लगी। तीन महीने पहले उसे एक सपने में पता चला था कि वह मरने वाली है और उस समय से वह अपने एकाकीपन की इस औलाद से कहीं ज़्यादा क़रीबी महसूस कर रही थी। उसने मरणोपरान्त अपने सामान के वितरण और अपने अन्तिम संस्कार की इस बारीक़ी से तैयारी की थी कि अगर उसी समय उसकी मौत हो जाए तो भी किसी को किसी तरह की असुविधा नहीं होती। उसने अपनी इच्छा से काम करना बन्द किया था और बहुत बलिदान दिये बिना, पाई-पाई जोड़कर अपनी दौलत इकट्ठा की थी। काम छोड़ने के बाद उसने ग्रासिआ के प्राचीन और महान क़स्बे में रहने का फ़ैसला किया था लेकिन अब उस क़स्बे को फैलता हुआ शहर निगल गया था। उसने दूसरी मंज़िल का एक जीर्ण-शीर्ण अपार्टमेंट ख़रीदा था, जिसमें हिल्सा मछली की गंध थी और नमक ने दीवारों को खा लिया था, लेकिन अभी भी उनमें किसी ज़बर्दस्त लड़ाई में चली गोलियों के छेद साफ़ दिख रहे थे। वहाँ कोई दरबान नहीं था और भले ही सभी अपार्टमेंट्स में लोग रह रहे थे लेकिन नम, अँधेरे ज़ीने की कुछ सीढ़ियाँ ग़ायब थीं। मारिया दोस प्रासेरेस ने बाथरूम और रसोई को नये सिरे से बनवाया, दीवारों पर रंग-बिरंगे कपड़े लगाए, खिड़कियों में काँच लगवाया और शनील के पर्दे लटकाए। फिर वह घर सजाने का सामान लेकर आई—उपयोगी और सजावटी चीज़ें, रेशम और ब्रोकेड से भरे सन्दूक़ जिन्हें फासीवादियों ने हार की भगदड़ में प्रजातांत्रिकों द्वारा छोड़े गए घरों से चुराया था और जिसे मारिया दोस प्रासेरेस कई सालों से गुप्त नीलामी में सस्ते दाम पर एक-एक करके ख़रीद रही थी। काउंट ऑफ़ कारदोना के साथ उसकी दोस्ती उसके अतीत की एकमात्र शेष कड़ी थी। वह हर महीने के आख़िरी शुक्रवार को मारिया दोस प्रासेरेस के साथ भोजन

करने आता था और रात के खाने के बाद दोनों हमबिस्तर होते थे। लेकिन जवानी की इस दोस्ती को भी छिपाकर रखा गया था। अपनी इज़्ज़त के साथ मारिया दोस प्रासेरेस की इज़्ज़त की खातिर भी काउंट अपनी कार कुछ दूरी पर खड़ी करता था और अँधेरे में उसके दूसरी मंज़िल के घर तक जाता था। उस बिल्डिंग में मारिया दोस प्रासेरेस किसी को भी नहीं जानती थी, सिवाय उसके सामने वाले अपार्टमेंट के लोगों के, जहाँ एक जवान जोड़ा अपनी नौ साल की बेटी के साथ कुछ ही समय पहले रहने आया था। उसे अजीब लगता था कि उसे सीढ़ियों पर कभी कोई और मिला ही नहीं।

लेकिन अपनी वसीयत बनाते समय उसे ख़ुद भी आश्चर्य हुआ क्योंकि राष्ट्रीय सम्मान का आधार शराफ़त मानने वाले इस रूखे कातालोनियाई समाज से वह अपेक्षा से ज़्यादा जुड़ी हुई थी। यहाँ तक कि उसने अपनी सबसे मामूली चीज़ें भी अपने दिल के सबसे क़रीब लोगों में, जो उसके घर के सबसे नज़दीक थे, में बाँट दी थीं। अन्त तक उसे समझ नहीं आ रहा था कि उसके द्वारा किया गया बँटवारा वाजिब है या नहीं। उसे यक़ीन था कि वह किसी को भूली नहीं थी। उसने वसीयत इतनी बारीक़ी से तैयार की थी कि काए देल आरबोल नाम के नोटरी, जिसे ग़रूर था कि उसकी नज़र से कुछ नहीं छूटता, उसे भी आश्चर्य हुआ जब उसने मारिया दोस प्रासेरेस को मध्ययुगीन कातालोनिया में प्रत्येक आइटम के सटीक नाम के साथ याददाश्त के आधार पर अपनी सम्पत्ति की विस्तृत सूची के सम्बन्ध में अपने क्लर्कों को निर्देश देते हुए देखा। यहाँ तक कि मारिया दोस प्रासेरेस ने लाभार्थियों की पूरी सूची उनके व्यवसायों, पते, रिश्ते और प्यार का ज़िक्र करते हुए दोहराई।

अन्तिम संस्कार के सेल्समैन के जाने के बाद वह रविवार को क़ब्रिस्तान जाने वाले अनगिनत लोगों में से एक बन गई। अपने क़ब्रिस्तान के पड़ोसियों की तरह, साल भर उसने कलशों में फूल लगाए, नई घास को पानी दिया और मेयर के कमरे के कालीन जैसी दिखने वाली घास की छँटाई की। उसे इस जगह से इतना लगाव हो गया था कि वह समझ नहीं पा रही थी कि शुरुआत में यह जगह इतनी उजाड़ और बेगानी क्यों लगती थी।

जब पहली बार वह यहाँ आई थी तो गेट के पास तीन नामहीन क़ब्रों

को देखकर उसके दिल की धड़कनें तेज़ हो गईं थीं लेकिन वह उन्हें देखने के लिए नहीं रुकी, क्योंकि सतर्क चौकीदार कुछ ही क़दम की दूरी पर था। लेकिन तीसरे रविवार को उसने चौकीदार की एक पल की लापरवाही का फ़ायदा उठाया और अपने सपनों में से एक को पूरा करने के लिए अपनी लिपस्टिक से बारिश से धुले पहले पत्थर पर लिखा—दुर्रुति। उसके बाद, जब भी उसे मौक़ा मिलता था वह ऐसा ही करती थी कभी-कभी एक क़ब्र के पत्थर पर, या दो या तीनों पर; हमेशा पूरे विश्वास और पुरानी यादों से सराबोर।

सितम्बर के अन्तिम रविवार को उसने पहाड़ी पर पहला अन्तिम संस्कार देखा। तीन हफ़्ते बाद, ठंडी हवादार दोपहर में, एक युवा दुल्हन को उसके बग़ल की क़ब्र में दफनाया गया। वर्ष के अन्त तक, सात भूखंडों पर लोगों को दफ़नाया गया था, लेकिन जाड़े की वजह से मारिया दोस प्रासेरेस पर कोई बुरा असर नहीं हुआ। वह बीमार नहीं पड़ी और जैसे-जैसे मौसम गर्म होता गया और खुली खिड़कियों से जीवन की मूसलाधार बारिश की आवाज़ आने लगी, उसने अपने सपनों की पहेली को मात देने की ठान ली। गर्मी के दिन पहाड़ों पर बिताकर लौटने पर काउंट ऑफ़ कारदोना ने उसे अपने पचासवें वर्ष की असामान्य युवावस्था की तुलना में और भी अधिक आकर्षक पाया।

कई असफल कोशिशों के बाद, आख़िरकार मारिया दोस प्रासेरेस नोई को एक सी दिखने वाली क़ब्रों की विशाल पहाड़ी पर अपनी क़ब्र की पहचान करवाने में सफल रही। फिर वह नोई को अपनी ख़ाली क़ब्र पर रोना सिखाने में जुट गई ताकि उसकी मृत्यु के बाद नोई को इसकी आदत रहे। जब तक मारिया दोस प्रासेरेस को यक़ीन नहीं हो गया कि नोई अकेले क़ब्रिस्तान तक जा सकता है वह अपने घर से क़ब्रिस्तान तक कई बार उसके साथ गई। रामब्लास के बस रूट को उसे रटाने के लिए वह उसे लैंडमार्क जगहों को याद कराती गई।

रविवार को दोपहर तीन बजे, नोई का टेस्ट लेने के लिए उसने उसकी जैकेट उतार दी, क्योंकि हवा में गर्मी थी और इसलिए भी ताकि उसपर नज़र कम पड़े और उसे खुला छोड़ दिया। उसने नोई को सड़क के छायादार किनारे पर तेज़ी से जाते हुए देखा, उसकी पूँछ ख़ुशी से हिल रही थी लेकिन

शरीर उदास था और उसे रोना आ रहा था—अपने लिए, उसके लिए, इतने सारे और इतने कड़वे वर्षों की साझा उम्मीदों के लिए—जब तक कि उसने नोई को काए मायोर (सड़क) से मुड़कर समुद्र की ओर जाते हुए नहीं देखा। पन्द्रह मिनट बाद उसने पास के प्लाजा दे लेसेप्स से रामब्लास तक की बस ली और बिना दिखे नोई को खिड़की से देखने की कोशिश की और देखा भी, बच्चों के झुंड के बीच, उदासीन और गम्भीर; वह पासेओ दे ग्रासिआ में ट्रैफ़िक लाइट बदलने की प्रतीक्षा कर रहा था।

"हे भगवान," मारिया दोस प्रासेरेस ने कहा। "वह कितना अकेला लग रहा है?"

मॉन्टजुइक की कड़ी धूप में उसे लगभग दो घंटे तक इन्तज़ार करना पड़ा। उसने उन शोकसन्तप्त लोगों का अभिवादन किया जो उसे उन रविवारों को मिले थे जिनकी उसे बहुत कम याद थी। चूँकि उन्हें पहली बार देखे हुए काफ़ी समय बीत चुका था; अत: अब न वे शोक मना रहे थे, न रो रहे थे और बिना उन्हें याद किये अपने मृतकों की क़ब्रों पर फूल चढ़ा रहे थे। थोड़ी देर बाद जब वे सब जा चुके थे तो एक शोकपूर्ण धौंकनी सुनाई पड़ी, जिससे समुद्री पक्षी चौंक गए और विशाल समुद्र पर उसे ब्राज़ील के झंडे वाला एक सफ़ेद समुद्री जहाज़ दिखाई पड़ा। उसकी दिल से इच्छा हुई कि जहाज़ उसके लिए किसी ऐसे व्यक्ति का पत्र ला रहा हो जिसने पेरनामबुको जेल में उसके लिए जान दी हो। पाँच बजे के बाद, निर्धारित समय से बारह मिनट पहले, पहाड़ी पर नोई दिखाई दिया, थकान और गर्मी से पस्त, लेकिन एक विजयी बच्चे सरीखा। उस क्षण मारिया दोस प्रासेरेस का अपनी क़ब्र पर रोने के लिए किसी के न होने का डर ख़त्म हो गया।

अगली शरद ऋतु में उसे अशुभ संकेत नज़र आने लगे लेकिन वह उन्हें समझ नहीं पा रही थी और इसके चलते उसका दिल भारी हो रहा था। उसने प्लाजा देल रेलोख पर पीले पत्तों वाले बबूल के नीचे फिर से कॉफ़ी पी तथा फ़ॉक्सटेल कॉलर वाला अपना कोट और नक़ली फूलों से सजी टोपी पहनी, जो इतनी पुरानी थी कि एक बार फिर से फ़ैशनेबल हो गई थी। उसका अन्तर्ज्ञान और तीव्र हो गया। अपनी ख़ुद की बेचैनी को समझने की कोशिश

में उसने रामब्लास पर पक्षी बेचनेवाली महिलाओं की बकबक सुनी, किताबों की दुकानों पर उन पुरुषों की गपशप को ध्यान से सुना जो सालों बाद पहली बार फुटबॉल के बारे में बात नहीं कर रहे थे; कबूतरों को रोटी के टुकड़े डाल रहे युद्ध में अपंग हुए सैनिकों की गहरी चुप्पी को सुना लेकिन हर जगह उसे मौत के अचूक संकेत दिखाई दिये। क्रिसमस पर, बबूल के पेड़ों के बीच रंगीन लाइटें लगी थीं, बालकनी से संगीत और ख़ुशी की आवाज़ें सुनाई दे रही थीं, और सड़क किनारे कैफ़े पर पर्यटक आ जमे थे। लेकिन सभी उत्सवों के बीच वही तनाव महसूस हो रहा था जो अराजकतावादियों के क़ब्ज़े से ठीक पहले उसे महसूस हुआ था। उस जुनूनी दौर को जी चुकी मारिया दोस प्रासेरेस बेचैन थी और पहली बार डर की वजह से उसकी नींद खुल गई थी। एक रात, उसकी खिड़की के बाहर, राज्य के सुरक्षा एजेंटों ने एक छात्र की गोली मारकर हत्या कर दी, जिसने दीवार पर लिखा था—आज़ाद कातालोनिया ज़िन्दाबाद!

"हे भगवान," उसने ख़ौफ़ में ख़ुद से कहा, "ऐसा लगता है जैसे हर कोई मेरे साथ मर रहा था!"

इस तरह की बेचैनी उसे सिर्फ़ मनोस में होती थी जब वह बहुत छोटी थी; भोर के समय, सुबह होने से ठीक पहले जब रात की असंख्य आवाजें एक साथ रुक जातीं, पानी ठहर जाता, समय हिचकिचाता, और अमेज़ॅन जंगल मौत के सन्नाटे की तरह एक भयानक सन्नाटे में डूब जाता। उस अनूठे तनाव के बीच, हमेशा की तरह अप्रैल के आख़िरी शुक्रवार को काउंट ऑफ़ कारदोना रात के खाने के लिए उसके घर आया।

उसका आना एक रिवाज बन गया था। समय का पाबन्द काउंट शाम सात बजे से नौ बजे के बीच अख़बार में लिपटी स्थानीय शैंपेन की एक बोतल लेकर आता और साथ में चॉकलेट का एक डिब्बा। मारिया दोस प्रासेरेस खाने में ग्रातिनादोस (मछली से भरा तन्दूर में पका पास्ता) और चिकन बनाती—पुराने कातालोनियाई परिवारों के पसन्दीदा व्यंजन—और साथ में ताज़े फलों का कटोरा। जब वह खाना बना रही होती, काउंट फ़ोनोग्राफ़ पर इतालवी ओपेरा के ऐतिहासिक प्रदर्शनों को सुन रहा होता और रिकॉर्ड ख़त्म होने तक पुर्तगाली शराब 'पोर्ट' की चुसकियाँ लेता।

रात के खाने और बातचीत के बाद वे सम्भोग करते जिसकी नीरसता दोनों के ज़ेहन में दुर्भाग्य का कसैला स्वाद छोड़ जाती। आधी रात आते-आते बेचैन काउंट जाने से पहले बेडरूम में ऐश-ट्रे के नीचे पच्चीस पेस्ताज़ रख देता। यह मारिया दोस प्रासेरेस की क़ीमत थी जब वह पहली बार उससे पैरालेलो के एक होटल में मिला था, और बस यही था जो समय की जंग के बावजूद स्थायी था।

दोनों में से किसी ने भी नहीं सोचा था कि उनकी दोस्ती का आधार क्या था। मारिया दोस प्रासेरेस पर उसके थोड़े-बहुत एहसान थे। काउंट ने उसे बचत करने की सलाह दी थी; उसे उसकी चीज़ों का सही मूल्य पहचानना सिखाया था, और उन्हें सँभालने का वो ढंग सिखाया था जिससे किसी को पता न चले कि वे चोरी के हैं। मारिया दोस प्रासेरेस के लिए जो बात सबसे अहम थी वह यह थी कि जब उसके कोठे ने कहा कि वह सेक्स के लिए बहुत बूढ़ी हो चुकी है और वे उसे सेवानिवृत्त महिलाओं के लिए बने एक घर में भेजना चाहते थे, जहाँ पाँच पेस्ताज़ लेकर ऐसी महिलाएँ लड़कों को सम्भोग करना सिखाती थीं; तब काउंट ने गरासिया जिले में उसके बुढ़ापे को एक गरिमामय राह दिखाई। उसने काउंट को बताया था कि जब वह चौदह साल की थी, तब उसकी माँ ने उसे मनोस के बन्दरगाह पर बेच दिया था और यह भी कि एक तुर्की जहाज़ के प्रथम अफ़सर ने पूरे रास्ते बिना किसी दया के उसका इस्तेमाल किया था, और फिर बिना पैसे, बिना भाषा और बिना नाम के, पारालेलो के प्रकाश से भरे दलदल में छोड़ दिया था। दोनों को अहसास था कि वे एक-दूसरे से कितने अलग हैं क्योंकि उन्हें सबसे ज़्यादा अकेलापन एक-दूसरे के साथ ही महसूस होता था लेकिन दोनों में ही आदत के इस सुख को ख़राब करने की हिम्मत नहीं थी। एक राष्ट्रीय आपदा के वक़्त ही दोनों को अहसास हो गया था कि इतने वर्षों तक अत्यन्त कोमलता के साथ वे एक-दूसरे से कितनी नफ़रत करते थे।

यह एक अचानक हुआ विस्फोट था। काउंट ऑफ़ कारदोना लिसिया अल्बानीज़ और बेनियामिनो गिगली का गाया ओपेरा संगीत 'ला बोहेम' सुन रहा था जब उसने रेडियो पर वह समाचार सुना जो मारिया दोस प्रासेरेस रसोई

में सुन रही थी। वह दबे पाँव वहाँ तक गया और ध्यान से सुनने लगा। स्पेन के शाश्वत तानाशाह जनरल फ्रांसिस्को फ्रांको ने तीन बास्क अलगाववादियों के भाग्य का फ़ैसला करने की ज़िम्मेदारी ली थी, जिन्हें अभी-अभी मौत की सज़ा सुनाई गई थी। काउंट ने राहत की साँस ली।

"फिर तो उन्हें यक़ीनन गोली मार दी जाएगी," उसने कहा, "क्योंकि काऊदील्यो एक इंसाफ़ पसन्द शख़्स है।"

मारिया दोस प्रासेरेस ने किसी कोबरा की जलती हुई-सी आँखों से उसे घूरा और सुनहरे चश्मों के पीछे की भावहीन पुतलियों, गंदे दाँतों, नमी और अँधेरे के आदी जानवर के संकर हाथों को देखा। उसे उसकी असलियत नज़र आई।

"आप प्रार्थना करें कि वह ऐसा न करे," मारिया दोस प्रासेरेस ने कहा, "क्योंकि अगर वे उनमें से एक को भी गोली मारते हैं तो मैं आपके सूप में ज़हर मिला दूँगी।"

काउंट हैरान रह गया। "आप ऐसा क्यों करेंगी?"

"क्योंकि मैं भी एक वेश्या हूँ।"

उसके बाद काउंट ऑफ कारदोना कभी वापस नहीं आया और मारिया दोस प्रासेरेस को यक़ीन था कि उसके जीवन का अन्तिम चक्र समाप्त हो गया था। कुछ समय पहले तक, जब कोई उसे बस में सीट की पेशकश करता, या सड़क पर उसकी मदद करने की कोशिश करता था या सीढ़ियाँ चढ़ने में सहायता करने की कोशिश करता, तो उसे ग़ुस्सा आ जाता था, लेकिन अब वह न केवल ऐसी चीज़ों की अनुमति देने लगी थी बल्कि उन्हें एक घृणित आवश्यकता के रूप में चाहने भी लगी थी। फिर उसने एक अराजकतावादी के लिए ताबूत का ऑर्डर दिया, बिना नाम या तारीख़ के, और दरवाज़ा खोलकर सोना शुरू कर दिया ताकि यदि वह नींद में मर जाए तो नोई ख़बर बाहर ले जा सके।

एक रविवार, जब वह क़ब्रिस्तान से घर आ रही थी, तो सामने के अपार्टमेंट में रहने वाली छोटी लड़की मिली। वह काफ़ी दूर तक उसके साथ चलती रही तथा दादी माँ जैसी मासूमियत के साथ हर चीज़ के बारे में उससे

बात करती रही, और वह उस लड़की को बात करते और नोई के साथ पुराने दोस्तों की तरह खेलते हुए देखती रही। प्लाजा देल डिआमांते पर अपनी योजना के अनुसार मारिया दोस प्रासेरेस ने आइसक्रीम ख़रीदने की पेशकश की। "क्या तुमको कुत्ते पसन्द हैं?" उसने पूछा।

"बहुत ज़्यादा," लड़की ने कहा।

तब मारिया दोस प्रासेरेस ने वह प्रस्ताव रखा जिसे वह इतने लम्बे समय से तैयार कर रही थी। "अगर मुझे कभी कुछ हो जाता है, तो मैं चाहती हूँ कि तुम नोई को ले लो," उसने कहा, "इस शर्त पर कि उसे रविवार को खुला छोड़ना होगा, बिना कुछ सोचे। उसे पता होगा कि उसे क्या करना है।"

लड़की बेइन्तहा ख़ुश हो गई और दिल में सालों से पल रहे सपने को सच होता जान मारिया दोस प्रासेरेस ख़ुशी से घर लौट आई। लेकिन उसका सपना बुढ़ापे की थकावट या मौत के विलम्ब की वजह से पूरा नहीं हुआ था। यह उसका फ़ैसला था भी नहीं, बल्कि नवम्बर की एक बर्फ़ीली दोपहर को उसके लिए यह फ़ैसला ज़िन्दगी ने लिया जब क़ब्रिस्तान से बाहर निकलते समय अचानक तूफ़ान आ गया। उसने तीनों क़ब्रों के पत्थरों पर नाम लिखे थे और बस स्टेशन की तरफ़ जा रही थी जब बारिश से भीग गई, और उस वीराने में एक सुनसान ज़िले के दरवाज़े पर शरण ले पाई, जो दरअसल किसी दूसरे शहर का मालूम पड़ रहा था; वहाँ खँडहर बन चुके गोदाम और धूल भरे कारख़ाने थे, और साथ में थे विशाल ट्रेलर ट्रक जिनकी आवाज़ तूफ़ान के भयानक शोर को और भी भयावह बना रही थी। अपने शरीर की गर्मी से भीगे हुए कुत्ते को गर्मी देने की कोशिश करते हुए मारिया दोस प्रासेरेस ने भरी हुई बसों को गुज़रते देखा, ख़ाली टैक्सियों को गुज़रते देखा, लेकिन किसी ने भी उसकी तरफ़ ध्यान नहीं दिया। फिर, जब उसे लगा कि अब कोई चमत्कार होने से रहा तब एक शानदार, स्लेटी, स्टील के रंग की कार पानी से भरी सड़क से गुज़री, अचानक कोने पर रुकी और जहाँ मारिया दोस प्रासेरेस खड़ी थी, रिवर्स करके वहाँ तक आई। ऐसा लगा मानो खिड़कियाँ जादू से नीचे उतर गईं और ड्राइवर ने उसे लिफ़्ट की पेशकश की।

"मुझे काफ़ी दूर जाना है," मारिया दोस प्रासेरेस ने ईमानदारी से कहा। "लेकिन अगर आप मुझे कुछ दूर तक भी ले चलें तो मेहरबानी होगी।"

"आपको जाना कहाँ है?" उस आदमी ने ज़ोर देकर कहा।

"ग्रासिआ," मारिया दोस प्रासेरेस ने कहा।

दरवाज़ा बिना छुए ही खुल गया। आदमी ने कहा, "बैठ जाओ, मेरे रास्ते में पड़ता है।"

कार के अन्दर दवा की महक थी, और एक बार जब वह अन्दर बैठी तो बारिश एक काल्पनिक दुर्घटना बन गई, शहर ने रंग बदल लिया और उसे लगा कि वह एक अजीब, ख़ुशहाल दुनिया में थी जहाँ सब कुछ पहले से व्यवस्थित किया गया था। ड्राइवर ने जादुई तरलता के साथ ट्रैफ़िक के बीच रास्ता बनाया। मारिया दोस प्रासेरेस ने न केवल अपने दुख से बल्कि उसकी गोद में सो रहे दयनीय छोटे कुत्ते के दुख से ख़ुद को भयभीत महसूस किया।

"यह एक समुद्री जहाज़ है," उसने कहा, क्योंकि उसे लगा कि उसे कुछ कहना चाहिए। "मैंने ऐसा कुछ पहले कभी नहीं देखा है, यहाँ तक कि सपने में भी नहीं।"

"वास्तव में, सिर्फ़ एक चीज़ ग़लत है कि यह मेरा नहीं है," उसने एक अजीब से कातालोनियाई अन्दाज़ में कहा और फिर थोड़ी देर बाद स्पैनिश में कहा, "मेरे जीवन भर की कमाई भी इसे ख़रीदने के लिए काफ़ी नहीं होगी।"

"मैं समझ सकती हूँ," मारिया दोस प्रासेरेस ने कहा।

डैशबोर्ड की हरी रोशनी में तिरछी आँख से मारिया दोस प्रासेरेस ने उसे देखा और पाया कि वह जवान था, किशोरावस्था से बस थोड़ा ज़्यादा, बाल घुँघराले थे और नैन-नक्श तीखे थे। वह इस नतीजे पर पहुँची कि वह सुन्दर तो नहीं था, लेकिन उसमें एक विशिष्ट प्रकार का आकर्षण था, उसके शरीर पर सस्ती चमड़े की जैकेट बहुत जँच रही थी, और जब वह घर लौटता होगा तो उसकी माँ बहुत ख़ुश होती होगी। केवल उसके मज़दूर सरीखे हाथ इस बात का यक़ीन दिलाते थे कि वह उस कार का मालिक नहीं था।

बाक़ी रास्ते दोनों में कोई बात नहीं हुई, हालाँकि मारिया दोस प्रासेरेस ने महसूस किया कि लड़का तिरछी नज़रों से बार-बार उसे देख रहा था और

एक बार फिर उम्र के इस पड़ाव पर उसे जीवित होने का पछतावा हुआ। वह ख़ुद को बदसूरत और बेचारी महसूस कर रही थी क्योंकि बारिश शुरू होने के बाद उसने नौकरानी की शॉल से अपना सिर ढक लिया था और उसे वह घटिया कोट बदलने का ख़याल तक नहीं आया था क्योंकि वह मौत के बारे में सोच रही थी।

जब वे ग्रासिआ पहुँचे तब तक बारिश थमने लगी थी, रात हो चुकी थी और स्ट्रीट लाइट जल रही थी। मारिया दोस प्रासेरेस ने ड्राइवर से पास के कोने पर छोड़ने के लिए कहा, लेकिन वह उसे घर तक ले गया और इतना ही नहीं, उसने गाड़ी फ़ुटपाथ से सटाकर लगाई ताकि मारिया दोस प्रासेरेस उतरते वक़्त भीगे ना। मारिया दोस प्रासेरेस ने कुत्ते को नीचे उतारा, और जितनी गरिमा के साथ वह गाड़ी से उतर सकती थी, उतरी। जब उसे धन्यवाद देने के लिए मुड़ी तो उसने देखा कि एक पुरुष उसे घूर रहा था। मारिया दोस प्रासेरेस की साँस अटक गई। पल भर के लिए उसने नज़रें मिलाईं; समझ नहीं आ रहा था कि कौन किसका इन्तज़ार कर रहा है। फिर उस लड़के ने दृढ़ स्वर में पूछा—"क्या मैं ऊपर आऊँ?"

मारिया दोस प्रासेरेस ने अपमानित महसूस किया। "मुझे यहाँ लाने की कृपा के लिए शुक्रिया," उसने कहा, "लेकिन मैं आपको मेरा मज़ाक़ उड़ाने की अनुमति नहीं दूँगी।"

"मेरे पास किसी का मज़ाक़ उड़ाने का कोई कारण नहीं है," लड़के ने गम्भीरता से स्पैनिश में कहा। "कम-से-कम तुम जैसी औरत का तो नहीं।"

मारिया दोस प्रासेरेस उसके जैसे कई पुरुषों को जानती थी, उससे कहीं ज़्यादा साहसी पुरुषों को आत्महत्या से बचाया था, लेकिन फ़ैसला लेने में इतना डर ज़िन्दगी में पहले कभी नहीं लगा था। बिना भाव बदले लड़के ने अपनी बात दोहराई—"क्या मैं ऊपर आऊँ?"

वह कार का दरवाज़ा बन्द किये बिना ही चल पड़ी और उसकी बात समझ में आए इसलिए मारिया दोस प्रासेरेस ने स्पैनिश में जवाब दिया, "तुम जो चाहो करो।"

वह सड़क की तिरछी, धुँधली रोशनी में लॉबी में गई और काँपते पैरों से

सीढ़ियों पर चढ़ना शुरू किया। वह एक ऐसे डर की गिरफ़्त में थी जो शायद मृत्यु के समय ही मुमकिन था। जब वह दूसरी मंज़िल पर दरवाज़े के बाहर रुकी तथा काँपते हाथों से अपने बैग में चाबी खोजने लगी तो उसने सड़क पर एक के बाद एक कार के दो दरवाज़े बन्द होने की आवाज़ सुनी। आवाज़ सुनकर नोई जो उसके आगे-आगे चल रहा था, भौंकने लगा। "चुप रहो," उसने ग़ुस्से में फुसफुसाते हुए उसे डाँटा। फिर उसे सीढ़ी पर क़दमों की आहट सुनाई दी और डर के मारे उसकी जान निकल गई। एक पल में उसने पिछले तीन वर्षों में उसके जीवन को बदलने वाले सपने का दोबारा विश्लेषण किया और उसे अपनी व्याख्या की ग़लती दिखाई दी।

"हे भगवान," उसने आश्चर्य से कहा। "तो यह मौत नहीं थी!"

अन्त में उसे ताला मिला, अँधेरे में नपे-तुले क़दमों की आहट सुनते हुए, अँधेरे में आ रही किसी की तेज़ चलती साँसों को सुनते हुए, जो अँधेरे में उतने ही अचरज के साथ आ रहा था, जितना उसे ख़ुद महसूस हो रहा था और फिर उसे अहसास हुआ कि इतने सालों का इन्तज़ार व्यर्थ नहीं था, अँधेरे में इतनी पीड़ा के लायक था, भले ही उस एक पल को जीने के लिए।

[मई, 1979]

सत्रह विषाक्त अंग्रेज़

नेपल्स के बन्दरगाह पर पहुँचते ही श्रीमती प्रूदेंसिया लिनेरो को अहसास हुआ कि वहाँ की महक बिलकुल रिओआचा के बन्दरगाह जैसी थी। ज़ाहिर है यह बात उन्होंने किसी को नहीं बताई, क्योंकि युद्ध के बाद पहली बार ब्यूनस आयर्स से मातृभूमि लौट रहे इतालवियों से भरे उस जर्जर समुद्री जहाज़ पर उनकी बात कोई नहीं समझता। जो भी हो बहत्तर साल की उम्र में, अपने लोगों और अपने घर से अठारह दिनों की लम्बी समुद्र की दूरी पर, वह कम अकेला, कम भयभीत और कम दूरस्थ महसूस कर रही थीं।

भोर से ही दूर धरती पर बत्तियाँ दिखने लग गई थीं। यात्री रोज़ के मुकाबले उस दिन जल्दी उठ गए थे, नये कपड़े पहन लिये थे, देश पहुँचने की अनिश्चितताओं से उनके दिल भारी थे, जिसकी वजह से समुद्री जहाज़ पर बिताया आख़िरी रविवार पूरी यात्रा का एकमात्र वास्तविक दिन मालूम पड़ रहा था। मिस्सा के लिए बहुत कम लोग गए और श्रीमती प्रूदेंसिया लिनेरो उनमें से एक थीं। पहले वह शोक के कपड़े पहनकर जहाज़ पर घूमती थीं, लेकिन आज उन्होंने सेंट फ्रांसिस की डोरी से बँधे मोटे भूरे रंग का टाट का एक चोग़ा पहना था और मोटे चमड़े की सैंडल जो तीर्थयात्रियों के माफ़िक़ तो नहीं थी क्योंकि वे बहुत नई थीं। यह एक अग्रिम भुगतान था—उन्होंने ईश्वर से वादा किया था कि अगर उन्हें पोप से मिलने के लिए रोम जाने का मौक़ा मिल गया तो वह बाक़ी के जीवन टाट का लम्बा चोग़ा पहनेंगी। मिस्सा

ख़त्म होने पर कैरीबियाई तूफ़ानों को सहन करने की शक्ति के लिए उन्होंने मोमबत्ती जलाकर ईश्वर का शुक्रिया अदा किया और रिओआचा की हवाई रातों में उनके सपने देख रहे अपने नौ बच्चों और चौदह नाती-पोतों में हर एक के लिए प्रार्थना की।

जब वह नाश्ते के बाद डेक पर गईं तो जहाज़ पर जीवन बदल गया था। डांस हॉल में सामान का ढेर लगा हुआ था, आंतिल्यास के जादुई बाज़ारों में इतालवी पर्यटकों के ख़रीदे गए सामान और कैंटीन के काउंटर पर लोहे के पिंजरे के अन्दर पेरनामबुको का अफ्रीकी लंगूर, मकाक था। वह अगस्त की शानदार सुबह थी। युद्ध के बाद गर्मियों का ऐसा रविवार जब हर तरफ़ रोशनी फैली थी और विशाल जहाज़ किसी बीमार इनसान की तरह उखड़ी साँसें लेते हुए हौले-हौले साफ़ पानी में आगे बढ़ रहा था। आंजू के ड्यूक का ग़मगीन किला क्षितिज पर दिखाई दे रहा था, लेकिन डेक पर इकट्ठा यात्रियों को सब जगहें जानी-पहचानी लग रही थीं, और बिना उस तरफ़ देखे ही वे उनकी ओर इशारा करके अपनी भाषाओं में ख़ुशी से चिल्ला रहे थे। श्रीमती प्रूदेंसिया लिनेरो ने यात्रा के दौरान कई दोस्त बनाए थे, कई बच्चों पर नज़र रखी थी जब उनके माता-पिता पार्टी कर रहे थे यहाँ तक कि जहाज़ के प्रथम अधिकारी के कोट पर एक बटन भी टाँका था, लेकिन आश्चर्य की बात थी कि अब उन्हें वही सब लोग बदले-बदले और दूरस्थ नज़र आ रहे थे। जिस सामाजिक भावना और मानवीय गर्मजोशी ने उन्हें उष्णकटिबंध की दमघोंटू गर्मी में लम्बी यात्रा और घर की याद से बचाया था, वे अब ग़ायब हो गए थे। बन्दरगाह नज़र आते ही समुद्र में पनपा प्यार ख़त्म हो गया था। श्रीमती प्रूदेंसिया लिनेरो इस बात ने वाक़िफ़ नहीं थीं कि इतालवी स्वाभाविक रूप से बातूनी होते हैं, उन्हें लगा कि समस्या दूसरों के दिल में नहीं बल्कि उनकी ख़ुद की है, क्योंकि वतन लौट रही उस भीड़ में एक वही थीं जो अलग थीं। हर यात्रा ऐसी ही होती होगी, उन्होंने सोचा और रेलिंग पर झुककर, गहरे पानी में विलुप्त कई पुरानी दुनिया के अवशेषों को ढूँढ़ते हुए जीवन में पहली बार विदेशी होने का तेज़ दर्द झेला। तभी अचानक बग़ल में खड़ी एक बहुत ही ख़ूबसूरत लड़की की डरावनी चीख़ से वह चौंक गईं।

"हाय माँ!" उसने कहा। "वहाँ देखो!"

किसी डूबे हुए आदमी की लाश थी। श्रीमती प्रूदेंसिया लिनेरो ने एक परिपक्व, गंजे आदमी को देखा जो देखने में ही स्वाभाविक रूप से प्रतिष्ठित लग रहा था और उसकी खुली, ख़ुश आँखें भोर के आसमान के रंग की तरह थीं। उसने शाम के औपचारिक कपड़े पहने हुए थे—ब्रोकेड की वास्कट, पेटेंट-लेदर के जूते और खुले गले के कोट पर ताज़ा गंधराज का फूल। दाहिने हाथ में उसने सुन्दर काग़ज़ में लिपटा एक छोटा-सा चौकोर तोहफ़ा पकड़ा हुआ था, और उसकी फ़ीकी पड़ चुकी अकड़ी हुई उँगलियों ने मृत्यु के समय पकड़ने को मिली एकमात्र चीज़, तोहफ़े के रिबन को जकड़ रखा था।

जहाज़ के अधिकारियों में से एक ने कहा, "किसी शादी की पार्टी से गिर गया होगा। गर्मियों में यहाँ अक्सर ऐसा होता है।"

यह एक क्षणिक दृश्य था क्योंकि तब तक वे बन्दरगाह पहुँच गए थे, और, दूसरी कम दुखदायी चीज़ों की वजह से यात्रियों का ध्यान बँट गया था। लेकिन श्रीमती प्रूदेंसिया लिनेरो उस डूबे हुए आदमी के बारे में सोचती रहीं, बेचारा, उसका कोट जहाज़ के गुज़रने के बाद हिलते पानी में गोते खा रहा था।

बन्दरगाह पहुँचते ही, एक जर्जर टगबोट आ पहुँची और युद्ध के दौरान नष्ट हुए कई सैन्य जहाज़ों के मलबे के बीच से हमारे जहाज़ को खींचकर ले गई। तेल में बदलते पानी के बीच जहाज़ जंग लगे मलबे के बग़ल से निकला; गर्मी तो रिओआचा की दोपहर दो बजे की गर्मी से कहीं ज़्यादा तेज़ थी। समुद्र-संधि के दूसरी तरफ़ चढ़ते हुए सूरज में पहाड़ियों पर जादुई महलों और पुराने रंगीन बैरकों का शहर दिखाई दिया। हलचल भरे पानी से एक असहनीय गंध उठी। श्रीमती प्रूदेंसिया लिनेरो ने वही गंध अपने घर के आँगन में सड़ रहे केकड़ों की साँसों में पाई थी।

इसी बीच यात्रियों ने ख़ुशी से चिल्लाते हुए समुद्र तट पर खड़े अपने रिश्तेदारों को पहचान लिया था। उनमें से अधिकांश ज़िन्दगी की शरद ऋतु में जलते हुए स्तनों की मालकिन थीं, दमघोंटू शोक के कपड़ों में, पृथ्वी पर सबसे सुन्दर और असंख्य बच्चों और छोटे एवं मेहनती पतियों के साथ; ऐसे

ख़ास प्रवृत्ति के पति जो पत्नी के अख़बार पढ़ लेने के बाद ही पढ़ते थे और गर्मी के बावजूद नोटरी सरीखे कपड़े पहनते थे।

उस मेले के बीच, एक ग़मगीन बूढ़े भिखारी से दिखने वाले एक आदमी ने जेब से दोनों हाथ निकाले, उसके दोनों हाथ की मुट्ठियों में चूजे थे। एक पल में वे तट पर बिखर गए, हर जगह पागलों की तरह चहचहाते हुए। चूँकि वे जादुई जानवर थे इसलिए कई लोगों के पैरों के नीचे आने के बाद भी वे बच गए और दौड़ते रहे। जादूगर ने अपनी टोपी उलटी फ़र्श पर रख दी थी लेकिन किसी ने भी दया करके उस पर एक सिक्का तक नहीं डाला।

मानो यह चमत्कारिक तमाशा सिर्फ़ उनके लिए ही प्रस्तुत किया गया हो, क्योंकि सिर्फ़ श्रीमती प्रूदेंसिया लिनेरो ने ही उसको सराहा और वे इतनी चमत्कृत हो गईं कि उन्हें पता ही नहीं चला कब तख़्ता नीचे हो गया और समुद्री डाकुओं की तरह लोगों के हुजूम ने जहाज़ पर हमला बोल दिया। इतने शोर-शराबे और इतने लोगों से आती गर्मी की गंध और सामान के लिए लड़ रहे कुलियों से स्तब्ध तट पर उन्हें छोटे-छोटे चूजों की तरह मौत का ख़ौफ़ हुआ और वह तीन कोनों वाले अपने लकड़ी के सन्दूक़ पर बैठ गईं तथा काफ़िरों की भूमि में प्रलोभन और ख़तरे से बचने के लिए प्रार्थना करने लगीं। उस प्रलय के बीत जाने के बाद जहाज़ के प्रथम अधिकारी ने उन्हें ख़ाली बॉलरूम में परित्यक्त स्थिति में पाया।

"इस समय तो यहाँ किसी को नहीं होना चाहिए," उसने कहा। "क्या मैं आपकी कोई मदद कर सकता हूँ?"

"मैं वाणिज्यदूत का इन्तज़ार कर रही हूँ।"

यह सच था। रवाना होने से दो दिन पहले उनके सबसे बड़े बेटे ने नेपल्स में अपने दोस्त राजदूत को एक टेलीग्राम भेजा था, जिसमें उसे बन्दरगाह पर अपनी माँ से मिलने और रोम जाने में मदद करने की गुज़ारिश की थी। उसने उसे जहाज़ का नाम और पहुँचने का समय भी बताया था, और कहा था कि जब वह तट पर आएँगी तो उन्होंने सेंट फ्रांसिस का चोग़ा पहना होगा इसलिए वह उन्हें आसानी से पहचान लेगा। चूँकि वह अपनी बात को लेकर ज़िद पर अड़ी थीं इसलिए प्रथम अधिकारी ने उन्हें थोड़ा और इन्तज़ार करने

की अनुमति दे दी, हालाँकि जल्द ही चालक दल के दोपहर के खाने का समय होने वाला था, अत: उन्होंने हॉल की कुर्सियों को मेज़ पर रख दिया था और बाल्टियाँ भरकर डेक धोने लगे। अपने सन्दूक़ को गीला होने से बचाने के लिए उन्होंने कई बार उसे हिलाया लेकिन वह बिना चेहरे के भाव बदले जगह बदलती रहीं, बिना अपनी प्रार्थना रोके और अन्त में उन्होंने उन्हें हॉल से बाहर धूप में लाइफ़बोट के पास बैठा दिया। दो बजे से कुछ पहले भी प्रथम अधिकारी ने उन्हें वहीं पाया, अपने चोग़े में, पसीने से भीगा हुआ, बिना किसी उम्मीद के प्रार्थना करते हुए क्योंकि वह डरी हुई थीं, दुखी थीं और बमुश्किल अपना रोना रोक पा रही थीं।

"प्रार्थना करते रहना बेकार है," अधिकारी ने चिढ़ते हुए कहा। "अगस्त में तो भगवान भी छुट्टी पर जाते हैं।"

उसने समझाया कि साल के इस समय आधी इटली समुद्र तट पर होती है, ख़ासतौर से रविवार को। पूरी सम्भावना थी कि ज़िम्मेदारियों के चलते राजदूत छुट्टी पर न हों लेकिन सोमवार से पहले दफ़्तर तो नहीं खोलेंगे। उनके पास बस एक ही रास्ता था कि वे किसी होटल में जाकर चैन से सोएँ और अगले दिन वाणिज्य दूतावास फ़ोन करें; फ़ोन नम्बर डायरेक्टरी में ज़रूर मिल जाएगा। श्रीमती प्रूदेंसिया लिनेरो के पास दूसरा चारा नहीं था। अधिकारी ने आव्रजन और सीमा शुल्क की कार्यवाही और पैसे बदलने में मदद की तथा उन्हें एक टैक्सी में बिठा दिया, चालक को अस्पष्ट निर्देश देकर कि उन्हें किसी क़ायदे के होटल पहुँचा दे।

शव वाहन रही जर्जर टैक्सी, सुनसान सड़कों पर हिचकोले खाती चल रही थी। एक पल के लिए श्रीमती प्रूदेंसिया लिनेरो को लगा कि सड़क के बीच में कपड़े सुखाने की रस्सी से लटके हुए भूतों के शहर में वह और ड्राइवर एकमात्र जीवित प्राणी थे, लेकिन फिर लगा कि जो आदमी इतनी बातें करता हो और वह भी इतने जुनून के साथ, उसके पास समुद्र के ख़तरों को झेलकर पोप से मिलने आई एक ग़रीब, अकेली महिला को नुक़सान पहुँचाने का समय कहाँ होगा।

सड़कों की भूलभुलैया के अन्त में उन्हें फिर से समुद्र दिखाई दिया।

टैक्सी एक जलते हुए, सुनसान समुद्र तट के साथ-साथ हिचकोले खाती चलती रही; वहाँ चमकीले रंगों में रँगे कई छोटे होटल थे। टैक्सी इनमें से किसी पर भी नहीं रुकी; वह सीधे बड़े ताड़ के पेड़ों और हरी बेंचों वाले एक सार्वज़निक बगीचे में स्थित एक कम भड़कीले होटल पर रुकी। ड्राइवर ने सन्दूक़ को फ़ुटपाथ पर छाया में रखा, और जब उसने श्रीमती प्रूदेंसिया लिनेरो की परेशानी देखी, तो उसने उन्हें भरोसा दिलाते हुए कहा कि यह नेपल्स में सबसे सभ्य होटल है।

एक दयालु और देखने में सुन्दर दरबान ने सन्दूक़ अपने कन्धे पर उठा लिया और उनकी ज़िम्मेदारी सँभाली। वह उन्हें सीढ़ी के बग़ल में लगी शटर वाली लिफ़्ट तक ले गया और बिंदास हो ज़ोर से इतालवी ओपेरा रचयिता पक्किनी का गीत गाने लगा। यह एक पुरानी इमारत थी, जिसकी नौ पुनर्निर्मित मंज़िलों में से प्रत्येक पर एक अलग होटल था। श्रीमती प्रूदेंसिया लिनेरो को मानो मतिभ्रम हो रहा हो, उन्हें लगा कि वे एक मुर्ग़े के दड़बे में क़ैद, गूँजती संगमरमर की सीढ़ी के बीच से लोगों के घरों में झाँकती हुई, उनके फटे हुए कच्छे और खट्टी डकारों को देखती, धीरे-धीरे ऊपर की ओर बढ़ रही थीं। लिफ़्ट तीसरी मंज़िल पर झटके से रुकी, दरबान ने गाना बन्द किया, दरवाज़ा खोला और आदर से झुककर श्रीमती प्रूदेंसिया लिनेरो को संकेत दिया कि वे अपनी मंज़िल पर पहुँच गई हैं।

फ़ोयर में उन्होंने ताँबे के गमलों में हरे-भरे पौधे और रंगीन काँचवाले लकड़ी के काउंटर के पीछे एक किशोर को देखा। पहली नज़र में ही उन्हें वह पसन्द आ गया क्योंकि उनके पोते की तरह उसके भी घुँघराले बाल थे। उन्हें कांस्य पट्टिका पर लिखा होटल का नाम पसन्द आया, फ़िनाइल की गंध पसन्द आई, फर्न के लटकते पौधे, वहाँ का सन्नाटा और वॉलपेपर पर सुनहरे फूल पसन्द आए। फिर वे लिफ़्ट से बाहर निकलीं और उनका दिल बैठ गया। हाफ पैंट और समुद्र तट के लिए बने रबर के सैंडल पहने अंग्रेज़ी पर्यटकों का एक समूह आराम कुर्सियों की एक लम्बी क़तार में लेटा सो रहा था।

सममित क्रम में बैठे वे कुल मिलाकर सत्रह लोग थे, उनको देखकर ऐसा लगता था मानो एक ही आदमी कई बार आईने में दोहराया गया हो।

श्रीमती प्रूदेंसिया लिनेरो ने उन्हें एक नज़र देखा और उन्हें सिर्फ़ गुलाबी घुटनों की लम्बी क़तार दिखाई दी जो कि कसाई की दुकान में हुक से लटकते सूअर के मांस के स्लैब जैसी नज़र आ रही थी। काउंटर की तरफ़ क़दम बढ़ाने के बजाय वह पीछे हटीं और वापस लिफ़्ट में घुस गईं।

"किसी दूसरी मंज़िल पर चलते हैं," उन्होंने कहा।

"लेकिन सिर्फ़ यहीं पर खाने का कमरा है मैडम," दरबान ने कहा।

"कोई बात नहीं," श्रीमती प्रूदेंसिया लिनेरो ने कहा।

दरबान ने उनकी बात मानी, लिफ़्ट बन्द की और पाँचवीं मंज़िल के होटल पर पहुँचने तक गीत का शेष हिस्सा गाया। यहाँ ज़्यादा इत्मीनान का अहसास था। मालकिन धाराप्रवाह स्पैनिश बोलने वाली अधेड़ उम्र की महिला थी और फ़ोयर में आराम कुर्सियों पर कोई भी झपकी नहीं ले रहा था। यहाँ वास्तव में खाने का इन्तज़ाम नहीं था, लेकिन होटल ने कम क़ीमत पर मेहमानों के लिए पास के रेस्तराँ में खाने की व्यवस्था की हुई थी। इसलिए श्रीमती प्रूदेंसिया लिनेरो ने फ़ैसला किया कि वे एक रात के लिए वहाँ रुकेंगी। होटल की मालकिन की वाक्‌पटुता और मिलनसारिता से वे उतनी ही प्रभावित हुईं जितनी उनको इस बात की राहत और ख़ुशी थी कि फ़ोयर में गुलाबी घुटनों वाला एक भी अंग्रेज़ नहीं सो रहा था।

दोपहर के तीन बजे उनके कमरे के पर्दों के अँधेरे बन्द और किसी बग़ीचे सरीखे सन्नाटे में उन्हें रोने के लिए उपयुक्त जगह मिली। जैसे ही वह अकेली हुईं, उन्होंने दोनों ताले बन्द कर दिये और सुबह से पहली बार एक पतली, लेकिन रुक-रुक कर बहने वाली धारा में पेशाब किया तथा यात्रा के दौरान खोई अपनी पहचान को दोबारा प्राप्त किया। फिर उन्होंने सैंडल उतारी, कमर पर बँधी रस्सी खोली और अत्यन्त बड़े व अकेले डबल बेड पर बाईं करवट लेट गईं और लम्बे समय से रोके हुए आँसुओं को बह जाने दिया।

यह न केवल पहली बार था जब वह रिओआचा से बाहर निकली थीं, बल्कि बच्चों की शादी और उनके चले जाने के बाद वह बमुश्किल घर से बाहर गई थीं। यहाँ तक कि वह दो नंगे पैर रहने वाली भारतीय मूल की महिलाओं के साथ घर में अपने पति के आत्माहीन शरीर की देखभाल करने

के लिए अकेली रह गई थीं। उनका आधा जीवन बेडरूम में उस एकमात्र आदमी के ढहते हुए शरीर को देखते हुए बीत गया था, जिससे उन्होंने प्यार किया था और जो लगभग तीस साल से कोमा में था, उस गद्दे पर लेटा हुआ जिस पर कभी जवानी में उन्होंने प्यार किया था।

पिछले अक्तूबर उस आदमी ने अचानक अपनी आँखें खोलीं, अपने परिवार को पहचाना और उन्हें एक फ़ोटोग्राफ़र लाने के लिए कहा। अतः घर में तसवीरें लेने के लिए वे धौंकनी जैसे यंत्र, काली आस्तीन के कैमरे और मैग्नीसियम प्लेट वाले बूढ़े आदमी को पार्क से लाए। बीमार आदमी ने ख़ुद तसवीरों के बारे में बताया। उसने कहा, "एक प्रूदेंसिया के लिए, उस प्यार और ख़ुशी के लिए जो उसने मुझे जीवन-भर दी।" फ़ोटो पहले मैग्नीसियम फ्लैश के साथ ली गई। "अब मेरी प्यारी बेटियों, प्रूदेनसिता और नतालिया के लिए दो फ़ोटो," उसने कहा। वे फ़ोटो भी खींची गईं। उसने कहा, "दो फ़ोटो मेरे बेटों के लिए, जिनका स्नेह और विवेक परिवार के लिए मिसाल है।" और इसी तरह तब तक फ़ोटो खिंचती गईं जब तक कि फ़ोटोग्राफ़र के पास काग़ज़ ख़त्म नहीं हो गए और उसे अतिरिक्त काग़ज़ लेने घर नहीं जाना पड़ा। चार बजे, जब मैग्नीसियम के धुएँ और चित्र की अपनी प्रतियाँ प्राप्त करने के लिए उमड़े रिश्तेदारों, दोस्तों और परिचित लोगों की बेक़ाबू भीड़ के चलते बेडरूम की हवा में साँस लेना दूभर होने लगा और वह बीमार आदमी होश खोने लगा, उसने सभी को अलविदा कहा मानो स्वयं को दुनिया के जहाज़ की रेलिंग पर से मिटा रहा था।

सबकी उम्मीद के विपरीत पति की मृत्यु विधवा के लिए राहत नहीं थी। बल्कि वह इतनी दुखी थी कि बच्चों ने मिलकर माँ से पूछा कि उनको सुकून देने के लिए वे उनके लिए क्या कर सकते हैं। तब श्रीमती प्रूदेंसिया लिनेरो ने कहा कि वह पोप से मिलने रोम जाना चाहती हैं।

"मैं अकेले जाऊँगी और सेंट फ्रांसिस का चोग़ा पहनूँगी," उन्होंने कहा। "मैंने मन्नत माँगी है।"

इतने सालों से बीमार की तीमारदारी करने के बाद एकमात्र सन्तुष्टि शेष थी रोने का आनन्द। जहाज़ पर, वह दो क्लैरिसिन ननों के साथ एक कमरे में

थीं जो मार्सेय में उतरी थीं, से छिपकर बाथरूम में रोती थीं। नतीजतन, नेपल्स में होटल का कमरा एकमात्र उपयुक्त जगह थी जहाँ रिओआचा छोड़ने के बाद वह जी भरकर रो सकती थी। वह अगले दिन तक रोती रहतीं, रोम की ट्रेन में सवार होने तक, अगर होटल की मालकिन ने सात बजे दरवाज़ा खटखटाकर यह नहीं कहा होता कि रेस्तराँ चली जाएँ नहीं तो खाने को कुछ नहीं मिलेगा।

दरबान उनके साथ गया। समुद्र से ठंडी हवा आ रही थी, और सात बजे की हल्की रोशनी में समुद्र तट पर अभी भी कुछ लोग थे। रविवार की झपकी से जाग रही सँकरी सड़कों पर श्रीमती प्रूदेंसिया दरबान के पीछे-पीछे चलती रहीं और फिर ख़ुद को पेड़ों के झुंड के नीचे पाया, जहाँ मेज़ पर लाल चौखानों वाले मेज़पोश थे और फूलदानों का काम कर रहे मर्तबानों में काग़ज़ के फूल सजे थे। खाना खाने के लिए इतनी जल्दी पहुँचने की वजह से उनके साथी केवल वेटर और वेट्रेस थे और पीछे की मेज़ पर रोटी और प्याज खा रहा एक बहुत ग़रीब पादरी। जब वह अन्दर गईं तो उन्हें लगा कि सब उनके भूरे चोग़े को देख रहे थे लेकिन उन्हें कोई फ़र्क़ नहीं पड़ा, क्योंकि वह जानती थीं कि उपहास उनकी तपस्या का हिस्सा है। दूसरी तरफ़, वेट्रेस के प्रति उनके मन में ममता की चिनगारी जग उठी क्योंकि वह गोरी और सुन्दर थी और ऐसे बोलती थी मानो गा रही हो; श्रीमती प्रूदेंसिया लिनेरो को लगा कि युद्ध के बाद इटली में हालात वाक़ई बहुत ख़राब हो गए हैं अन्यथा उसके जैसी लड़की को रेस्तराँ में काम क्यों करना पड़ता। लेकिन फूलों के उस कुंज में उन्हें सुकून मिला, और रसोई से तेजपत्ते के साथ दम पर पकते मांस की गंध ने दिन की चिन्ताओं से मरी उनकी भूख को जगा दिया। लम्बे अरसे में पहली बार उन्हें रोने की कोई इच्छा नहीं हुई।

लेकिन फिर भी वह भरपेट खाना नहीं खा पाईं, कुछ इसलिए कि उस सुन्दर वेट्रेस जो सहृदय और सब्रवाली तो थी, लेकिन उसे अपनी बात समझाना मुश्किल था, और दूसरा शायद इसलिए कि खाने के लिए सिर्फ़ छोटी गाने वाली चिड़ियों का गोश्त था, जिन्हें रिओआचा में पिंजरों में पालते थे। अलग बैठकर खा रहे पादरी ने भाषा में उनकी मदद करने की कोशिश की और उन्हें समझाने की कोशिश की कि यूरोप में युद्ध की आपात स्थिति समाप्त नहीं हुई

है, और यह चमत्कार है कि कम-से-कम खाने के लिए छोटे पक्षी मिल रहे हैं। लेकिन वह नहीं मानीं।

उन्होंने कहा, "मेरे लिए यह मेरे बच्चों में से एक को खाने जैसा होगा।"

इसलिए अन्ततः उन्होंने नूडल सूप से भूख मिटाने का फ़ैसला किया, और साथ में बासी बेकन के कुछ टुकड़ों के साथ उबला कद्दू और संगमरमर जितनी कठोर ब्रेड का एक टुकड़ा लिया। जब वह खाना खा रही थीं, पादरी उनके पास आया और बतौर दान उनसे एक कप कॉफ़ी माँगी और उनके साथ बैठ गया। वह यूगोस्लाविया से था, लेकिन बोलीविया में एक मिशनरी था और अजीबोग़रीब अभिव्यंजक स्पैनिश बोलता था। श्रीमती प्रूदेंसिया लिनेरो को वह एक साधारण व्यक्ति लग रहा था, जिसमें परमेश्वर के अनुग्रह का कोई अंश नहीं था। उसके हाथ बहुत ख़राब थे; नाख़ून गंदे और टूटे हुए थे तथा उसकी साँस में प्याज़ की गंध थी, इतनी स्थायी कि उसके चरित्र का एक अभिन्न हिस्सा मालूम पड़ती थी। लेकिन जो भी हो, वह परमेश्वर की सेवा कर रहा था और वह इस बात से ख़ुश थीं कि घर से इतनी दूर किसी ऐसे इनसान से मिलना हुआ जिससे वह बात कर सकती हैं।

वे आराम से बातचीत कर रहे थे, लोगों के वहाँ आने तथा आसपास होते शोर से बेख़बर। इटली के बारे में श्रीमती प्रूदेंसिया लिनेरो की एक निश्चित राय थी—उन्हें यह देश पसन्द नहीं था। इसलिए नहीं कि पुरुष कुछ बेहूदे थे, जो अपने-आप में बहुत बड़ी बात थी, या फिर इसलिए भी नहीं कि वे लोग गाने वाले पक्षी खाते थे, जो शायद थोड़ा ज़्यादा था, बल्कि इसलिए कि वे डूबे हुए आदमी को पानी में बहने देते थे।

पादरी ने कॉफ़ी के साथ श्रीमती प्रूदेंसिया लिनेरो के ख़र्च पर एक ग्रप्पा (ब्रांडी) भी मँगवा ली थी और श्रीमती प्रूदेंसिया लिनेरो को उनकी सोच के छोटेपन का अहसास कराने की कोशिश कर रहा था। युद्ध के दौरान नेपल्स की खाड़ी में डूबते लोगों को बचाने, पहचानने और दफ़नाने के लिए एक बहुत ही कुशल प्रणाली स्थापित हो गई थी।

पादरी ने कहा, "इतालवी सदियों पहले जान गए थे कि केवल एक ही जीवन है और वे इसे बेहतरीन तरीक़े से जीने की कोशिश करते हैं। इसके

चलते वे मतलबी और बातूनी बन गए हैं, लेकिन इससे उनकी क्रूरता भी ख़त्म हुई है।"

"यहाँ तक कि उन्होंने जहाज़ रोका भी नहीं," श्रीमती प्रूदेंसिया लिनेरो ने कहा।

"वे बन्दरगाह के अधिकारियों को रेडियो पर सूचित कर देते हैं," पादरी ने कहा। "अब तक उन्होंने उस आदमी को उठा लिया होगा और विधिवत दफ़ना भी दिया होगा।"

इस चर्चा ने दोनों के मूड को बदल दिया। श्रीमती प्रूदेंसिया लिनेरो ने खाना ख़त्म कर लिया था, तभी उन्हें अहसास हुआ कि सभी टेबल भर चुकी थीं। पास की मेज़ों पर लगभग नग्न पर्यटक चुपचाप बैठकर खाना खा रहे थे और उनमें से कुछ जोड़े खाना ना खाकर किस करने में व्यस्त थे। पीछे की मेज़ों पर, बार के पास, वहाँ रहने वाले पासा खेल रहे थे और रंगहीन वाइन पी रहे थे। श्रीमती प्रूदेंसिया लिनेरो समझ गई थीं कि वह उस अप्रिय देश में सिर्फ़ एक कारण से थीं।

"क्या आपको लगता है कि पोप से मिलना बहुत मुश्किल होगा?" उन्होंने पूछा।

पादरी ने जवाब दिया कि गर्मियों में कुछ भी आसान नहीं था। पोप कास्तेल गानदोल्फ़ो में छुट्टी पर थे और बुधवार दोपहर वह दुनिया भर के तीर्थयात्रियों को सार्वजनिक दर्शन देते थे। प्रवेश शुल्क बहुत कम था—बीस लीरा।

"और वह किसी व्यक्ति का कनफ़ेशन सुनने के लिए कितना लेते हैं?" उन्होंने पूछा।

"पवित्र पिता यानी पोप कनफ़ेशन नहीं सुनते," पादरी ने कहा, "हाँ, राजाओं का सुनते होंगे, निश्चित रूप से।"

"मुझे समझ में नहीं आता कि वह इतनी दूर से आई एक ग़रीब महिला को मना कैसे कर सकते हैं," श्रीमती प्रूदेंसिया लिनेरो ने कहा।

"और कुछ राजा, भले ही वे राजा हैं, इन्तज़ार करते हुए मर गए," पादरी ने कहा। "लेकिन एक बात बताओ—आपका पाप बहुत ही बड़ा होगा

जो आपने पवित्र पिता (पोप) से मिलकर कनफ़ेशन करने के लिए अकेले ऐसी यात्रा की है।

श्रीमती प्रूदेंसिया लिनेरो ने पल-भर के लिए सोचा और पादरी ने पहली बार उन्हें मुस्कराते देखा।

"हे ईश्वर!" उन्होंने कहा। "मैं बस उन्हें देखने भर से सन्तुष्ट हो जाऊँगी।" और दिल से निकलने वाली एक आह के साथ जोड़ा—"यह मेरे जीवन का सपना रहा है।"

सच तो यह था कि श्रीमती प्रूदेंसिया लिनेरो अभी भी डरी हुई और दुखी थीं और जल्द से जल्द रेस्तराँ से ही नहीं, इटली से भी चली जाना चाहती थीं। पादरी ने सोचा कि इस बहकी हुई महिला से जो कुछ मिल सकता था, मिल गया और उसने उन्हें शुभकामनाएँ दीं और दान के नाम पर दूसरी मेज़ पर एक कप कॉफ़ी माँगने पहुँच गया।

श्रीमती प्रूदेंसिया लिनेरो जब रेस्तराँ से बाहर निकलीं तो उन्होंने शहर को बदला हुआ पाया। वह रात नौ बजे चमकती सूरज की रोशनी से आश्चर्यचकित थीं, और शाम की हवा में राहत तलाशती सड़कों पर उतरी कर्कश भीड़ से डर गई थीं। इतने सारे वेस्पा को बैकफ़ायर करने की आवाज़ असह्य थी। नंगे सीने वाले पुरुष वेस्पा चला रहे थे और उनकी सुन्दर महिलाएँ पीछे बैठी थीं, उन्हें कमर से पकड़कर लिपटी हुई; वे तरबूज़ से भरी मेज़ों और लटके हुए सूअर के गोश्त के बीच रुक-रुक कर आगे बढ़ते।

वहाँ जलसे का माहौल था, लेकिन श्रीमती प्रूदेंसिया लिनेरो को तबाही का मंज़र दिख रहा था। वे रास्ता भटक गईं, और ख़ुद को एक ऐसी सड़क पर पाया, जहाँ मौन महिलाएँ उन घरों के दरवाज़ों पर बैठी थीं, जिनकी चमकती लाल रोशनी ने उन्हें आतंक से काँपने पर मजबूर कर दिया था। कभी इतालवी में, फिर अंग्रेज़ी में और फिर फ्रेंच में कुछ कहते हुए अच्छे कपड़े, भारी सोने की अँगूठी और टाई में हीरा लगाए एक आदमी कई ब्लॉक तक उनके पीछे आता रहा। जब उसे कोई जवाब नहीं मिला, तो उसने उन्हें अपनी जेब से एक गड्डी निकालकर उसमें से एक पोस्टकार्ड दिखाया। एक नज़र में श्रीमती प्रूदेंसिया लिनेरो समझ गईं कि वह नर्क से गुज़र रही थीं।

आतंकित होकर वह वहाँ से भागीं और सड़क के अन्त में उन्हें फिर से संध्या समय का समुद्र और सड़ते केकड़े की वही बदबू मिली जो रिओआचा के बन्दरगाह पर थी, और उनकी जान में जान आई। उन्होंने सुनसान समुद्र तट के साथ चमकते होटलों, शव वाहन बनी टैक्सियों और विशाल आकाश में हीरे सरीखा पहला तारा पहचाना। खाड़ी के सुदूर छोर पर, एकान्त और विशाल तट पर, हर डेक पर रोशनी वाले उस जहाज़ को उन्होंने पहचान लिया था जिस पर वे आई थीं और महसूस किया कि इसका अब उनके जीवन से कोई लेना-देना नहीं था। वह कोने पर बाईं ओर मुड़ीं लेकिन आगे नहीं बढ़ सकीं क्योंकि पुलिस के एक दस्ते ने भीड़ को रोक रखा था ताकि वह आगे न बढ़ सके। उनके होटल की इमारत के बाहर लाइन से खड़ी एम्बुलेंस दरवाज़े खोले इन्तज़ार कर रही थीं।

पंजों पर खड़े होकर भीड़ के कंधों के ऊपर से झाँकते हुए, श्रीमती प्रूदेंसिया लिनेरो ने अंग्रेज़ी पर्यटकों को फिर देखा। उन्हें एक-एक करके स्ट्रेचर पर ले जाया जा रहा था, और वे सभी गतिहीन और गरिमापूर्ण थे और ऐसा लग रहा था जैसे कि रात के खाने के लिए पहने गए अधिक औपचारिक कपड़ों में एक आदमी कई बार दोहराया जा रहा था—फलालैन की पैंट, तिरछी धारियोंवाली टाई और गहरे रंग का कोट, जिसकी ऊपर की जेब पर ट्रिनिटी कॉलेज का लोगो कढ़ा हुआ था। जब उन्हें बाहर लाया गया, तो बालकनी से देख रहे पड़ोसी, और सड़क पर खड़े लोग, कोरस में गिनती करने लगे मानो किसी स्टेडियम में हों। वे कुल सत्रह थे। उन्हें दो-दो करके एम्बुलेंस में रखा गया और युद्ध के सायरन के साथ वहाँ से ले जाया गया।

इतनी सारी विस्मयकारी घटनाओं से स्तब्ध, श्रीमती प्रूदेंसिया लिनेरो हर्मेटिक भाषा में बात कर रहे अन्य होटलों के मेहमानों से भरी लिफ़्ट में सवार हो गईं। वे तीसरी मंज़िल को छोड़कर हर मंज़िल पर उतरे; तीसरी मंज़िल खुली थी और बत्तियाँ जली हुई थीं, लेकिन काउंटर पर कोई भी नहीं था और ना ही फ़ोयर की आराम कुर्सियों पर, जहाँ उन्होंने सत्रह सोते हुए अंग्रेज़ों के गुलाबी घुटने देखे थे। पाँचवीं मंज़िल की मालकिन ने अनियंत्रित उत्तेजना के साथ आपदा पर टिप्पणी की।

"सब के सब मर गए," उसने स्पैनिश में श्रीमती प्रूदेंसिया लिनेरो को बताया। "रात के खाने में सीप के सूप के ज़हर से। सोचो, कौन लेता है अगस्त में सीप!"

उसने श्रीमती प्रूदेंसिया लिनेरो को उनके कमरे की चाबी सौंपी, और फिर उनकी तरफ़ ध्यान नहीं दिया क्योंकि अपनी बोली में वह अन्य मेहमानों से कहने लगी, "चूँकि यहाँ कोई भोजनालय नहीं है, इसलिए जो सोता है वह जीवित उठता है!" श्रीमती प्रूदेंसिया लिनेरो का गला भर आया था। उन्होंने अपने कमरे में ताले लगाए। इसके बाद उन्होंने उस देश की भयावहता के ख़िलाफ़ जहाँ एक ही समय में इतनी सारी चीज़ें हुई थीं, एक अगम्य बैरिकेड बनाने के लिए मेज़, आराम कुर्सी तथा अपने सन्दूक़ को दरवाज़े के सामने लगा दिया। फिर उन्होंने अपना विधवा वाला नाइटगाउन पहना और पीठ के बल बिस्तर पर लेट गईं, तथा ज़हर से मरने वाले सत्रह अंग्रेज़ों की आत्माओं के लिए सत्रह प्रार्थनाएँ कीं।

[अप्रैल, 1980]

त्रामोनताना

उसकी दयनीय मौत से कुछ घंटे पहले, केवल एक बार मैंने उसे बार्सिलोना के प्रचलित क्लब बोकाचिओ में देखा था। रात के दो बज रहे थे और कुछ स्वीडिश लड़के उसके पीछे पड़े थे तथा पार्टी ख़त्म करने के लिए उसे कदाकेस ले जाने की कोशिश कर रहे थे। वे ग्यारह लोग थे और उनमें अन्तर करना मुश्किल था, क्योंकि पुरुष और महिलाएँ सब एक जैसे दिख रहे थे—लम्बे, दुबले-पतले और कमर तक सुनहरे बालवाले। उसकी उम्र बीस साल से ज़्यादा नहीं रही होगी। उसके नीले-काले घने घुँघराले बाल थे और त्वचा का रंग फ़ीका था, उन कैरीबियाई लोगों की तरह, जिनकी माँएँ उन्हें धूप से बचाकर छाया में चलाती हैं। उसकी आँखें अरबवासियों जैसी थीं, जो किसी भी स्वीडिश लड़की को पागल करने के लिए काफ़ी थीं, या यूँ कहें कुछ लड़कों को भी। उन्होंने उसे एक कठपुतली की तरह काउंटर पर बैठा दिया था और तालियाँ बजाकर नये-नये गीत गाते हुए उसे रिझा रहे थे ताकि वह उनके साथ जाने को राज़ी हो जाए। वह डरा हुआ था, उसने अपनी मजबूरी बताने की कोशिश की। तभी किसी ने हस्तक्षेप किया और चीख़ा कि उसे अकेला छोड़ दिया जाए, इस पर जवान स्वीडिश लोगों में से एक ने हँसते हुए कहा—

"यह हमारा है, हमें कचरे के डिब्बे में मिला था।"

मैं पलाऊ दे ला मूसीका में डेविड ओइस्ट्रख के अन्तिम संगीत कार्यक्रम में शिरकत करने के बाद अभी थोड़ी देर पहले, अपने कुछ दोस्तों के साथ

वहाँ आया था और इन स्वीडिश लोगों के अड़ियलपन पर मुझे ग़ुस्सा आ रहा था क्योंकि लड़का उनसे डरा हुआ था। पिछली गर्मियों तक वह कदाकेस में रहता था, जहाँ के एक फ़ैशनेबल बार में उसे आंतील्याई गाने गाने के लिए रखा गया था जब तक कि त्रामोनताना ने उसे हरा नहीं दिया था। दूसरे दिन वह वहाँ से रफ़ूचक्कर हो गया था और उसने क़सम खाई थी कि वह अब कभी वहाँ नहीं लौटेगा, त्रामोनताना हो या ना हो। उसे विश्वास था कि अगर वह वापिस गया तो ज़िन्दा नहीं बचेगा। यह उसकी सहज कैरीबियाई प्रवृत्ति थी और उसकी यह बात दिल में अजीबोग़रीब ख़याल लाने वाली बेहतरीन कातालोनियाई वाइन और गर्मी के नशे में चूर स्कैंडिनेवियाई तर्कवादी नहीं समझ सकते थे।

उस लड़के की बात मुझसे बेहतर कोई नहीं समझ सकता था। कदाकेस कोस्टा ब्रावा के सबसे ख़ूबसूरत गाँवों में से एक है और सबसे ज़्यादा संरक्षित भी। शायद इसलिए कि वहाँ पहुँचने का रास्ता अत्यन्त सँकरा है। एक तरफ़ गहरी खाई है और रास्ता इतना घुमावदार कि पचास किलोमीटर प्रति घंटे से ज़्यादा चलाने के लिए शेर का जिगरा चाहिए था। भूमध्य सागर के मछुआरे गाँवों की शैली में यहाँ के मकान भी सफ़ेद और कम ऊँचाई के थे। नये मकान नामी वास्तुकारों द्वारा परम्परागत शैली का सम्मान करते हुए बनाए गए थे। गर्मियों में, जब सड़क पार अफ़्रीका के रेगिस्तान से गर्मी आती प्रतीत होती थी तो कदाकेस में भीड़भाड़ बढ़ जाती क्योंकि तीन महीने तक यूरोप के हर कोने से आए सैलानी उस स्वर्ग पर क़ब्ज़े के लिए वहाँ के मूल निवासियों और सस्ते दामों पर घर ख़रीदने वाले विदेशियों से मशक़्क़त करते देखे जाते थे। हालाँकि, वसन्त और शरद ऋतु में, जिस समय कडाकेस बहुत ही सुहावना होता था, त्रामोनताना का ख़ौफ़ सबके दिमाग़ पर छाया रहता। त्रामोनताना दरअसल एक तेज़, बर्फ़ीली, ज़मीनी हवा थी जो मूल निवासियों और कुछ बुद्धिजीवियों के अनुसार अपने साथ पागलपन के कीटाणु लाती थी।

लगभग पन्द्रह साल पहले जब तक मेरा वास्ता त्रामोनताना से नहीं पड़ा था तब तक मैं वहाँ नियमित जाने वाले सैलानियों में से एक था। मुझे इसके आने का अहसास पहले ही हो गया था, एक रविवार दोपहर को आराम करते

वक़्त मुझे पूर्वाभास हुआ कि कुछ बुरा घटने वाला है। मेरा मन भारी हो रहा था, दिल में उदासी थी और मुझे लग रहा था कि मेरे दस साल से कम उम्र के दोनों बेटे ग़ुस्से से घूरते हुए मेरा पीछा कर रहे थे। थोड़ी देर बाद, टूलबॉक्स और दरवाज़े-खिड़कियों को बाँधने के लिए मोटी रस्सी लिये वहाँ का चौकीदार आया और मेरी मानसिक स्थिति देखकर उसे आश्चर्य नहीं हुआ।

"यह त्रामोनताना है," उसने कहा। "एक घंटे के भीतर पहुँच जाएगा।"

उसकी उम्र काफ़ी थी। वह एक पूर्व नाविक था जिसके पास अभी भी अपने समय की जलरोधक जैकेट, टोपी और पाइप थे और उसकी त्वचा दुनिया भर के नमक से झुलसी हुई थी। अपने ख़ाली समय में वह पूर्व सैनिकों के साथ चौक में कंचे सरीखा फ्रांसीसी खेल बाउल्स खेलता था और समुद्र तट पर पर्यटकों के साथ दारू पीता था क्योंकि वह अपनी नाविक जैसी कातालोनियाई भाषा के चलते सब भाषाओं में उनसे बात कर लेता था। उसे इस बात का गर्व था कि वह दुनिया के सभी बन्दरगाहों को जानता है, लेकिन किसी अन्तर्देशीय शहर से परिचित नहीं था। "यहाँ तक कि पेरिस या फ्रांस भी नहीं, चाहे वे कितने ही मशहूर क्यों न हों," वह कहता। उसे ऐसे किसी वाहन पर विश्वास नहीं था जो पानी पर नहीं चलता हो।

इधर कुछ सालों में वह अचानक बूढ़ा हो गया था, और बाहर नहीं जाता था। अपना अधिकांश समय वह हमेशा की तरह अपने में गुमसुम दरबान के केबिन में बिताता। वह मिट्टी के तेलवाले स्टोव पर एक डिब्बे में अपना खाना पकाता था लेकिन उसके बनाए नाना प्रकार के व्यंजन हम लोगों को बहुत पसन्द आते थे। भोर से ही वह किराएदारों की देखभाल में लग जाता, मंज़िल-दर-मंज़िल; दूसरों की इतनी मदद करने वाला आदमी मैंने पहले नहीं देखा था; उसमें कातालोनियाई लोगों की उदारता और कोमलता कूट-कूटकर भरी थी। वह बहुत कम बोलता था लेकिन सीधा और सटीक बोलता था। जब करने के लिए कुछ नहीं होता था तो वह आने वाली फुटबॉल प्रतियोगिता के फ़ॉर्म भरने में घंटों बिताता जिन्हें उसने शायद ही कभी भेजा होगा।

उस दिन, आपदा की आशंका में दरवाज़ों और खिड़कियों को बन्द करते हुए उसने हमें त्रामोनताना के बारे में ऐसे बताया था, मानो वो कोई घृणित

महिला थी लेकिन जिसके बिना उसके जीवन का कोई अर्थ नहीं था। मुझे आश्चर्य हुआ कि एक नाविक एक ज़मीनी हवा को इतना सम्मान दे रहा था।

"यह काफ़ी पुरातन है," उसने कहा।

उसकी बात सुनकर लगता था कि उसके साल दिन और महीनों की जगह त्रामोनताना के हिसाब से बँटे थे। "पिछले साल, दूसरे त्रामोनताना के लगभग तीन दिन बाद, मुझे पेट का दर्द उठा था," उसने एक बार मुझे बताया था। शायद यही कारण था कि उसे विश्वास था कि प्रत्येक त्रामोनताना आने के बाद वह और बूढ़ा हो जाता है। त्रामोनताना के प्रति उसके जुनून की वजह से हम भी इस त्रामोनताना से मिलने को इतने आतुर हो गए मानो वह कोई बेहद आकर्षक मेहमान हो।

हमें लम्बा इन्तज़ार नहीं करना पड़ा। जैसे ही चौकीदार बाहर गया, एक सीटी सुनाई दी जो धीरे-धीरे तेज़ और तीव्र होती गई, तथा धरती के कम्पन के शोर में घुल गई। इसके बाद हवा चलने लगी। पहले रुक-रुककर तेज़ हवा के झोंके आए, फिर सारे झोंके पूरी गति से आए और फिर एक झोंका वहीं ठहर गया, स्थिर, बिना रुके, बिना राहत, इतना तीव्र और क्रूर कि प्रकृति विरोधी मालूम पड़ता था, कैरीबियाई प्रथा के विपरीत हमारे घर का मुँह पहाड़ की तरफ़ था, शायद पुराने कातालोनियाई लोगों की तरह जो समुद्र से प्यार तो करते थे लेकिन उसे देखना नहीं चाहते थे। इसलिए हवा हम पर सीधे हमला कर रही थी और खिड़की की रस्सियों को उखाड़कर उड़ा ले जाने की धमकी दे रही थी।

मेरा ध्यान इस बात पर टिका था कि सुनहरे सूरज और अदम्य आकाश के साथ मौसम में एक ग़ज़ब की सुन्दरता अभी भी बनी हुई थी। इतना कि मैंने समुद्र देखने के लिए बच्चों के साथ बाहर जाने का फ़ैसला किया। आख़िरकार, वे मेक्सिको के भूकम्प और कैरीबियाई तूफ़ानों के बीच बड़े हुए थे, और हमें लगा कि हवा के एक झोंके से क्या हो जाएगा। हमने चौकीदार के केबिन में झाँककर देखा; तो वह बाहर की हवा को देखते हुए सॉसेज और बीन्स की एक प्लेट के सामने बैठा था। उसने हमें जाते नहीं देखा।

जब तक हम घर के साये में चलते रहे सब ठीक था लेकिन जैसे ही

हम खुले में पहुँचे हमें खम्भा पकड़ना पड़ा ताकि हवा के ज़ोर से उड़ न जाएँ। और हम तब तक ऐसे ही रहे, प्रलय के बीच शान्त और पारदर्शी समुद्र को निहारते हुए, जब तक कि कुछ पड़ोसियों की मदद से चौकीदार हमें बचाने नहीं आया। तब हमें इस बात का अहसास हुआ कि ऐसे वक़्त में एक ही अक़्ल की बात थी और वो थी जब तक ईश्वर चाहे तब तक घर में बन्द रहना। लेकिन इस बात का किसी को ज़रा सा भी अन्दाज़ा नहीं था कि वह कब चाहेगा।

दो दिन बाद हमें लगने लगा कि यह भयानक हवा प्राकृतिक नहीं थी, बल्कि हमारे और सिर्फ़ हमारे ख़िलाफ़ एक साज़िश थी। हमारी मानसिक स्थिति के बारे में परेशान चौकीदार दिन में कई बार हमारे पास आता हमारे लिए फल और बच्चों के लिए बिस्कुट लेकर। मंगलवार को स्टोव पर अपने डिब्बे में दोपहर के भोजन में उसने हमारे लिए कातालोनिया का बेहतरीन व्यंजन, घोंघे के साथ ख़रगोश बनाया; आतंक के बीच यह एक पार्टी थी।

बुधवार मेरी ज़िन्दगी का सबसे लम्बा दिन था, जब दिन भर हवा चलती रही। लेकिन शायद वह भोर से पहले के अँधेरे जैसा था क्योंकि आधी रात के बाद एक ही समय हम सबकी नींद टूटी, मृत्यु सरीखी पूर्ण चुप्पी से अभिभूत। पहाड़ों के सामने वाले पेड़ों का पत्ता तक नहीं हिल रहा था। इसलिए, चौकीदार के केबिन की बत्ती जलने से पहले हम गलियों में निकल पड़े। हमने जगमगाते तारों वाले सुबह के आकाश और चमकते समुद्र का आनन्द लिया। हालाँकि अभी पाँच भी नहीं बजे थे लेकिन कई पर्यटक समुद्र तट पर ख़ुशियाँ मना रहे थे, और तीन दिनों की प्रताड़ना के बाद नावें समुद्र में निकलने को तैयार हो रही थीं।

निकलते समय हम लोगों ने इस बात को तवज्जो नहीं दी कि चौकीदार के केबिन में अँधेरा था। लेकिन जब हम घर लौटे तो हवा में भी उतनी ही चमक थी जितनी समुद्र में थी और उसका कमरा अभी भी बन्द था। मुझे हैरान हुई और मैंने दो बार दस्तक दी, चूँकि उसने जवाब नहीं दिया इसलिए मैंने दरवाज़ा धकेला। बच्चों ने शायद मुझसे पहले उसे देख लिया था और वे डर के मारे चिल्लाए। बूढ़ा चौकीदार अपने जैकेट पर मेडल लगाए त्रामोनताना के आख़िरी झोंके में छत से झूल रहा था।

बीच छुट्टियों में बड़े उदासीन भाव से, कभी न लौटने की क़सम खाकर, तय समय से पहले ही हम वहाँ से निकल लिये। पर्यटक फिर से सड़कों पर थे, और पूर्व सैनिकों के चौक में संगीत बज रहा था, हालाँकि बाउल खेलने की इच्छा किसी में नहीं थी। मारीतिम बार की धूल भरी खिड़कियों से हमने कुछ दोस्तों की झलक देखी जो त्रामोनताना के उज्ज्वल वसन्त में फिर से जीवन शुरू कर रहे थे। लेकिन यह सब अब अतीत था।

यही कारण था कि बोकाचिओ के भोर के समय मुझसे बेहतर कोई और उस व्यक्ति का डर नहीं समझ सकता था जो कदाकेस लौटने से इनकार कर रहा था क्योंकि उसे विश्वास था कि वह वहाँ गया तो मृत्यु निश्चित है। हालाँकि, उस स्वीडिश समूह को रोकने का कोई तरीक़ा नहीं था। वे तो उसको यूरोपीय ढंग से ज़बर्दस्ती अपने साथ खींच लाए थे, उसके अफ़्रीकी अन्धविश्वास को ख़त्म करने की ज़िद के चलते। ग्राहकों की तालियों और निन्दा के बीच उन्होंने हाथ-पैर चलाते उस लड़के को ज़बर्दस्ती शराबियों से भरी वैन में डाल दिया और कदाकेस की लम्बी यात्रा शुरू की।

अगली सुबह मेरी नींद फ़ोन की घंटी से खुली। पार्टी से लौटकर मैं पर्दे डालना भूल गया था। मुझे नहीं पता कितने बजे थे लेकिन कमरा गर्मी की धूप से भरा था। फ़ोन पर परेशान आवाज़ को मैं तुरन्त पहचान नहीं पाया लेकिन उसकी वजह से मैं पूरी तरह से जग गया था।

"क्या आपको वह लड़का याद है जिसे वे कल रात कदाकेस ले गए थे?"

मुझे और अधिक सुनने की ज़रूरत नहीं थी। लेकिन जो मैंने सोचा था वो उससे भी अधिक नाटकीय था। कदाकेस लौटने के ख़याल से ख़ौफ़ज़दा उस लड़के ने स्वीडिश समूह की लापरवाही के एक पल का फ़ायदा उठाया और निश्चित मौत से बचने के लिए चलती वैन से खाई में कूद गया।

[जनवरी, 1982]

मिस फ़ोर्ब्स की ख़ुशियों का ग्रीष्म काल

जब हम दोपहर में घर वापस आए तो दरवाज़े पर गर्दन से लटका हुआ एक विशाल समुद्री सर्प पाया। काला और स्फुरदीप्त, बंजारे के श्राप सरीखा, उसकी आँखें अभी भी चमक रही थीं और खुले हुए जबड़े से आरी जैसे दाँत दिख रहे थे। मैं उस समय लगभग नौ साल का था तथा उस होश गुम कर देने वाले दृश्य को देखकर मुझे इतना डर लगा कि मेरी आवाज़ गुम हो गई। लेकिन मुझसे दो साल छोटा मेरा भाई ऑक्सीजन टैंक, मास्क, फ्लिपर, सब गिराकर घबराहट में चिल्लाते हुए भागा। चट्टानों से होती हुई घर से घाट को जाती पत्थर की टेढ़ी-मेढ़ी सीढ़ियों पर मिस फ़ोर्ब्स ने उसकी आवाज़ सुनी और वह हाँफते हुए, ग़ुस्से में हमारे घर तक दौड़ती हुई आईं, लेकिन क्रूस की तरह टँगे सर्प को देख हमारे डर का कारण जान गईं। वह हमेशा कहती थीं कि जब दो बच्चे एक साथ होते हैं तो वे अकेले जो कुछ भी करें, उसके लिए जिम्मेदार दोनों होते हैं; इसलिए मेरे भाई की चीख़ों के लिए उन्होंने हम दोनों को डाँटा और आत्मनियंत्रण की कमी के लिए फटकारा। वह जर्मन में बोल रही थीं, अपने ट्यूटर के अनुबंध में निर्धारित अंग्रेज़ी में नहीं, शायद इसलिए कि वह भी डर गई थीं लेकिन मानने को तैयार नहीं थीं। लेकिन जैसे ही उन्होंने ख़ुद को सँभाला अपनी कठोर अंग्रेज़ी और शिक्षा-विज्ञान सम्बन्धी जुनून पर लौट आईं।

"यह एक मेडिटेरेनियन मोरे (मुरैना हेलेना) है," उन्होंने हमें बताया, "प्राचीन यूनानी इसे पवित्र मानते थे।"

अचानक, रामबांस के पौधे के पीछे, हमें गहरे पानी में तैरना सिखाने वाला स्थानीय लड़का ओरेस्ते नज़र आया। उसके माथे पर डाइविंग मास्क था, एक छोटा-सा स्विमसूट पहन रखा था और कमर पर एक चमड़े की बेल्ट थी, जिसमें विभिन्न आकृतियों और आकारों के छह चाक़ू थे, क्योंकि पानी के नीचे शिकार के साथ हाथों से लड़ाई के अलावा कोई दूसरा तरीक़ा नहीं सोचा जा सकता था। वह लगभग बीस साल का था और ज़मीन की तुलना में समुद्र की तलहटी पर ज़्यादा समय बिताता था; शरीर पर हमेशा मोटर का तेल लगे होने के कारण वह एक समुद्री जानवर सरीखा दिखता था। मिस फ़ोर्ब्स ने पहली बार जब उसे देखा था तो मेरे माता-पिता से कहा था कि उस लड़के से अधिक सुन्दर इनसान की कल्पना करना असम्भव था। लेकिन उसकी सुन्दरता उसे मिस फ़ोर्ब्स की कड़ाई से नहीं बचा सकी और बच्चों को डराने के मक़सद से दरवाज़े पर मोरे ईल* लटकाने के लिए उसे भी इतालवी में फटकार सुननी पड़ी। फिर मिस फ़ोर्ब्स ने उसे उस पौराणिक जीव को सम्मानपूर्वक हटाने और हमें रात के खाने के लिए तैयार होने का आदेश दिया।

हमने फटाफट, बिना कोई ग़लती किये उनके आदेश का पालन किया। क्योंकि मिस फ़ोर्ब्स के दो हफ़्ते के अनुशासन के बाद हम सीख गए थे कि जीने से ज़्यादा मुश्किल कुछ भी नहीं है। मैं जानता था कि जब हम नहा रहे थे, मेरा भाई तब भी उस सर्प के बारे में सोच रहा था। "उसकी आँखें इनसानों जैसी थीं," उसने कहा। मुझे भी यही लगता था लेकिन मैंने उसका ध्यान भटकाने की कोशिश की और नहाते-नहाते विषय बदल दिया। जब हम नहाकर बाहर निकले तो उसने मुझे साथ रहने के लिए कहा।

"अभी तो रोशनी है," मैंने कहा।

मैंने पर्दे खोल दिये। अगस्त का महीना था, खिड़की से द्वीप के दूसरी तरफ़ जलता हुआ मैदान दिखाई दे रहा था और सूरज आकाश में ठहर गया था।

---

* मोरे ईल एक प्रकार की सर्प प्रजाति है जो उष्णकटिबंधीय या उपोष्णकटिबंधीय समुद्र में चट्टानों और भित्तियों के बीच उथले पानी में पाई जाती है।

"ऐसा नहीं है," मेरे भाई ने कहा। "मुझे डर लगने का डर है।"

लेकिन जब हम खाने की मेज़ पर पहुँचे तो वह शान्त लग रहा था; उसने सब कुछ इतनी सावधानी से किया था कि मिस फ़ोर्ब्स से उसकी तारीफ़ की और उस हफ़्ते की अच्छी आचरण रिपोर्ट में उसे दो अंक मिले। दूसरी ओर, मैंने पहले से मिले पाँच अंकों में से दो खो दिये, क्योंकि जल्दी करने की वजह से मैं डाइनिंग रूम में हाँफता हुआ पहुँचा था। पचास अंक मिलने पर हमें मिठाई के दो टुकड़े मिलते थे, लेकिन हम में से कोई भी पन्द्रह से अधिक नहीं कमा पाया था। यह वास्तव में बहुत दुखद था क्योंकि हमने ज़िन्दगी में उतनी स्वादिष्ट मिठाई नहीं खाई थी जितनी मिस फ़ोर्ब्स बनाती थीं।

रात का खाना शुरू करने से पहले हम अपनी ख़ाली प्लेटों के पीछे खड़े होकर प्रार्थना करते थे। मिस फ़ोर्ब्स कैथोलिक नहीं थीं, लेकिन उनके अनुबंध में निर्धारित था कि वे हमें दिन में छह बार प्रार्थना करवाएँगी और उन्होंने इस शर्तों को पूरा करने के लिए हमारी प्रार्थना सीखी थी। फिर हम तीनों साँस रोककर बैठ जाते, क्योंकि वह हमारा आचरण बारीक़ी से परखतीं और जब सब कुछ सही लगता तो वे घंटी बजाती थीं। फिर खाना पकानेवाली, फुलविया फ्लामिनेआ, उस मनहूस गर्मी में रोज़ के रोज़ वही नूडल्स का सूप लेकर आती।

पहले, जब हम अपने माता-पिता के साथ अकेले रहते थे, तो भोजन एक उत्सव था। फुलविया फ्लामिनेआ खाना परोसते हुए हँसती थी, उसका तरीक़ा निराला था और हमें अच्छा लगता था। फिर वह हमारे साथ बैठकर हर किसी की प्लेट से थोड़ा खाती थी। लेकिन जब से मिस फ़ोर्ब्स ने हमारी क़िस्मत की ज़िम्मेदारी ली थी, वह इतनी चुप रहकर खाना परोसती थी कि हम सूप को उबलता हुए सुन सकते थे। हम कुर्सी पर सीधे बैठकर खाना खाते थे, एक तरफ़ से दस बार चबाते थे और दूसरी तरफ़ से दस बार। हमारी नज़र पल भर के लिए भी उस कठोर, उदास अधेड़ महिला से नहीं हटती थी, जो अच्छे आचरण का पाठ ज़बानी पढ़ाती रहती थी। यह सब रविवार के मिस्सा जैसा ही था, बस यहाँ पर गाने गुनगुनाने की इजाज़त नहीं थी।

जिस दिन हमने दरवाज़े से मोरे ईल को लटका पाया, उस दिन मिस

फ़ोर्ब्स ने हमें देशभक्ति का पाठ पढ़ाया। सूप के बाद, मानो हमारे ट्यूटर की आवाज़ से तरल हुई हवा में तैर रही फुलविया फ्लामिनेआ ने ख़ुशबूदार, सफ़ेद मछली परोसी। ज़मीन या आसमान में किसी भी अन्य भोजन की तुलना में मुझे मछली हमेशा ज़्यादा पसन्द थी और गुआकामायाल के अपने घर की उस याद से मेरा दिल शान्त हो गया। लेकिन मेरे भाई ने बिना भोजन चखे खाने से इनकार कर दिया।

"मुझे यह पसन्द नहीं है," उसने कहा।

मिस फ़ोर्ब्स ने अपना पाठ रोका।

"आप यह कैसे जान सकते हो," उन्होंने कहा। "आपने तो चखा भी नहीं है। उन्होंने फुलविया फ्लामिनेआ को नज़रों से चुप रहने को कहा लेकिन तब तक बहुत देर हो चुकी थी।

"मोरे दुनिया की सबसे अच्छी मछली है, मेरे बच्चे," फुलविया फ्लामिनेआ ने कहा। "खाकर तो देखो।"

मिस फ़ोर्ब्स शान्त रहीं। उन्होंने हमेशा की तरह लेक्चर देते हुए हमें बताया कि प्राचीन काल में मोरे मछली राजाओं का व्यंजन होती थी और सैनिक इसके पित्त के लिए लड़ते थे क्योंकि उसे अलौकिक साहस का स्रोत माना जाता था। उन्होंने हमेशा की तरह फिर याद दिलाया कि अच्छा स्वाद जन्म के साथ पैदा नहीं होता, न ही किसी विशेष उम्र में सिखाया जाता है; बल्कि, बचपन से ही इसको पोसा जाता है। इस वजह से हमारे पास इस मछली को न खाने का कोई वैध कारण नहीं है। मोरे का स्वाद जब मैंने पहली बार लिया था तब यह नहीं जानता नहीं था कि वह क्या है। उसके स्वाद में जो विरोधाभास था मैं उसे कभी भूल नहीं पाया। उसकी चिकनाई में एक अजीब-सा बासीपन था, लेकिन दरवाज़े की कील से टँगे सर्प की छवि मेरी भूख से कहीं ज़्यादा प्रबल थी। मेरे भाई ने एक कौर मुँह में लेकर खाने की कोशिश की लेकिन वह बर्दाश्त नहीं कर सका, उसने उलटी कर दी।

मिस फ़ोर्ब्स ने उसे बिना ग़ुस्सा किये कहा, "आप बाथरूम जाएँगे, ध्यान से मुँह-हाथ धोएँगे और खाने के लिए वापस आएँगे।"

मुझे यह सुनकर उसके लिए बड़ी पीड़ा हुई, क्योंकि मैं जानता था कि

अँधेरे में पूरे घर को पार करना और बाथरूम में अकेले रहना उसके लिए कितना कष्टदायक था। लेकिन वह बहुत जल्द एक साफ़ शर्ट पहने वापस आया, अन्दर ही अन्दर काँपते हुए; उसने स्वच्छता के कठोर अनुशासन को बेहतरीन ढंग से निभाया। तब मिस फ़ोर्ब्स ने मोरे का एक टुकड़ा काटा और खाना खाने को कहा। मैं किसी तरह दूसरा कौर खा पाया। लेकिन मेरे भाई ने अपना चाकू और काँटा उठाया तक नहीं।

"मैं नहीं खाऊँगा," उसने कहा।

उसने इतनी दृढ़ता से कहा कि मिस फ़ोर्ब्स को पीछे हटना पड़ा। "ठीक है," उन्होंने कहा, "लेकिन आपको मिठाई नहीं मिलेगी।"

मेरे भाई की राहत से मेरी हिम्मत भी बढ़ गई। जैसा कि मिस फ़ोर्ब्स ने हमें सिखाया था कि खाना ख़त्म करने के बाद अपनी प्लेट पर छुरी और काँटा कैसे रखते हैं, मैंने छुरी व काँटा प्लेट पर रख दिया और कहा—

"मैं भी मीठा नहीं खाऊँगा।"

"और आप टी.वी. नहीं देखेंगे," मिस फ़ोर्ब्स ने जवाब दिया।

"और हम टी.वी. नहीं देखेंगे," मैंने कहा।

मिस फ़ोर्ब्स ने अपना नैपकिन टेबल पर रखा, और हम तीनों प्रार्थना करने के लिए खड़े हो गए। फिर उन्होंने हमें कमरे में भेज दिया, इस चेतावनी के साथ कि उनका खाना ख़त्म होने तक हम सो जाएँ। अच्छे आचरण के लिए मिले सब अंक रद्द कर दिये गए और अब बीस अंक और कमा लेने के बाद ही हम फिर से उनके केक और पेस्ट्री का आनन्द ले सकते थे, ऐसा मीठा जो ज़िन्दगी में दोबारा नहीं मिलना था।

देर-सवेर चीज़ों को बदलना ही था। पूरा एक साल हमने सिसिली के सुदूर दक्षिणी छोर पांतेलेरिया द्वीप पर बन्धन मुक्त ग्रीष्मकाल का इन्तज़ार किया था, और यह वास्तव में पहले महीने के लिए था, जब हमारे माता-पिता हमारे साथ थे। वह मुझे एक सपने की तरह अभी भी याद है, ज्वालामुखीय चट्टान का सौर मैदान, शाश्वत समुद्र, चूने से पुती हुई घर की दीवारें; हवारहित रातों में इस घर की खिड़कियों से अफ्रीका के लाइटहाउस चमकते हुए नज़र आते थे। अपने पिता के साथ द्वीप के चारों ओर शान्त समुद्र के फ़र्श को खँगालते

हुए हमें पीले टॉरपीडो की एक पंक्ति मिली थी, जो पिछले युद्ध के बाद से वहीं दबे हुए थे। वहीं हमें लगभग एक मीटर ऊँचा ग्रीक एम्फोरा (सुराही) मिला था, जिसमें मुरझाई हुई मालाएँ थीं और ज़हरीली शराब की कुछ बूँदें; हम भाप के तालाब में नहाए जहाँ पानी इतना जमा हुआ था कि उस पर चला जा सकता था। लेकिन हमारे लिए सबसे बड़ा चमत्कार थी फुलविया फ्लामिनेआ। एक हँसते हुए पादरी जैसी दिखने वाली फुलविया फ्लामिनेआ के साथ ऊँघ रही बिल्लियों की हमेशा एक टुकड़ी होती जो लगातार उसके साथ चलतीं। फुलविया फ्लामिनेआ का कहना था कि वह बिल्लियों को प्यार के मारे साथ नहीं रखती थी बल्कि इसलिए ताकि चूहे उसे ना खा सकें। रात में, जब हमारे माता-पिता टेलीविज़न पर वयस्कों के लिए कार्यक्रम देखते थे, फुलविया फ्लामिनेआ हमें अपने घर ले जाती जो हमारे घर से सौ मीटर से भी कम दूरी पर था। उसने हमें ट्यूनिस से आने वाली हवाओं के रोने, बड़बड़ाने, और गाने को अलग करना सिखाया था। उसका पति उम्र में उससे काफ़ी छोटा था तथा द्वीप के दूसरी तरफ़ गर्मियों में पर्यटक होटलों में काम करता था और केवल सोने के लिए घर आता था। ओरेस्ते अपने माता-पिता के साथ थोड़ी दूरी पर रहता था तथा रात को मछली और ताज़ा पकड़े झींगे की टोकरी लाकर रसोई में लटका देता ताकि फुलविया फ्लामिनेआ का पति अगले दिन होटलों में बेच सके। फिर वह डाइविंग वाला लालटेन माथे पर पहनता और हमें रसोई के कूड़े का इन्तज़ार कर रहे खरगोश जितने बड़े जंगली चूहे पकड़ने ले जाता। कभी-कभी हम अपने माता-पिता के सो जाने के बाद घर पहुँचते और चूहों के शोर की वजह से सोना मुश्किल हो जाता क्योंकि वे आँगन में कचरे पर लड़ते थे। लेकिन यह झुँझलाहट भी हमारी ख़ुशहाल गर्मियों में एक जादुई घटना थी।

हमारे लिए एक जर्मन शिक्षिका रखने का ख़याल केवल मेरे पिता को ही आ सकता था। वे एक कैरीबियाई लेखक थे, जिनमें प्रतिभा कम शेख़ी ज़्यादा थी। यूरोप की महानता की राख से चकाचौंध, वे अपनी किताबों के साथ-साथ वास्तविक जीवन में भी अपने उद्‌गम का स्रोत मिटा देना चाहते थे और इस कल्पना को उन्होंने अपना उद्‌देश्य बना लिया था कि उनके अतीत

का कोई भी अवशेष उसके बच्चों में नहीं रहेगा। मेरी माँ अभी भी उतनी ही सहज थीं जितनी वे आलता गुआहिरा में एक शिक्षिका होने के समय थीं; उन्हें तो सूझता भी नहीं था कि उनके पति का कोई फ़ैसला ग़लत हो सकता था। इसलिए जब वे दोनों चालीस अन्य लोकप्रिय लेखकों के साथ अजियन समुद्र के द्वीपों पर पाँच हफ़्ते के सांस्कृतिक मेले में भाग ले रहे थे तो उनको ख़याल भी नहीं आया होगा कि डॉर्टमंड की एक सार्जेंट के साथ हमारा जीवन कैसा होगा, जो हमें यूरोपीय समाज की सबसे प्राचीन और घिसी-पिटी आदतों को बलपूर्वक सिखाने की कोशिश कर रही थी।

मिस फ़ोर्ब्स जुलाई के अन्तिम शनिवार को पालेरमो से नाव द्वारा पहुँचीं, और उन्हें देखते ही हम जान गए कि हमारी पार्टी ख़त्म हो गई है। दक्षिण की उस गर्मी में भी उन्होंने भारी-भरकम जूते तथा ऊँचे कॉलर की ड्रेस पहनी हुई थी और टोपी के नीचे उनके बाल आदमियों जैसे कटे हुए थे। उनसे बन्दर के पेशाब की गंध आ रही थी। "हर यूरोपीय से ऐसी ही गंध आती है, ख़ासतौर से गर्मियों में," हमारे पिता ने हमें बताया था। "यह सभ्यता की गंध है।" लेकिन अपने सैन्य रूप के बावजूद, मिस फ़ोर्ब्स की हालत दयनीय थी और शायद अगर हम बड़े होते या उनमें कोमलता का अंश भर भी होता तो निश्चित ही हम में उनके लिए करुणा जाग उठती। दुनिया बदल गई थी। गर्मियों की शुरुआत से हमारी कल्पना का निरन्तर हिस्सा रहे समुद्र में हमारे छह घंटे, लगातार एक जैसे दोहराए जाने वाले एक घंटे में तब्दील हो गए थे। जब हम अपने माता-पिता के साथ रहते थे तो हम जितना चाहें ओरेस्ते के साथ तैर सकते थे। हम इस बात से चमत्कृत थे कैसे वह चाकू के अलावा किसी और हथियार का इस्तेमाल किये बिना स्याही और रक्त से धुँधलाए ऑक्टोपस का उसके ही प्राकृतिक वास में बेहद कौशल और साहस से सामना करता था। हमेशा की तरह वह अभी भी ग्यारह बजे अपनी मोटरबोट में आ पहुँचता, लेकिन मिस फ़ोर्ब्स डाइविंग के हमारे सबक के बाद एक मिनट भी हमें वहाँ नहीं रुकने देतीं। उन्होंने रात में फुलविया फ्लामिनेआ के घर जाने से भी हमें मना कर दिया क्योंकि यह उन्हें नौकरों के साथ अत्यधिक घुलना-मिलना लगता था, और आनन्द के जो पल हम चूहे पकड़ने में बिताते थे अब वही समय हमें

शेक्सपियर पढ़ने में लगाने पड़ते। आम चुराने और गुआकामायल की तपती हुई सड़कों पर कुत्तों को पत्थर मारनेवालों के लिए यह रईसी से भरी ज़िन्दगी किसी क्रूर यातना से कम नहीं थी।

लेकिन जल्द ही हमें अहसास हो गया कि मिस फ़ोर्ब्स ख़ुद के साथ उतनी सख़्त नहीं थीं जितनी वह हमारे साथ थीं, यह उनके रुतबे में पहली दरार थी। शुरू में जब ओरेस्ते हमें गोता लगाना सिखाता, वह बहुरंगी छतरी के नीचे समुद्र तट पर ही रहतीं, युद्ध के लिए तैयार, शिलर के गाथागीत पढ़ते हुए और फिर घंटों, दोपहर के खाने के समय तक, हमें समाज में उचित व्यवहार पर सैद्धान्तिक व्याख्यान देतीं।

एक दिन उन्होंने ओरेस्ते से नाव में होटल की पर्यटक दुकानों पर ले जाने के लिए कहा। और वह चमचमाती हुई काली तैराकी की पोशाक लेकर लौटीं लेकिन पानी में कभी नहीं गईं। जब हम तैर रहे होते, तब वह समुद्र तट पर धूप सेंकतीं और एक तौलिए से पसीना पोंछतीं लेकिन नहाती नहीं थीं। इस वजह से तीन दिन बाद वह एक उबली हुई झींगा मछली सरीखी दिखने लगीं और उनकी सभ्यता की गंध ना-क़ाबिल-ए-बर्दाश्त हो गई।

रात को वह बन्धनमुक्त हो जातीं। उनके शासन काल की शुरुआत से हमने घर में किसी को चलते हुए सुना था, अँधेरे में रास्ता खोजते हुए, और मेरे भाई को डर था कि यह किसी डूबने वाली का भूत था जिसके बारे में फुलविया फ्लामिनेआ ने हमें बताया था। लेकिन जल्द ही हमें पता चल गया कि यह मिस फ़ोर्ब्स थीं, जो रात में एक अकेली महिला का अपना वास्तविक जीवन जी रही होती थीं जिसकी वह ख़ुद दिन में निन्दा करतीं। एक सुबह भोर के समय हमने उन्हें एक बच्ची वाली नाइटी में शानदार मिठाइयाँ बनाते हुए पाया। चेहरे समेत उनका पूरा शरीर आटे से अँटा पड़ा था। वह बिंदास होकर वाइन पी रही थीं अगर दूसरी मिस फ़ोर्ब्स उन्हें इस तरह देख लेतीं तो इस बात से ज़रूर नाराज़ हो जातीं। तब हमें समझ आया कि हमारे सो जाने के बाद वह अपने बेडरूम में नहीं जाती थीं, बल्कि चुपके से तैरने के लिए नीचे जाती थीं, या बहुत देर तक लिविंग रूम में रहती थीं, टेलीविज़न पर आवाज़ बन्द करके बच्चों के लिए निषिद्ध फ़िल्में देखती थीं, पूरे-के-पूरे केक

खाती थीं और यहाँ तक कि वाइन की बोतल से मुँह लगाकर पीती भी थीं, वह वाइन जो मेरे पिता ने यादगार अवसरों के लिए बड़े प्रेम से बचाकर रखी थी। तपस्या और संयम पर अपने स्वयं के उपदेशों की अवहेलना करते हुए एक प्रकार के अनियंत्रित जुनून के साथ वह सब कुछ गटक जातीं, ठूँसते हुए। बाद में हमने उन्हें अपने कमरे में ख़ुद से बात करते हुए, मधुर जर्मन में शिलर की द मेड ऑफ़ ओरलींस के पूरे अंश पढ़ते हुए, गाते हुए तथा सुबह तक बिस्तर में सुबकते हुए सुना, फिर वह नाश्ते पर दिखाई देती थीं, आँसुओं से सूजी हुई आँखें, पहले से कहीं ज़्यादा उदास और ज़्यादा रोबीली। मेरा भाई और मैं ज़िन्दगी में फिर कभी उतने दुखी नहीं हुए जितने हम तब थे, लेकिन मैं अन्त तक बर्दाश्त करने के लिए तैयार था, क्योंकि मुझे पता था कि उनकी बात को हमारी बात से ज़्यादा तवज्जो मिलेगी। हालाँकि, मेरे भाई ने हर क़दम पर विरोध किया लेकिन आनन्द का वह ग्रीष्म काल हमारे लिए नरक बन गया। मोरे ईल के प्रकरण ने मेरे भाई की सहनशक्ति ख़त्म कर दी। उस रात जब हम बिस्तर पर लेटे हुए, शान्त घर में मिस फ़ोर्ब्स के क़दमों की आवाज़ सुन रहे थे, तो मेरे भाई ने अपनी आत्मा में सड़ रही सारी नफ़रत उड़ेल दी।

"मैं उन्हें मार डालूँगा," उसने कहा।

मैं आश्चर्यचकित था, उसके फ़ैसले से कम और इस बात से ज़्यादा की पिछली रात के खाने के बाद से मैं भी यही सोच रहा था। लेकिन फिर भी मैंने उसे रोकने की कोशिश की।

"तुम्हारा सिर काट दिया जाएगा," मैंने उससे कहा।

"सिसिली में गिलोटिन नहीं होते," उसने कहा। "और किसी को भी पता नहीं चलेगा कि यह किसने किया।"

मुझे समुद्र से निकाले एम्फोरा का ख़याल आया। उसमें ज़हरीली वाइन की कुछ बूँदें अभी भी बाक़ी थीं। मेरे पिता ने उसे सँभालकर रखा था क्योंकि वह उसका परीक्षण करवाना चाहते थे; उन्हें लगता था कि सिर्फ़ समय के साथ ही वाइन ज़हर नहीं बन गई थी। मिस फ़ोर्ब्स पर उस शराब को इस्तेमाल करना आसान होगा और किसी को शक नहीं होगा कि यह एक दुर्घटना या आत्महत्या नहीं थी। इसलिए भोर के समय, जब हमने उनके गिरने की आवाज़

सुनी, अपनी सतर्कता की कठोरता से थककर, हमने अपने पिता की ख़ास वाइन की बोतल में एम्फोरा की वाइन डाल दी। हमने सुना था कि यह ख़ुराक़ एक घोड़े को मारने के लिए काफ़ी थी।

नौ बजे हमने रसोई में नाश्ता किया, मिस फ़ोर्ब्स ने ख़ुद हमें मीठे रोल परोसे जो फुलविया फ्लामिनेआ ने सुबह-सुबह स्टोव पर छोड़े थे। वाइन में ज़हर मिलाने के दो दिन बाद, नाश्ता करते समय मेरे भाई ने दुख भरी नज़रों से इशारे में बताया कि ज़हर वाली बोतल साइडबोर्ड पर वैसी की वैसी रखी थी। शुक्रवार का दिन था और बोतल सप्ताहान्त में भी अछूती रही। फिर मंगलवार की रात, गंदी फ़िल्में देखते हुए मिस फ़ोर्ब्स ने आधी बोतल गटक ली।

फिर भी बुधवार को वह पहले की तरह समय की पाबन्दी का पालन करते हुए नाश्ता करने आईं। हमेशा की तरह, उनके चेहरे से लग रहा था कि रात बुरी बीती थी। हमेशा की तरह, भारी चश्मे के पीछे उनकी आँखें असहज थीं और वह तब और भी असहज हो गईं जब ब्रेड की टोकरी में जर्मनी से आया एक ख़त मिला। कॉफ़ी पीते हुए उन्होंने ख़त पढ़ा, जबकि कई बार वह हमें ऐसा करने से मना कर चुकी थीं। जैसे-जैसे वह ख़त पढ़ती गईं, लिखित शब्दों की रोशनी उनके चेहरे पर चमकती गई। फिर उन्होंने लिफ़ाफ़े से जर्मनी के डाक टिकट निकाले और उन्हें ब्रेड की टोकरी में डाल दिया ताकि फुलविया फ्लामिनेआ का पति अपने कलेक्शन में रख ले। अपने बुरे अनुभव के बावजूद, वह उस दिन भी समुद्र की गहराई की हमारी खोज में, जब तक कि हम उथले पानी के समुद्र में भटकते रहे और हमारे टैंकों में हवा ख़त्म नहीं होने लगी; या हम अच्छे व्यवहार के सबक के बिना ही घर नहीं लौट आए, हमारे साथ थीं। मिस फ़ोर्ब्स न केवल पूरे दिन ख़ुशहाल थीं बल्कि रात को खाने के समय भी ख़ुश लग रही थीं। लेकिन मेरा भाई अपनी ख़ुद की निराशा बर्दाश्त नहीं कर पा रहा था। जैसे ही हमें खाना शुरू करने का आदेश मिला, उसने ग़ुस्से से नूडल सूप की प्लेट को दूर धकेल दिया।

"कीड़े के इस पानी से मुझे नफ़रत हो गई है," उसने कहा।

यह कहना ऐसा था मानो उसने टेबल पर ग्रेनेड फेंक दिया हो। मिस फ़ोर्ब्स पीली पड़ गईं, विस्फोट का धुआँ साफ़ होने तक उनके होंठ सूख

गए और उनके चश्मे के लेंस आँसू से धुँधले हो गए। उन्होंने चश्मा उतारा, नैपकिन से साफ़ किया और शर्मनाक हार की कड़वाहट के साथ नैपकिन टेबल पर रखकर खड़ी हो गईं।

"आप जो चाहें करें," उन्होंने कहा। "मेरा वजूद ही नहीं है।"

वह सात बजे से अपने कमरे में बन्द हो गईं। लेकिन आधी रात से पहले जब उन्हें लगा कि हम सो रहे होंगे, हमने उन्हें अपनी स्कूली छात्रा की-सी नाइटी में आधा चॉकलेट केक और ज़हर वाली वाइन की बोतल लेकर बेडरूम में जाते देखा। मेरा शरीर सिहर उठा।

"बेचारी मिस फ़ोर्ब्स," मैंने कहा।

मेरा भाई अभी भी विचलित था।

"बेचारे तो हम होंगे अगर ये आज नहीं मरीं तो," उसने कहा।

उस रात उन्होंने फिर देर तक ख़ुद से बात की, उन्मादी पागलपन से प्रेरित तेज़ आवाज़ में शिलर पढ़ा और पूरे घर को भर देने वाली एक आख़िरी चीख़ के साथ समापन किया। फिर अपनी आत्मा की गहराई से कई बार आह भरी और नाव की उदास, निरन्तर बजती सीटी की तरह सो गईं। जब हम सुबह उठे तो रात की थकान गई नहीं थी, सूरज पर्दों से झाँक रहा था लेकिन घर एक तालाब में डूबा हुआ लग रहा था। फिर हमें अहसास हुआ कि लगभग दस बज गए थे और मिस फ़ोर्ब्स की सुबह की दिनचर्या ने हमें जगाया नहीं था। हमें आठ बजे शौचालय का फ्लश सुनाई नहीं दिया था, न ही नल का खुलना, या पर्दे खुलने की आवाज़, या उनके जूतों की आवाज़, और न ही उनके शोषण करने वाले हाथों से दरवाज़े पर तीन दस्तक। बग़ल वाले कमरे से जीवन के मामूली संकेत ढूँढ़ने के लिए मेरे भाई ने दीवार पर कान लगाए, ध्यान से सुनने के लिए साँस रोकी और अन्त में मुक्ति की साँस ली।

"हो गया!" उसने कहा। "केवल समुद्र की आवाज़ सुनाई दे रही है।"

ग्यारह बजे से थोड़ा पहले हमने अपना नाश्ता बनाया, और फिर, इससे पहले कि फुलविया फ्लामिनेआ घर साफ़ करने के लिए बिल्लियों की अपनी टुकड़ी के साथ आ पहुँचती, हम दो एयर टैंक और दो अतिरिक्त टैंक लेकर समुद्र तट पर चले गए। ओरेस्ते पहले से ही डॉक पर था; वह एक छह पाउंड

की मछली साफ़ कर रहा था। हमने उसे बताया कि हमने ग्यारह बजे तक मिस फ़ोर्ब्स का इन्तज़ार किया और चूँकि वह अभी भी सो रही थीं, इसलिए हम ख़ुद ही समुद्र तट पर आ गए। हमने उसे यह भी बताया कि एक रात पहले उन्हें मेज़ पर रोने का दौरा पड़ा था और शायद वह ठीक से सोई नहीं थीं इसलिए और सोना चाहती होंगी। हमारी उम्मीद के मुताबिक़ ओरेस्ते को हमारे स्पष्टीकरण में बहुत दिलचस्पी नहीं थी और वह एक घंटे से अधिक समय तक हमारे साथ समुद्र तल की लूट में शामिल रहा। फिर उसने हमसे कहा कि दोपहर के खाने के लिए हमें घर जाना चाहिए तथा पर्यटक होटलों में मछली बेचने अपनी नाव में निकल गया। हमने पत्थर की सीढ़ियों से अलविदा कहा, जिससे उसे लगा कि हम घर जाने वाले हैं; जब वह चट्टान की दूसरी तरफ़ निकल गया तो हमने अपने एयर टैंक लगाए और बिना किसी की अनुमति के तैरते रहे।

आसमान में बादल छाए हुए थे और क्षितिज पर काली गड़गड़ाहट थी, लेकिन समुद्र शान्त और साफ़ था तथा उसकी अपनी रोशनी काफ़ी थी। हम तैरकर पांतेलेरिया लाइटहाउस के सामने पहुँचे, फिर सौ मीटर बाद दाईं ओर मुड़ गए और वहाँ डुबकी लगाई जहाँ हमारे हिसाब से गर्मियों की शुरुआत में हमने टारपीडो देखे थे। टारपीडो वहीं थे—छह के छह; उनके सीरियल नम्बर बरक़रार थे, पीले रंग के, और ज्वालामुखी की तलहटी पर ऐसे क्रम में पड़े हुए थे जो आकस्मिक नहीं हो सकता था। हम लाइटहाउस का चक्कर लगाते रहे, उस डूबे हुए शहर की तलाश करते रहे, जिसके बारे में फुलविया फ्लामिनेआ ने हमें कई बार बताया था, लेकिन वह हमें नहीं मिला। दो घंटे के बाद, इस बात से आश्वस्त कि कोई नया रहस्य अब बाक़ी नहीं था, हम आक्सीजन के आख़िरी क़तरे के साथ ऊपर आए।

जब हम तैर रहे थे तभी गर्मी का तूफ़ान आया था; समुद्र उफ़ान पर था, और ख़ून के प्यासे पक्षियों का एक झुंड समुद्र तट पर मरी हुई मछलियों के ऊपर भयंकर चीख़ें मारकर उड़ रहा था। लेकिन मिस फ़ोर्ब्स के बिना दोपहर की रोशनी बिलकुल नई लग रही थी और जीवन अच्छा था। लेकिन जब हम उन टेढ़ी-मेढ़ी सीढ़ियों पर चढ़कर चट्टान पर पहुँचे तो हमने घर पर

लोगों की भीड़ और दरवाज़े के पास दो पुलिस कार देखीं और पहली बार हमें अहसास हुआ कि हमने क्या कर दिया था। मेरा भाई काँपने लगा और वापिस मुड़ने की कोशिश करने लगा।

"मैं अन्दर नहीं जाऊँगा," उसने कहा।

दूसरी ओर, पता नहीं क्यों मुझे लग रहा था कि अगर हम सिर्फ़ एक बार लाश को देख लेते हैं तो हम शक के दायरे से बाहर हो जाएँगे।

"चिन्ता मत करो," मैंने उससे कहा। "एक गहरी साँस लो, और सिर्फ़ एक बात सोचो—हमें कुछ नहीं पता।"

किसी ने हमारी तरफ़ ध्यान नहीं दिया। हमने अपने टैंक, मास्क और फ्लिपर गेट पर छोड़ दिये और बग़ल के बरामदे में चले गए, जहाँ दो लोग एक स्ट्रेचर के बग़ल में फ़र्श पर बैठकर सिगरेट पी रहे थे। फिर हमें अहसास हुआ कि पीछे के दरवाज़े पर एक एम्बुलेंस थी, और राइफ़लों से लैस कई सैनिक। लिविंग रूम में इलाक़े की महिलाएँ दीवार से सटी कुर्सियों पर बैठी थीं और अपनी भाषा में प्रार्थना कर रही थीं, जबकि उनके आदमी आँगन में भीड़ लगाए हुए थे और उन सब चीज़ों के बारे में बात कर रहे थे जिनका मृत्यु से कोई लेना-देना नहीं था। मैंने अपने भाई के कठोर, बर्फ़ीले हाथ को कसकर दबाया और हम पीछे के दरवाज़े से घर में जा घुसे। हमारे बेडरूम का दरवाज़ा खुला था और कमरा वैसा ही था जैसा हमने सुबह छोड़ा था। मिस फ़ोर्ब्स के कमरे में, जो हमारे बग़ल में था, एक सशस्त्र पुलिसवाला दरवाज़े पर खड़ा था, लेकिन दरवाज़ा खुला था। भारी दिल के साथ हम उसकी ओर बढ़े, और इससे पहले कि हमें अन्दर देखने का मौक़ा मिलता, फुलविया फ्लामिनेआ बिजली की तरह रसोई से बाहर आई और चीख़ते हुए दरवाज़ा बन्द कर दिया—

"भगवान के लिए, बच्चों, उसे मत देखो!"

लेकिन उसने देर कर दी थी। हम वो पल-भर का दृश्य ज़िन्दगी भर नहीं भूल सकेंगे। सादे कपड़े पहने दो लोग टेप से बिस्तर से दीवार तक की दूरी नाप रहे थे, जबकि एक आदमी काले रंग के कैमरे से तसवीरें ले रहा था, जैसा पार्क के फ़ोटोग्राफ़र इस्तेमाल करते हैं। मिस फ़ोर्ब्स बिस्तर पर नहीं थीं।

वह एक तरफ़ को लेटी हुई थीं, फ़र्श पर फैले सूखे ख़ून में नग्न और उनके शरीर पर चाक़ू के घाव के निशान थे। सत्ताईस जानलेवा घाव, साफ़ ज़ाहिर था कि हमला असन्तुष्ट प्यार के जुनून में किया गया था और मिस फ़ोर्ब्स ने इसे उसी जुनून के साथ ग्रहण किया था, बिना चीख़े और बिना रोए, सैनिक की अपनी ख़ूबसूरत आवाज़ में शिलर का पाठ करते हुए, सदैव इस बात से सचेत कि यह उनकी ख़ुशियों के ग्रीष्मकाल की निष्ठुर क़ीमत थी।

[1976]

पानी जैसी है बिजली

क्रिसमस पर लड़कों ने एक बार फिर चप्पू वाली नाव माँगी।

"ठीक है," पिता ने कहा। "जब कार्ताख़ेना वापस जाएँगे, तब लेंगे।"

लेकिन नौ साल का तोतो और सात का जोएल अपने माँ-बाप की सोच से कहीं ज़्यादा ज़िद्दी थे।

"नहीं," दोनों ने एक साथ कहा। "हमें अभी और यहीं पर चाहिए।"

"पहली बात तो यह कि यहाँ बहता हुआ पानी सिर्फ़ शावर में है," उनकी माँ ने कहा।

पति-पत्नी, दोनों सही थे। कार्ताख़ेना दे इंदियाज़ में उनके घर के अहाते के पास की खाड़ी पर एक डॉक और दो नौकाओं को रखने योग्य एक शेड था। दूसरी ओर, मैड्रिड में, वे 47 पासेओ दे ला कास्तेलाना पर पाँचवीं मंज़िल के अपार्टमेंट में सिमटकर रहते थे। लेकिन अन्त में वे इनकार नहीं कर सके क्योंकि उन्होंने बच्चों को प्राइमरी स्कूल में अपनी कक्षा में पुरस्कार जीतने पर सेक्सटेंट और कम्पास वाली नौका लेकर देने का वादा किया था, और अब वे पुरस्कार जीत चुके थे। इसलिए उनके पिता ने वादा पूरा किया और नौका ख़रीदी लेकिन अपनी पत्नी को कुछ नहीं बताया क्योंकि वह फ़िज़ूल के ख़र्चों के सख़्त ख़िलाफ़ थी। नाव सुन्दर थी, एल्यूमीनियम की थी और जल रेखा पर सोने की पट्टी लगी थी।

"नाव गैराज में है," उनके पिता ने दोपहर के भोजन पर खुलासा किया।

"लेकिन समस्या यह है कि लिफ़्ट या सीढ़ी द्वारा उसे ऊपर चढ़ाने का कोई तरीक़ा नहीं है और गैराज में जगह नहीं है।"

हालाँकि, अगले शनिवार की दोपहर बच्चे अपने दोस्तों के साथ नाव को सीढ़ियों से ऊपर ले गए और नौकरानी के कमरे तक पहुँचा दिया।

"बधाई हो," पिता ने कहा, "अब क्या?

"अब कुछ नहीं," बच्चों ने कहा। "हम बस इतना चाहते थे कि कमरे में नाव हो, और वह है।"

हर बुधवार की तरह उस बुधवार की रात भी माता-पिता फ़िल्म देखने चले गए। चूँकि अब घर पर लड़कों का राज था उन्होंने दरवाज़े-खिड़कियाँ बन्द किये और लिविंग रूम के लैम्प में जल रहा एक बल्ब तोड़ दिया। टूटे बल्ब से सुनहरी, पानी सरीखी ठंडी रोशनी की फुहार बाहर आने लगी। उन्होंने इसे लगभग तीन फुट की गहराई तक बहने दिया। फिर उन्होंने बिजली बन्द कर दी, नाव को बाहर निकाला और घर के टापुओं के बीच ख़ुशी से नाव चलाई।

यह शानदार साहसिक काम एक तुच्छ टिप्पणी का परिणाम था, जो मैंने घरेलू वस्तुओं की कविता पर एक संगोष्ठी में भाग लेते समय की थी। तोतो ने मुझसे पूछा था कि सिर्फ़ एक स्विच छूने से बिजली कैसे आ जाती है और मैंने बिना सोचे जवाब दे दिया था—

"बिजली पानी की तरह है, जैसे नल खोलो और पानी आ जाता है," मैंने जवाब दिया।

और इस तरह उन्होंने हर बुधवार की रात नौकायन जारी रखा। जब रात को माता-पिता फ़िल्म देखकर घर आते तो धरती के सबसे प्यारे बच्चों-सा उन्हें सोता हुए पाते। महीनों बाद, आगे जाने की लालसा में, उन्होंने स्किन डाइविंग का सारा सामान माँगा, यानी मास्क, स्विमफिन, टैंक और कम्प्रैस्ड एयर राइफ़लें।

पिता ने कहा, "यह क्या कम है कि नौकरानी के कमरे में तुमने एक नाव सजा दी है जो किसी काम की नहीं और अब तुम्हें डाइविंग का सामान भी चाहिए।"

"अगर हम इस सेमेस्टर में स्वर्ण पदक जीत लें तो?" जोएल ने कहा।

"नहीं, और नहीं," माँ ने डरते हुए कहा।

पिता ने भी उन्हें फटकार लगाई।

"ये बच्चे ऐसे तो एक कील भी ना जीतें, अगर इन्हें कहा जाए तो," माँ ने कहा, "लेकिन अगर ख़ुद को चाहिए तो कुछ भी हासिल कर लेंगे, यहाँ तक कि टीचर की कुर्सी भी।"

आख़िरकार माता-पिता ने न हाँ कहा और न ही नहीं। लेकिन पिछले दो सालों से क्लास में अन्तिम रहे तोतो और जोएल ने जुलाई में स्वर्ण पदक भी जीते और प्रिंसिपल की सार्वज़निक प्रशंसा भी। उसी दोपहर, बिना माँगे उन्हें बेडरूम में डाइविंग का सारा सामान मिल गया। अगले बुधवार, जब माता-पिता 'लास्ट टैंगो इन पेरिस' नाम की फ़िल्म देख रहे थे, तो उन्होंने अपार्टमेंट को बारह फीट तक भर दिया, फ़र्नीचर और बिस्तर के नीचे शार्क की तरह गोते लगाए और रोशनी के नीचे से उन चीज़ों को निकाला जो सालों से अँधेरे में खोई हुई थीं।

साल के अन्त में भाइयों को पूरे स्कूल के लिए एक आदर्श के तौर पर सम्मानित किया गया और उन्हें उत्कृष्टता के सर्टिफ़िकेट दिये गए। इस़ बार उन्हें कुछ भी माँगने की ज़रूरत नहीं पड़ी क्योंकि माता-पिता ने ख़ुद उनसे पूछा कि वे क्या चाहते हैं। उन्होंने कुछ ज़्यादा नहीं माँगा, माँगी तो बस घर पर सहपाठियों के मनोरंजन के लिए एक पार्टी देने की इजाज़त।

जब उनके पिता पत्नी के साथ अकेले में थे तो उनकी ख़ुशी की कोई सीमा नहीं थी।

"यह सबूत है कि वे बड़े और समझदार हो गए हैं," उन्होंने कहा।

"ईश्वर करे ऐसा ही हो," माँ ने जवाब दिया।

अगले बुधवार, जब माता-पिता 'बैटल ऑफ़ एल्जियर्स' नाम की फ़िल्म देख रहे थे, तो ला कास्तेलाना के पास से गुज़रने वाले लोगों ने पेड़ों के बीच छिपी एक पुरानी इमारत से बिजली का झरना गिरते देखा। वह बालकनी से झरते हुए बिल्डिंग से नीचे बह रहा था, एक सुनहरी बाढ़ जैसा, जो गुआदारामा पहाड़ियों तक पूरे शहर को रौशन कर रहा था।

उस आपात स्थिति में जब फ़ायर ब्रिगेड ने पाँचवीं मंज़िल का दरवाज़ा

तोड़ा तो अन्दर जाकर देखा कि पूरा घर छत तक रोशनी से भरा हुआ था। बैठकख़ाने में तेंदुए की खाल मढ़े सोफ़े और आराम कुर्सियाँ, बोतलों और कसीदे वाली रेशमी शॉल से ढके भव्य पियानो के बीच यहाँ-वहाँ तैर रही थीं। पियोनी की आधी डूबी हुई शॉल किसी सुनहरी मंटा रे मछली की मानिन्द फड़फड़ा रही थी। उनकी कविता की पूर्णता में घर की चीज़ें व बर्तन रसोई के आसमान में अपने ख़ुद के पंखों के साथ उड़ रहे थे। नृत्य के लिए जिन मार्चिंग-बैंड उपकरणों का इस्तेमाल बच्चे करते थे वे उनकी माँ के मछलीघर से मुक्त हुई चमकीली मछलियों के बीच बह रहे थे। उस विशाल चमकदार दलदल में सिर्फ़ मछलियाँ ही थीं, जो जीवित और ख़ुश थीं। पिता के कंडोम, माँ की क्रीम की बोतलें और उनके नक़ली दाँतों के साथ हर किसी का टूथब्रश बाथरूम में तैर रहा था, और मास्टर बेडरूम में टीवी एक किनारे तैर रहा था; अभी भी उस पर केवल वयस्कों के लिए आधी रात को चलाई जाने वाली फ़िल्म का आख़िरी दृश्य चल रहा था।

हॉल के अन्त में, धारा के साथ चलते हुए, चप्पू पकड़े, मास्क लगाए और केवल बन्दरगाह तक पहुँचने के लिए पर्याप्त हवा लिये, लाइटहाउस खोजता हुआ तोतो नाव में आगे बैठा था और जोएल पीछे तैरते हुए अभी भी उत्तर के तारे की तलाश कर रहा था। गमलों में पेशाब करते हुए, हेडमास्टर का मज़ाक़ उड़ाने के लिए बदले गए शब्दों के साथ स्कूल का गीत गाते हुए और पिता की बोतल से ब्रांडी का गिलास चुराते हुए उनके अलावा उनके सैंतीस सहपाठी पूरे घर में तैर रहे थे। चूँकि उन्होंने एक साथ इतनी सारी रोशनी चालू कर दी थी कि अपार्टमेंट में बाढ़ आ गई थी और सेंट जूलियन दे हॉस्पिटलर के प्राइमरी स्कूल की दो पूरी कक्षाएँ 47 पासेओ दे ला कास्तेलाना की पाँचवीं मंज़िल पर डूब गई थीं। मैड्रिड, स्पेन में, झुलसाने वाली गर्मियों और बर्फ़ीली हवाओं का एक दूरस्थ शहर, जहाँ न कोई महासागर है, न कोई नदी और न ही वहाँ के लोगों ने कभी भी बिजली पर समुद्री यात्रा करने की कला में महारत ही हासिल की थी।

[दिसम्बर, 1978]

बर्फ़ में तुम्हारे ख़ून के दाग़

रात जब वे सीमा पर पहुँचे, तो नेना दाकोंते ने देखा कि शादी की अँगूठीवाली उँगली से अभी भी ख़ून बह रहा था। कार्बाइड लालटेन की रोशनी में, पिरिनी पर्वत से आती तेज़ ठंडी हवा से जूझते हुए, पेटेंट लेदर की कॉक्ड हैट पर कम्बल लपेटे सिविल गार्ड ने पासपोर्ट की जाँच की। चूँकि दोनों राजनयिक पासपोर्ट थे, गार्ड ने टॉर्च उठाकर दोनों के चेहरे फ़ोटो से मिलाए। नेना दाकोंते बच्ची ही थी; उसकी पक्षी सरीखी ख़ुशगवार आँखें, गुड़ के रंग की त्वचा जनवरी की उदास शाम में भी कैरीबियन धूप बिखेर रही थी। उसने गर्दन तक का मिंक कोट पहना हुआ था, ऐसा कोट जिसे पूरे सीमावर्ती गैरीसन के एक साल के वेतन से नहीं ख़रीदा जा सकता था। कार चला रहा उसका पति बिली सांचेज़ दे आविला, जो उससे एक साल छोटा था और लगभग उतना ही ख़ूबसूरत था, ने स्कॉटिश प्लेड जैकेट और बेसबॉल कैप पहना हुआ था। अपनी पत्नी के विपरीत वह लम्बा और हृष्ट-पुष्ट था और उसका जबड़ा किसी छोटे गुंडे के इस्पात सरीखे जबड़े जैसा मालूम पड़ता था। लेकिन उनकी स्थिति का सबसे अच्छा अन्दाज़ा उनकी प्लेटिनम कार से लगाया जा सकता था। जिसके भीतर मानो एक जीवित जानवर साँस ले रहा हो। ग़रीबों से भरे उस सीमावर्ती इलाक़े पर ऐसा कुछ पहले कभी देखा नहीं गया था। पीछे की सीट पर नई दिखती अटैचियाँ थीं और कई सारे बिन खुले तोहफ़े। एक सैक्सोफ़ोन भी था, जो इस नरम दिल गुंडे के प्यार के आगे झुकने से

पहले नेना दाकोंते के जीवन में जुनून की तरह था।

जब सुरक्षाकर्मी ने दोनों पासपोर्ट पर मोहर लगाकर बिली को वापस दिये, तो बिली ने आसपास के दवाख़ाने के बारे में पूछा ताकि अपनी पत्नी की उँगली से बहते ख़ून का इलाज़ करा सके। और सुरक्षाकर्मी ने हवा के विपरीत दिशा में तेज आवाज़ में कहा कि उन्हें फ्रांस की सीमा के पार एदाया में पता करना चाहिए। एदाया के सुरक्षाकर्मी गर्म और अच्छी रोशनी वाले सन्तरी के केबिन के अन्दर कोट उतारकर मेज़ पर बैठे हुए ताश खेल रहे थे और वाइन के कटोरे में ब्रेड भिगोकर खा रहे थे। उन्होंने सिर्फ़ उस बड़ी-सी कार को देखा और फ्रांस में घुसने का इशारा कर दिया। बिली सांचेज़ ने कई बार कार का हॉर्न बजाकर उनका ध्यान खींचने की कोशिश की लेकिन उन सुरक्षाकर्मियों को समझ नहीं आया कि वह उन्हें बुला रहा था, बल्कि उनमें से एक ने शीशा नीचा किया और हवा की अपेक्षा ज़्यादा चिढ़कर फ्रेंच भाषा में चिल्लाया—

"चलो, जाओ यहाँ से।"

तब नेना दाकोंते कानों तक पूरी तरह ढकी हुई कार से बाहर आई और सुरक्षाकर्मी से शानदार फ्रेंच भाषा में दवाख़ाने के बारे में पूछा। और आदतन ब्रेड खाते हुए उसने कहा कि यह बताना उसका काम नहीं है और ख़ासकर ऐसे तूफ़ान में तो बिलकुल भी नहीं और खिड़की बन्द कर ली।

फिर उसने ध्यान से प्राकृतिक मिंक में लिपटी हुई उस लड़की को अपनी घायल उँगली को चूसते हुए देखा और शायद उस भयानक ठंडी रात में उसे कोई जादुई दृश्य समझने की भूलकर बैठा क्योंकि उसका मूड तुरन्त बदल गया। फिर उसने बताया कि सबसे पास का शहर बियारिट्ज है लेकिन ऐसी कड़ाके की ठंड और ऊपर से तूफ़ान में, उन्हें शायद ही उससे थोड़ी और आगे बायोना से पहले कोई दवाख़ाना खुला मिलेगा।

"क्या यह कुछ गम्भीर है?" उसने पूछा।

"नहीं, बस एक हल्की सी चुभन है," नेना दाकोंते ने मुस्कराते हुए कहा और उसे अपनी हीरे की अँगूठी वाली उँगली दिखाई जिसकी नोक पर घाव बमुश्किल ही दिखाई दे रहा था।

बायोना पहुँचने से पहले ही फिर से बर्फ़ गिरनी शुरू हो गई। अभी सात

भी नहीं बजे थे लेकिन सड़कें सुनसान थीं और तूफ़ान की वजह से सभी घरों की खिड़कियाँ भी बन्द थीं। काफ़ी चक्कर लगाने के बाद भी जब उन्हें कोई दवाख़ाना नहीं मिला तो उन्होंने आगे बढ़ने का फ़ैसला किया। बिली सांचेज़ इस फ़ैसले से काफ़ी ख़ुश था। उसमें अनोखी गाड़ियों को लेकर एक कभी न ख़त्म होने वाला जुनून था और साधन सम्पन्न लेकिन अपराध-बोध से ग्रसित उसके पिता ने हमेशा बिली की सारी इच्छाएँ पूरी की थीं। शादी के उपहार में मिली इस बेंटले कार जैसी कार उसने कभी नहीं चलाई थी। उसका उत्साह इतना ज़्यादा था कि वह जितना ज़्यादा गाड़ी चलाता उतनी ही कम थकान महसूस करता। वह उसी रात बोर्दो पहुँचने को तैयार था जहाँ उसने एक शानदार होटल में हनीमून स्वीट आरक्षित कराया हुआ था; कोई भी तूफ़ान या बर्फ़बारी उसे नहीं रोक सकती थी। दूसरी तरफ़, नेना दाकोंते काफ़ी थक गई थी, ख़ासकर मैड्रिड से आने वाली घुमावदार, सँकरी, पहाड़ी सड़क की वजह से, जिस पर ओले भी पड़ रहे थे। इसलिए बायोना के बाद उसने अपनी उँगली पर जिससे अभी भी ख़ून बह रहा था, कसकर पट्टी बाँधी और गहरी नींद में सो गई। आधी रात को भी बिली सांचेज़ का ध्यान नहीं गया कि बर्फ़ गिरने और तूफ़ान के रुकने के बाद आसमान तारों से भर गया था। वह बोर्दो के अँधेरे रास्तों से आगे बढ़ चुका था। कार की टंकी भरवाने के लिए वह सिर्फ़ एक पेट्रोल पम्प पर रुका, क्योंकि उसमें अभी भी बिना साँस लिये पेरिस पहुँचने का साहस बाक़ी था। वह अपने 25,000 पाउंड के इतने बड़े खिलौने से इतना ख़ुश था कि उसे आभास भी नहीं हुआ कि उसके बग़ल में ख़ून से लथपथ उँगली पर पट्टी बाँधे सो रही युवती भी ख़ुश थी या नहीं, जिसकी किशोरावस्था के सपनों पर पहली बार अनिश्चितताओं की बिजली कौंध रही थी।

उन्होंने तीन दिन पहले ही वहाँ से 10,000 किलोमीटर दूर कार्ताख़ेना दे इंदियाज़ में पादरी के आशीर्वाद से शादी की थी। इस बात से बिली सांचेज़ के माता-पिता काफ़ी अचम्भित और नेना दाकोंते के माता-पिता काफ़ी निराश थे। बिली और नेना के अलावा कोई भी उनके अप्रत्याशित प्यार और इसके वास्तविक आधार को नहीं समझा। सब कुछ शादी से तीन महीने पहले शुरू हुआ था जब बिली सांचेज़ अपने दोस्तों के साथ मार्बेला बीच के पास

महिलाओं के ड्रेसिंग रूम में घुस गया था। नेना दाकोंते अभी-अभी 18 साल की हुई थी और कुछ ही दिन पहले स्विट्ज़रलैंड के सेंट ब्लेज़ शहर के शातालेनी नामक बोर्डिंग स्कूल से वापस आई थी। वह बिना किसी उच्चारण दोष के चार भाषाएँ बोलती थी और उसे तार सप्तक सैक्सोफ़ोन में महारत हासिल थी। लौटने के बाद यह पहला रविवार था जब वह समुद्र तट पर गई थी। उसने स्विम सूट पहनने के लिए पूरे कपड़े उतार दिये थे कि तभी आसपास के बूथों में घबराहट की चीख़-पुकार के साथ भगदड़ मच गई लेकिन उसे समझ नहीं आया कि हो क्या रहा था कि तभी उसका दरवाज़ा धड़ाम से टूट गया। उसके सामने एक ख़ूबसूरत समुद्री डाकू खड़ा था जिसने केवल चीते की कृत्रिम खाल का अंडरवियर पहना हुआ था और उसका शरीर चिकना, लचीला तथा समुद्री लोगों की तरह सुनहरे रंग का था। उसकी दाहिनी कलाई पर रोमन ग्लैडिएटर का एक कड़ा था और हाथ में घातक हथियार का काम करती लोहे की ज़ंजीर। गले में उसने एक मेडल पहना हुआ था जो डरे हुए दिल की धड़कनों के साथ धड़क रहा था। उन दोनों ने प्राथमिक विद्यालय में साथ पढ़ाई की थी और जन्मदिन के कई उत्सव भी साथ में मनाए थे। औपनिवेशिक काल से ही दोनों के खानदान का उस प्रान्त पर राज रहा था, लेकिन वह दोनों इतने सालों से नहीं मिले थे कि एक-दूसरे को पहली नज़र में पहचान नहीं पाए। नेना दाकोंते वहीं स्थिर खड़ी रही। उसने अपनी नग्नता को छिपाने की कोशिश नहीं की। बिली सांचेज़ छिछोरेपन से बाज़ नहीं आया—उसने अपने चीते की खाल वाला अंडरवियर नीचे किया और उसे अपना सख़्त व बड़ा हथियार दिखाया। बिना विचलित हुए नेना दाकोंते ने उसे घूरकर देखा।

"मैंने इससे काफ़ी बड़े और सख़्त देखे हैं," उसने अपने डर पर क़ाबू करते हुए कहा। "इसलिए कुछ भी करने से पहले एक बार अच्छे से सोच लेना, क्योंकि मेरे साथ तुम्हें एक अश्वेत आदमी से बेहतर प्रदर्शन करना होगा।"

वास्तव में नेना दाकोंते न सिर्फ़ कुँवारी थी बल्कि इससे पहले उसने कभी किसी पुरुष को नंगा भी नहीं देखा था, लेकिन उसकी यह चुनौती काफ़ी प्रभावशाली निकली। उसकी बात सुनकर बिली सांचेज़ ने कुछ न कर पाने के मलाल में ज़ंजीर वाले हाथ से दीवार में ज़ोरदार मुक्का मारा जिस वजह से

उसकी कुछ हड्डियाँ टूट गईं। नेना उसे गाड़ी में अस्पताल ले गई और ठीक होने तक देखभाल की। अन्त में दोनों ने बेहतर तरीक़े से प्यार करना सीख लिया। दोनों ने जून की कठिन शामें घर के अन्दर की छत पर बिताईं, जहाँ नेना दाकोंते के खानदान की छह पीढ़ियाँ गुज़र चुकी थीं। नेना सैक्सोफ़ोन पर आधुनिक गाने बजाती और बिली झूले पर बैठकर साँस थामे पूरा वक़्त उसे निहारता रहता। घर में खाड़ी के सड़े हुए तालाब की तरफ़ खुलने वाली कई बड़ी खिड़कियाँ थीं। यह घर ला माँगा में सबसे बड़ा, सबसे पुराना और शायद सबसे बदसूरत था।। लेकिन चौकोर टाइल्स वाली छत जहाँ नेना दाकोंते सैक्सोफ़ोन बजाती थी, चार बजे की धूप में किसी स्वर्ग से कम नहीं लगती थी। छत से एक बड़ा छायादार आँगन दिखाई देता था जिसमें आम के पेड़ और केले के पौधों के नीचे घर और परिवार की यादों से भी पुराना बिना नाम का पत्थर का एक मकबरा था। जिन्हें संगीत की ज़्यादा समझ नहीं थी उनका भी मानना था कि सैक्सोफ़ोन उस घर के मिज़ाज के ख़िलाफ़ था। "इसकी आवाज़ जहाज़ जैसी है," नेना दाकोंते की दादी ने पहली बार सुनने के बाद कहा था। उसकी माँ ने नाकाम कोशिश की कि नेना उसे किसी और तरीक़े से बजाए, दरअसल वह कामुकता के साथ अपनी स्कर्ट को जाँघों तक उठाकर दोनों घुटनों को खोलकर सैक्सोफ़ोन बजाती थी, जिसका उसके संगीत से कोई लेना-देना नहीं था, सिर्फ़ सहूलियत थी। "मुझे कुछ फ़र्क़ नहीं पड़ता तुम कौन सा वाद्य यन्त्र बजाती हो" उसकी माँ कहतीं। "जब तक तुम अपनी टाँगों को ना खोलो।"

लेकिन जहाज़ों की विदाई के गीत और कामुकता की दावत ने बिली का कड़वा कवच तोड़ने में नेना दाकोंते की मदद की। हालाँकि दोनों परिवारों की प्रसिद्धि के बावजूद उसकी जाहिल गँवार की बदनाम छवि के अन्दर नेना दाकोंते को एक सहृदय, कोमल और ख़ौफ़ज़दा अनाथ मिला। जब उसके हाथ की हड्डियाँ जुड़ रही थीं तब उन्होंने एक-दूसरे को अच्छी तरह से जाना; बिली ख़ुद भी प्यार के उस प्रवाह से चकित रह गया जो तब उमड़ा जब नेना दाकोंते बरसात की एक दोपहर, जब वे घर में अकेले थे, बिली को अपने बिस्तर पर ले गई। लगभग दो हफ़्ते तक वे हर दिन उसी समय गृह युद्ध के

हैरान वीरों की तसवीरों के नीचे उस ऐतिहासिक बिस्तर पर निर्वस्त्र रंगरेलियाँ मनाते रहे, जिस पर उसकी नानी-दादी ने उनसे पहले आनन्द का भोग किया था। जब वे प्रेम में लिप्त नहीं होते, तब भी वे खिड़कियाँ खुली रखते और खाड़ी से आने वाले जहाज़ के मलबे की गंदी हवा तथा उसकी महक में साँस लेते थे। सैक्सोफ़ोन के सन्नाटे में घर के आँगन का शोर सुनते थे, केले के पौधों के नीचे मेढक का टर्राना, अनाम मक़बरे पर पानी की बूँदों की टिप-टिप, ज़िन्दगी के हर उस पहलू को परखते थे जिसे वे पहले कभी नहीं जान पाए थे।

जब नेना दाकोंते के माता-पिता वापस आए, तब तक दोनों का प्यार इस क़दर परवान चढ़ चुका था कि दुनिया पूरी नहीं पड़ रही थी। वे हर वक़्त प्रेमालाप का मौक़ा ढूँढ़ते रहते और हर जगह एक नये अन्दाज़ में करने की कोशिश करते तथा उसी वक़्त अगले मौक़े की योजना बनाते। शुरुआत में उन्होंने बिली की स्पोर्ट्स कार में आनन्द लिया, जो उसके पिता ने अपने अपराध-बोध को शान्त करने के लिए उसे दी थी। जब कार से मन भर गया तो दोनों मार्बेला के ख़ाली बूथों में जाने लगे, जहाँ भाग्य ने उन्हें पहली बार मिलवाया था। यहाँ तक कि नवम्बर के कार्निवल में, वे वेश बदलकर गेटसेमनी के ग़ुलामों के पुराने इलाक़े में उन मेट्रनों के संरक्षण में गए जिन्हें कुछ महीने पहले तक बिली सांचेज़ और उसके ज़ंजीर चलाने वाले गिरोह से निपटने के लिए बाउंसर की ज़रूरत पड़ती थी। नेना दाकोंते ने अपने-आप को प्यार में उसी पागलपन के साथ समर्पित कर दिया था जिसे वह पहले सैक्सोफ़ोन में व्यर्थ कर रही थी। अन्त में उसे समझ आ गया था कि उसके अश्वेत आदमी जैसे पेश आने के लिए कहने का क्या मतलब था। बिली सांचेज़ ने भी हमेशा उतनी ही ख़ुशी और उत्साह के साथ उसका पूरा साथ दिया। अब शादी के बाद, जब एयरहोस्टेस अटलांटिक के ऊपर से गुज़रते हुए विमान में सो रही थीं, तब दोनों ने विमान के टॉयलेट में बड़ी मुश्किल से प्रेमालाप किया और दोनों कामुकता से कम और हँसी से ज़्यादा मज़ा ले रहे थे। शादी के चौबीस घंटे बाद सिर्फ़ वे दोनों जानते थे कि नेना दाकोंते दो महीने की गर्भवती थी। जब वे मैड्रिड पहुँचे तो उन्हें सन्तुष्ट प्रेमी होने का अहसास तो नहीं था लेकिन इतनी समझ ज़रूर थी कि वे नवविवाहित जोड़े की तरह पेश आएँ। दोनों के

माता-पिता ने पूरी तैयारी कर रखी थी। जहाज़ से उतरने से पहले ही, एक प्रोटोकॉल अधिकारी प्रथम श्रेणी केबिन में आया और नेना दाकोंते को काली धारियों वाला सफ़ेद मिंक कोट दिया जो उसके माता-पिता की तरफ़ से उसके लिए शादी का उपहार था। बिली सांचेज़ के लिए वह एक भेड़ की ख़याल का जैकेट लाया, जो उस वक़्त फ़ैशन में था और हवाई अड्डे पर उसका इन्तज़ार कर रही एक कार की चाबी उसे दी, लेकिन यह नहीं बताया कार का मॉडल क्या था।

उनके देश के राजनयिकों ने आधिकारिक हॉल में उनका स्वागत किया। राजदूत और उनकी पत्नी न सिर्फ़ दोनों के परिवारों के बहुत अच्छे दोस्त थे बल्कि राजदूत ही वह डॉक्टर थे जिसने नेना दाकोंते को जन्मा था। वे गुलाब का गुलदस्ता लिये उनका इन्तज़ार कर रहे थे; फूल इतने ताज़े थे कि उनके सामने ओस की बूँदें नक़ली लग रही थीं। समय से पहले दुल्हन बनने की असहजता से नेना दाकोंते ने नक़ली चुम्बन से दोनों का अभिवादन किया और फिर गुलदस्ता स्वीकार किया। गुलदस्ता लेते वक़्त एक काँटा उसकी उँगली में चुभ गया, लेकिन उसने उसे नज़रअन्दाज़ कर दिया।

"मैंने यह जान-बूझकर किया ताकि सबका ध्यान मेरी अँगूठी पर जाए," उसने कहा।

असल में, पूरे राजनयिक दल ने अँगूठी की प्रशंसा की थी, जो काफ़ी महँगी थी, हीरों की श्रेष्ठता की वजह से नहीं बल्कि इसलिए कि वह बेहद पुरातन थी। इस दौरान किसी ने ध्यान नहीं दिया कि उसकी उँगली से ख़ून बह रहा था। सबका ध्यान अब नई गाड़ी पर था। राजदूत दल ही उस गाड़ी को पारदर्शी पन्नी और सुनहरे रिबन से लपेटकर हवाई अड्डे तक लाना चाहता था लेकिन बिली सांचेज़ ने उनकी इस मेहनत की तरफ़ ध्यान नहीं दिया। वह गाड़ी देखने के लिए इतना उत्सुक था कि उसने एक ही झटके में गाड़ी की सारी पन्नी हटा दी और हक्का-बक्का रह गया। उस साल की लेटस्ट कन्वर्टिबल कार, असली चमड़े की सीटों वाली बेंटले थी। आसमान राख की चादर सरीखा दिख रहा था और स्पेन के गुआदारामा पहाड़ से ठंडी तेज़ हवाएँ आ रही थीं, ऐसे में खुले में रहना ठीक नहीं था, लेकिन बिली

सांचेज़ ठंड से बेपरवाह था। जब तक उसने गाड़ी को अच्छे से जाँच-परख नहीं लिया तब तक उसने सभी लोगों को अपने साथ बाहर खड़ा रखा, इस बात से बेख़बर कि उन्हें ठंड लग रही होगी। फिर राजदूत उसके बग़ल में बैठे ताकि आधिकारिक निवास का रास्ता बताया जा सके, जहाँ दोपहर के खाने का इन्तज़ाम था। रास्ते में वह उसे शहर की जानी-मानी जगहों के बारे में भी बताते गए, लेकिन बिली सांचेज़ तो बस गाड़ी के जादू में खोया हुआ था।

वह पहली बार अपने शहर व देश से बाहर निकला था। उसने हर तरह के सरकारी तथा निजी स्कूल से पढ़ाई की थी, बार-बार वही पाठ्यक्रम दोहराते हुए जब तक कि वह विस्मृति की उदासीनता में नहीं तैरने लगा था। अपने शहर के अलावा किसी दूसरे शहर की पहली झलक, दिन में जलती बत्तियों वाले स्लेटी रंग के मकानों के ब्लॉक, पत्तीरहित पेड़, दूर समुद्र, यह सब उसकी मायूसी को और बढ़ा रहे थे जिसे वह दिल से दूर रखने की काफ़ी कोशिश कर रहा था। हालाँकि, कुछ ही समय बाद न चाहते हुए भी वह स्मृति-लोप के जाल में फँस गया। मौसम का पहला अप्रत्याशित और शान्त तूफ़ान आया था, और राजदूत के घर से दोपहर का खाना खाने के बाद जब वे लोग फ्रांस की ओर यात्रा करने के लिए निकले तो उन्होंने पाया कि पूरा शहर चमचमाती बर्फ़ से ढक चुका था। तब तक बिली सांचेज़ कार के बारे में भूल चुका था और ख़ुशी से चूर सबके सामने चिल्लाते हुए, मुट्ठी-भर बर्फ़ अपने सर पर डालते हुए, अपना कोट पहने बीच सड़क में बर्फ़ के ढेर में लुढ़कने लगा।

तूफ़ान के बाद की पारदर्शी दोपहर को मैड्रिड से निकलने पर नेना दाकोंते को पहली बार अहसास हुआ कि उसकी उँगली से ख़ून टपक रहा था। उसे यह देख आश्चर्य हुआ, क्योंकि जब वह आधिकारिक भोजन के बाद ओपेरा का गीत गाना पसन्द करने वाली राजदूत की पत्नी के साथ सैक्सोफ़ोन बजा रही थी, उसे अपनी अनामिका उँगली में किसी भी तरह की तकलीफ़ महसूस नहीं हो रही थी। बाद में, जब वह अपने पति को सीमा की तरफ़ जाने के लिए छोटे रास्ते बता रही थी, तब वह बेध्यानी में उँगली चूस रही थी। सिर्फ़ पिरिनीज़ पहुँचने पर उसे दवाख़ाना ढूँढ़ने का ख़याल आया। फिर वह पिछले कई दिनों के शेष सपनों से अभिभूत होकर गहरी नींद में सो गई। जब

वह जागी तो उसे लगा कि वह बुरा सपना देख रही है कि कार पानी पर चल रही है। उँगली पर बँधे रूमाल पर उसका ध्यान नहीं गया। उसने डैशबोर्ड पर लगी घड़ी की चमक में देखा कुछ तीन बज रहे थे। उसने दिमाग़ पर ज़ोर डाला तो उसे समझ आया कि वे लोग बोर्दो, अंगोलेम तथा पोइतियर्स से आगे बढ़ चुके थे और अब वे पानी से भरे लुआर के बाँध से आगे बढ़ रहे थे। धुंध से चाँदनी छनकर आ रही थी और देवदार के पेड़ों के बीच महलों की रूपरेखा परियों की कहानी जैसी लग रही थी। इस क्षेत्र से पहले से परिचित नेना दाकोंते ने अनुमान लगाया कि वे लोग पेरिस से कुछ तीन घंटे दूर थे जबकि अविचलित, बिली सांचेज़, गाड़ी चलाता जा रहा था।

"तुम जंगली हो," नेना ने बिली से कहा। "बिना कुछ खाए-पिए और रुके ग्यारह घंटे से ज़्यादा से गाड़ी चलाए जा रहे हो।"

वह अभी भी नई गाड़ी के नशे में खोया हुआ था। विमान में कम सोने के बावजूद वह सुबह से पहले पेरिस पहुँचने के लिए उत्साहित था।

"दोपहर का खाना अभी भी हज़म नहीं हुआ है," उसने कहा। और बिना किसी तर्क के उसने आगे कहा, "वैसे भी कार्ताख़ेना में लोग अभी फ़िल्म देखकर निकल रहे होंगे। कुछ दस बज रहे होंगे।"

नेना दाकोंते को डर था कि कहीं गाड़ी चलाते हुए वह सो न जाए। उसने मैड्रिड से मिले हुए बहुत सारे तोहफ़ों में से एक डिब्बा निकाला और बिली के मुँह में टॉफ़ी डालने की कोशिश की लेकिन बिली ने अपना मुँह फेर लिया।

"असली मर्द मीठा नहीं खाते," उसने कहा।

ओरलींस से कुछ पहले ही धुंध छँट गई थी और चाँदनी में बर्फ़ से भरे खेत जगमगा रहे थे लेकिन हाईवे पर पेरिस की ओर जाने वाले सब्ज़ियों के ट्रक और शराब के टैंकर की आवाजाही के कारण रास्ता मुश्किल हो गया था। नेना दाकोंते गाड़ी चलाने में अपनी पति की मदद करना चाहती थी लेकिन ऐसा कहने की उसकी हिम्मत नहीं हुई क्योंकि जब वे पहली बार घूमने गए थे तब बिली ने उससे कहा था कि एक मर्द के लिए इससे ज़्यादा शर्मनाक बात और नहीं हो सकती कि पत्नी गाड़ी चलाए और वह बग़ल में बैठे। लगभग पाँच घंटे की नींद के बाद वह काफ़ी हल्का महसूस कर रही थी और ख़ुश

थी कि वे किसी प्रान्तीय होटल में नहीं रुके थे जिन्हें वह अपने माता-पिता के साथ बचपन में फ्रांस की कई यात्राओं में देख चुकी थी। "इससे ख़ूबसूरत नज़ारे दुनिया में और कहीं नहीं है," उसने कहा, "लेकिन यहाँ प्यास से मरता आदमी एक गिलास पानी भी मुफ़्त पाने की उम्मीद नहीं कर सकता।" इस बात का उसे इतना यक़ीन था कि चलते-चलते उसने अपने हैंडबैग में साबुन और टॉयलेट पेपर भी रख लिया था क्योंकि फ्रांस के होटलों में कभी साबुन नहीं होते थे और टॉयलेट में जो पेपर होता था वो हुक से लटके पिछले हफ़्ते के समाचार-पत्र के टुकड़े होते थे। उसे सिर्फ़ एक बात की निराशा थी कि पूरी रात निकल गई बिना सम्भोग के। उसके पति ने तड़ाक से जवाब दिया।

"मैं भी अभी यही सोच रहा था कि हमें इस बर्फ़ के बीच में मौक़े का फ़ायदा उठाना चाहिए," उसने कहा, "अभी तुरन्त, अगर तुम चाहो तो।"

नेना दाकोंते ने इस बारे में गम्भीरता से सोचा। सड़क किनारे, चाँद की रोशनी में बर्फ़ नरम और लुभावनी लग रही थी लेकिन जैसे-जैसे वे पेरिस के बाहरी इलाक़ों के नज़दीक पहुँच रहे थे, यातायात भारी होता जा रहा था, आसपास छोटे-छोटे कारख़ानों के समूह थे और सड़क पर मज़दूर साइकिलों पर आ-जा रहे थे। अगर सर्दी का मौसम नहीं होता तो अभी दिन ढला नहीं होता। उजाला होता।

"बेहतर होगा हम पेरिस पहुँचने का इन्तज़ार करें," नेना दाकोंते ने कहा। "साफ़-सुथरे बिस्तर पर आराम से, शादीशुदा लोगों की तरह।"

"यह पहली बार है जब तुमने मुझे मना किया है," बिली ने कहा।

"हाँ," नेना ने जवाब दिया "हमने पहली बार शादी की है।"

"हम पहली बार शादीशुदा हैं।"

सुबह होने से थोड़ा पहले उन्होंने हाथ-मुँह धोया और रास्ते में एक छोटे से रेस्तराँ में टॉयलेट का इस्तेमाल किया। फिर उन्होंने कॉफ़ी और गरम क्रॉसाँ का नाश्ता किया; जहाँ ट्रक ड्राइवर नाश्ते के साथ वाइन पी रहे थे। बाथरूम में नेना दाकोंते ने अपने स्कर्ट और टॉप पर ख़ून के दाग देखे लेकिन उसने उन्हें साफ़ करने की कोशिश नहीं की। ख़ून से भीगे रूमाल को उसने कूड़ेदान में फेंका, शादी की अँगूठी उतारकर बाएँ हाथ में पहनी और फिर

ज़ख़्म को साबुन और पानी से धोया। खरोंच का निशान लगभग दिखाई नहीं दे रहा था। हालाँकि, जैसे ही वे गाड़ी तक वापस आए, ख़ून फिर से टपकने लगा इसलिए नेना दाकोंते ने अपना हाथ गाड़ी की खिड़की से बाहर लटका लिया, पूरी तरह से आश्वस्त कि खेतों से आने वाली ठंडी हवा घाव भर देगी। हालाँकि इससे कुछ नहीं हुआ लेकिन अभी भी वह चिन्तित नहीं थी। "अगर कोई हमें ढूँढ़ना चाहे तो आसानी से ढूँढ़ लेगा," उसने कहा। "उसे बस मेरे ख़ून के निशान का पीछा करना होगा।" वह अपने ही शब्दों के बारे में सोचती रही और सुबह की पहली किरण के साथ उसका चेहरा खिल उठा।

"सोचो," उसने कहा। "मैड्रिड से पेरिस तक बर्फ़ में ख़ून की लकीर। अच्छा गाना बनेगा ना?"

इस बारे में दोबारा सोचने का उसे वक़्त नहीं मिला क्योंकि पेरिस के बाहर, उँगली से ख़ून की नदी सी बहने लगी और नेना को वाक़ई लगा कि खरोंच से उसकी जान निकल रही थी। उसने अपने बैग में रखे टॉयलेट पेपर से ख़ून रोकने की कोशिश की लेकिन लपेटने में ज़्यादा समय लग रहा था और हटाकर फेंकने में कम। नेना के कपड़े, कोट, गाड़ी की सीट, सब धीरे-धीरे ख़ून से सनते जा रहे थे। अब बिली सांचेज़ को सच में डर लगने लगा और उसने दवाख़ाना खोजने पर ज़ोर दिया, लेकिन वह जानती थी कि अब दवाख़ाने से काम नहीं चलने वाला था।

"हम ओरलींस पहुँच ही गए हैं," नेना ने कहा। "सबसे चौड़ी और पेड़ों वाली सड़क, जनरल लेक्लर्क मार्ग पर सीधे चलते रहो फिर मैं तुम्हें बताती जाऊँगी क्या करना है।"

यह अब तक की यात्रा का सबसे कठिन रास्ता था। जनरल लेक्लर्क मार्ग छोटी गाड़ियों और दुपहिया वाहनों तथा बाज़ार पहुँचने की कोशिश कर रहे ट्रक के ट्रैफ़िक जाम का नर्क था। बिली सांचेज़ हॉर्न के शोर से इतना परेशान हो गया कि उसने ज़ोर से दूसरी गाड़ियों के ड्राइवरों को गाली बकना शुरू कर दिया, यहाँ तक कि एक ड्राइवर से हाथापाई करने के लिए गाड़ी से उतरने लगा, पर नेना दाकोंते ने किसी तरह समझा-बुझाकर उसे रोक लिया, यह कहते हुए कि फ्रांसीसी लोग दुनिया में सबसे ज़्यादा असभ्य ज़रूर हैं

लेकिन वे कभी हाथापाई नहीं करते। यह उसकी समझदारी का एक और उदाहरण था, क्योंकि उस वक़्त नेना दाकोंते बहुत मुश्किल से होश नहीं खोने की कोशिश कर रही थी।

सिर्फ़ लेओन द बेलफोर्ट के गोलचक्कर से निकलने में उन्हें एक घंटे से ज़्यादा समय लग गया। कैफ़ेटेरिया और दुकानों में इतनी बत्तियाँ जल रही थीं मानो आधी रात हो; वह पेरिस की गंदी, सामान्य जनवरी का एक मंगलवार था, बदली छाई हुई थी, बारिश की बूँदें पड़ रही थीं जो बर्फ़ नहीं बन रही थीं। लेकिन देनफर्ट-रोशरो मार्ग काफ़ी ख़ाली था और कुछ ब्लॉक के बाद नेना दाकोंते ने अपने पति को दाईं ओर मुड़ने का इशारा किया और उसने गाड़ी एक विशाल और उदास अस्पताल के इमरजेंसी वार्ड के सामने खड़ी कर दी।

गाड़ी से उतरने के लिए उसे मदद की ज़रूरत पड़ी लेकिन न वह बेहोश हुई और न ही परेशान। स्ट्रेचर पर लेटकर ड्यूटी डॉक्टर के इन्तज़ार में नेना ने नर्स के सारे नियमित सवालों का जवाब दिया। बिली सांचेज़ ने नेना का पर्स पकड़ा हुआ था और शादी की अँगूठी वाला बायाँ हाथ। उसको हाथ ढीला और ठंडा महसूस हुआ। नेना के होंठ फीके पड़ गए थे। वह उसका हाथ पकड़कर उसके साथ खड़ा रहा जब तक कि ड्यूटी पर मौजूद डॉक्टर ने आकर उसकी जख़्मी उँगली नहीं देखी। डॉक्टर जवान था और उसका सिर मुँड़ा हुआ था, उसकी त्वचा पुराने ताँबे के रंग जैसी थी। नेना दाकोंते ने उस पर ज़्यादा ध्यान नहीं दिया, बल्कि अपने पति की ओर देखते हुए मुस्कराई।

"तुम डरो मत," उसने अपने जीवन्त अन्दाज़ में कहा। "ज़्यादा से ज़्यादा यह नरभक्षी खाने के लिए मेरी उँगली काट लेगा।"

डॉक्टर ने जाँच पूरी की और फिर उन्हें अपने अजीब एशियाई उच्चारण लेकिन सटीक स्पैनिश से चकित कर दिया।

"नहीं बच्चों, यह नरभक्षी इस सुन्दर हाथ को काटने से बेहतर भूख से मर जाना पसन्द करेगा," उसने कहा।

वे दोनों घबरा गए पर डॉक्टर ने उन्हें शान्त किया। फिर स्ट्रेचर वहाँ से ले जाने को कहा। बिली सांचेज़ ने अपनी पत्नी का हाथ थामे साथ जाने की कोशिश की पर डॉक्टर ने उसे वहीं रोक दिया।

"आप नहीं," उसने कहा। "उसे आईसीयू में ले जाया जा रहा है।"

नेना दाकोंते एक बार फिर अपने पति की तरफ़ देखकर मुस्कराई और हाथ हिलाकर उसे अलविदा कहती रही जब तक कि स्ट्रेचर बिली की आँखों से ओझल नहीं हो गया। कुछ देर रुककर डॉक्टर ने नर्स द्वारा दी सारी जानकारी पढ़ी। बिली ने उसे आवाज़ दी।

"डॉक्टर, वह गर्भवती है," उसने कहा।

"कितने महीने?"

"दो।"

बिली के हिसाब से डॉक्टर ने इस बात को उतनी तवज्जो नहीं दी जितनी उसे उम्मीद थी। "अच्छा किया आपने मुझे बता दिया," कहकर वह चला गया। बिली सांचेज़ वहीं, मरीज़ों के पसीने की महक वाले उस उदास हॉल में खड़ा रह गया, उस ख़ाली गलियारे को देखते हुए जहाँ से नेना दाकोंते को ले गए थे। उसे समझ नहीं आ रहा था क्या करे। फिर वह एक लकड़ी की बेंच पर बैठ गया जहाँ पर और भी लोग इन्तज़ार कर रहे थे। उसे पता ही नहीं चला वह कितनी देर वहाँ बैठा रहा लेकिन जब अस्पताल से निकला तो रात हो चुकी थी और बूँदें गिर रही थीं। दुनिया के बोझ तले दबे हुए उसे अभी भी पता नहीं था कि क्या करना है।

कई सालों बाद जब मैंने अस्पताल की फ़ाइलों की जाँच की तो पता चला कि नेना दाकोंते मंगलवार, सात जनवरी को सुबह साढ़े नौ बजे भर्ती हुई थी। उस पहली रात को बिली सांचेज़ इमरजेंसी वार्ड के सामने खड़ी अपनी गाड़ी में ही सोया और फिर सुबह तड़के उठकर सबसे पास के कैफ़ेटेरिया में छह उबले अंडे खाए और दो कप कॉफ़ी पी, क्योंकि उसने मैड्रिड के बाद से ही खाना नहीं खाया था। फिर वह नेना दाकोंते को देखने वापस इमरजेंसी वार्ड में गया लेकिन उसे मुख्य द्वार से आने के लिए कहा गया। अन्त में वहाँ मौजूद एक ऑस्ट्रियन ने गार्ड की बात को समझने में मदद की। गार्ड ने पुष्टि की कि नेना दाकोंते अस्पताल में भर्ती है पर उसको मिलने की अनुमति केवल मंगलवार को सुबह नौ बजे से शाम चार बज तक ही है, जिसका मतलब था छह दिन बाद। उसने स्पैनिश बोलने वाले डॉक्टर से मिलने की कोशिश की,

जिसे उसने अश्वेत गंजा आदमी बताया लेकिन कोई भी इस सामान्य विवरण की वजह से उसे पहचान नहीं पाया।

इस बात से आश्वस्त कि नेना दाकोंते अस्पताल में भर्ती थी, वह वापस अपनी कार के पास गया। ट्रैफिक पुलिस ने उसे अपनी गाड़ी वहाँ से हटाकर दो ब्लॉक आगे एक पतली गली में विषम संख्या की तरफ़ लगाने को कहा। सड़क के उस पार एक पुनर्निर्मित इमारत थी जिस पर लिखा था—"होटल निकोल।" यह एक सितारा होटल था और उसका स्वागत कक्ष बहुत छोटा था जहाँ पर बस एक सोफ़ा और एक पुराने सीधे पियानो के अलावा कुछ नहीं था, लेकिन मीठी आवाज़वाला उसका मालिक ग्राहकों से किसी भी भाषा में तब तक बात कर सकता था जब तक उनके पास उसे भुगतान करने के लिए पैसे हों। बिली सांचेज़ ग्यारह सूटकेस तथा नौ उपहारों के डिब्बों के साथ होटल की नवीं मंज़िल पर उपलब्ध एकमात्र कमरे, जो एक त्रिकोणीय कमरा था, में उबली गोभी की महक वाली सर्पीली सीढ़ियों से चढ़कर हाँफता हुआ पहुँचा। दीवार पर उदासीन झालरें टँगी थीं, कमरे की एकमात्र खिड़की से अन्दर आने वाली रोशनी के अलावा किसी और चीज़ की जगह नहीं थी। कमरे में एक डबल बेड, एक बड़ी अलमारी, एक साधारण सी कुर्सी, एक पोर्टेबल पॉट, एक घड़ा और एक जग था। उस कमरे में रहने का एकमात्र तरीक़ा था, पलंग पर लेटना। सब कुछ पुराने से भी ज़्यादा बदतर था, बिखरा हुआ था पर साफ़-सुथरा था और दवाई की महक ताज़ी थी। बिली सांचेज़ शायद अपनी पूरी ज़िन्दगी भी लगा देता तो कंजूसी का हुनर समझ नहीं पाता। उसे कभी समझ नहीं आया कि सीढ़ियों की लाइट उसके कमरे तक पहुँचने से पहले कैसे बुझ जाती थी और वह कभी नहीं जान पाया कि उन्हें वापस कैसे जलाया जाए। उसे यह जानने में आधी सुबह लग गई कि प्रत्येक मंज़िल की लैंडिंग पर एक छोटा कमरा था, जिसमे चेन वाला टॉयलेट था। उसने उसे बिना रोशनी के अँधेरे में ही इस्तेमाल करने का फ़ैसला किया लेकिन संयोगवश कुंडी लगाते ही बत्ती जल गई। इस तरह कोई बत्ती जलती नहीं छोड़ सकता था। गलियारे के अन्त में शावर था जिसे वह घर की तरह ही दिन में दो बार इस्तेमाल करता था, हालाँकि यहाँ पर उसका भुगतान अलग से करना

पड़ता था और गर्म पानी सिर्फ़ तीन मिनट के लिए आता था। जो भी हो, बिली सांचेज़ को समझ में आ गया था कि यह जो भी था जनवरी में बाहर के ख़राब मौसम से काफ़ी बेहतर था। लेकिन वह परेशान था; एकदम अकेला महसूस कर रहा था और समझ नहीं पा रहा था कि नेना दाकोंते के बिना कैसे जिये।

बुधवार की सुबह अपने कमरे में घुसते ही बिना अपना कोट उतारे और सड़क के उस पार उस चमत्कारी प्राणी के बहते हुए ख़ून के बारे में सोचते हुए वह औंधे मुँह बिस्तर पर गिर गया और गहरी नींद सो गया। जब वह उठा तो पाँच बज रहे थे। खिड़कियों पर बारिश और हवा के थपेड़े पड़ रहे थे, वह समझ नहीं पाया कि उस वक़्त सुबह थी या शाम और कौन सा दिन था या कौन सा शहर। कुछ देर वह बिस्तर पर ही पड़ा रहा, हर पल नेना दाकोंते के बारे में सोचते हुए, जब तक उसे यह अहसास नहीं हो गया कि सुबह के पाँच बजे थे। फिर वह नाश्ता करने उसी कैफ़ेटेरिया में गया जहाँ वह पिछले दिन गया था और वहाँ उसे पता चला कि उस दिन गुरुवार था। अस्पताल की लाइट जल रही थी और बारिश भी रुक चुकी थी। वह, वहीं एक पेड़ के सहारे मुख्य दरवाज़े के सामने खड़ा हो गया, जहाँ से बहुत सारे डॉक्टर और नर्स सफ़ेद कोट पहने आ-जा रहे थे, इस उम्मीद में कि शायद उसे वह एशियाई डॉक्टर मिल जाए जिसने नेना दाकोंते का इलाज किया था। डॉक्टर तो नहीं दिखा, दोपहर के खाने के बाद भी नहीं, जब ठंड के मारे वह वहाँ और नहीं रुक पाया तो उसे वापस लौटना पड़ा। सात बजे उसने दूध वाली कॉफ़ी पी और दो अंडे खाए जो अड़तालीस घंटों से उसी जगह पर वही चीज़ खाते हुए उसने साइडबोर्ड से ख़ुद उठाए थे। जब वह वापस होटल की तरफ़ गया तो उसने देखा कि फ़ुटपाथ पर उसकी गाड़ी अकेली खड़ी थी और बाक़ी सारी गाड़ियाँ सामने वाले फ़ुटपाथ के बग़ल में लगी थीं। उसकी गाड़ी की विंडशील्ड पर चालान लगा हुआ था। होटल निकोल के गार्ड को उसे यह समझाने के लिए काफ़ी मेहनत करनी पड़ी कि महीने के विषम संख्या वाले दिनों में गाड़ियाँ विषम संख्या वाले फ़ुटपाथ के पास पार्क होती थीं और बाक़ी दिन दूसरी तरफ़ पार्क होती थीं। इतने सारे तौर-तरीक़े उस रईसज़ादे बिली सांचेज़ दे आविला की समझ से परे थे जो दो साल पहले मेयर की आधिकारिक गाड़ी लेकर

सिनेमाघर में घुस गया था और पुलिस खड़ी तमाशा देखती रही थी। उसे और भी कम समझ आया जब गार्ड ने उसे चालान का भुगतान करके गाड़ी को वहीं रहने देने की सलाह दी क्योंकि रात को बारह बजे फिर से उसे अपनी गाड़ी का स्थान बदलना पड़ेगा। उस सुबह पहली बार, उसने न केवल नेना दाकोंते के बारे में सोचा बल्कि वह बिस्तर पर करवटें बदलते हुए कार्ताख़ेना के बाज़ार के गे बार में अपनी दुख भरी रातों के बारे में भी सोचता रहा। उसे डॉक पर बने रेस्तराँ की तली हुई मछली और कोकोनट राइस का स्वाद याद आ रहा था जहाँ अरूबा से आने वाले जहाज़ रुकते थे। उसे वनफूल से ढकी अपने घर की दीवारें याद आईं जहाँ इस समय पिछले दिन की शाम के सात बजे होंगे, उसे अपने पिता का ख़याल आया जो इस समय रेशम के पायजामे में छत पर ताज़ी हवा में बैठकर अख़बार पढ़ रहे होंगे।

उसने अपनी माँ को याद किया—जो भी समय हो किसी को कभी पता नहीं होता था वह कहाँ हैं—उसकी आकर्षक और बहुत बोलने वाली माँ जो रात को कान में गुलाब का फूल लगाकर तैयार होती थीं, गर्मी में अपने बेहतरीन कपड़ों में घुटती हुई। एक दिन, जब बिली सात साल का था, वह अचानक से अपनी माँ के कमरे में घुस गया था और उन्हें अपने एक प्रेमी के साथ बिस्तर में नग्न अवस्था में पाया था। उस घटना का फिर कभी ज़िक्र नहीं हुआ लेकिन उन दोनों के बीच एक समझौते का रिश्ता क़ायम हो गया जो प्यार से भी ज़्यादा उपयोगी था। उसने इस बात पर कभी ज़्यादा ध्यान नहीं दिया और न ही घर में इकलौती सन्तान होने के अकेलेपन की बुराइयों पर, लेकिन उस रात पेरिस की उस उदास बरसाती में जब वह करवटें बदल रहा था और कोई आसपास नहीं था जिससे वह अपना दर्द बाँट सके, तो उसे ख़ुद पर ग़ुस्सा आ रहा था क्योंकि रोने की तीव्र इच्छा उससे बर्दाश्त नहीं हो रही थी।

रात को न सोना उसके लिए फ़ायदेमन्द रहा। दुखदायी रात के बाद शुक्रवार की सुबह वह थका-हारा उठा लेकिन ज़िन्दगी को दिशा देने के संकल्प के साथ। उसने अटैची का ताला तोड़कर कपड़े बदलने का फ़ैसला किया क्योंकि सारी चाबियाँ नेना दाकोंते के पर्स में थीं। पैसे और टेलीफ़ोन डायरी भी उसी में थे जिसमें शायद उसे पेरिस में किसी जानकार का नम्बर मिल जाता।

कैफ़ेटेरिया में उसे अहसास हुआ कि वह फ्रेंच भाषा में अभिवादन करना और हैम सैंडविच व दूध वाली कॉफ़ी माँगना सीख गया था। उसे मालूम था कि किसी भी हालत में वह मक्खन और उबले अंडे के अलावा किसी दूसरी तरह का अंडा नहीं माँग पाएगा क्योंकि उन शब्दों का उच्चारण बहुत मुश्किल था लेकिन मक्खन तो ब्रेड के साथ मिलता था और उबले अंडे काउंटर पर रखे होते थे जिसे वह ख़ुद उठा सकता था। हालाँकि, इन तीन दिनों में वहाँ का स्टाफ उसे पहचान चुका था और चीज़ों को समझने में उसकी काफ़ी मदद किया करता था। इसलिए शुक्रवार की दोपहर जब वह अपना दिमाग़ साफ़ करने की कोशिश कर रहा था उसने खाने में बीफ़स्टिक और आलू के साथ एक बोतल वाइन का ऑर्डर दिया। उसे इतना अच्छा लगा कि उसने एक बोतल और माँगी व आधी पी गया और फिर अस्पताल में जबरन घुसने का फ़ैसला करके उसने सड़क पार की। उसे नहीं पता था नेना दाकोंते कहाँ थी पर उसके दिमाग़ में उस एशियाई डॉक्टर की छवि बस चुकी थी और उसे पता था कि वह उसे ढूँढ़ लेगा। वह मुख्य दरवाज़े से न होकर आपातकालीन वार्ड से घुसा जहाँ उसे लगा कि निगरानी कम थी पर वह उस गलियारे से आगे नहीं बढ़ पाया जहाँ नेना दाकोंते ने उसे हाथ हिलाकर अलविदा कहा था। कोट पर ख़ून के कुछ छींटे वाले एक गार्ड ने वहाँ से गुज़रते समय कुछ पूछा, पर उसने ध्यान नहीं दिया। गार्ड ने उसका पीछा किया और बार-बार फ्रेंच भाषा में वही सवाल पूछता रहा और आख़िर में उसने ज़ोर से बिली का हाथ पकड़कर उसे वहीं रोक दिया। बिली सांचेज़ ने बाउंसर की तरह अपना हाथ छुड़ाने की कोशिश की लेकिन गार्ड ने उसका हाथ मोड़कर कमर के पीछे जकड़ा और लगातार गाली बकते हुए घसीटता हुआ दरवाज़े तक ले आया तथा दर्द से कराहते हुए बिली को आलू के बोरे की तरह बीच सड़क पर फेंक दिया।

उस शाम, दर्द से पीड़ित बिली सांचेज़ बड़ा हो गया। उसने तय किया कि वह राजदूत की मदद लेगा, जैसा उस परिस्थिति में नेना दाकोंते करती। होटल का गार्ड देखने में खड़ूस था लेकिन मददगार साबित हुआ और भाषा के मामले में काफ़ी धैर्यवान भी। उसने टेलीफ़ोन डायरेक्टरी से राजदूत का नम्बर

और पता निकाला तथा एक कार्ड पर लिखकर बिली को दे दिया। फ़ोन किसी सज्जन महिला ने उठाया जिसकी धीमी और ठहरती बोली से बिली ने तुरन्त पहचान लिया कि वह ऐंडीज़ इलाक़े की थी। उसने पूरे नाम के साथ अपना परिचय देना शुरू किया, दोनों कुलनामों के साथ ताकि वह महिला प्रभावित हो जाए पर उस महिला की आवाज में कोई बदलाव नहीं आया। उस महिला ने रटा हुआ सन्देश दिया कि राजदूत इस समय अपने कार्यालय में मौजूद नहीं है और अगले दिन भी अनुपस्थित रहेंगे लेकिन किसी भी स्थिति में बिना अपॉइंटमेंट कोई उनसे नहीं मिल सकता और वो भी सिर्फ़ विशेष मामलों में ही। बिली सांचेज़ समझ गया कि यह रास्ता उसे नेना दाकोंते के पास लेकर नहीं जाएगा, अतः उसने भी उसी मरियल अन्दाज़ में उस महिला का शुक्रिया अदा किया और एक टैक्सी लेकर वह सीधा दूतावास के लिए निकल गया।

दूतावास पेरिस के सबसे शान्त इलाक़ों में से एक, 22 शॉन्ज़े-लीज़े मार्ग पर स्थित था, लेकिन बिली सांचेज़ जिस चीज़ से सबसे ज़्यादा प्रभावित हुआ, जैसा उसने ख़ुद मुझे कई साल बाद कार्ताख़ेना दे इंदियाज़ में बताया था, वह उस दिन का सूरज था जो पहली बार उनके वहाँ आने पर बिलकुल कैरीबियाई सूरज की तरह चमक रहा था, शहर पर छाया एफिल टॉवर, खुले आसमान में चमक रहा था। राजदूत की जगह पर उसे मिलने वाला अधिकारी किसी जानलेवा बीमारी से उठा लग रहा था सिर्फ़ उसकी काली, गलाबन्द कॉलर वाली पोशाक और शोक वाली टाई की वजह से नहीं, बल्कि उसके हाव-भाव की गोपनीयता और दबी आवाज़ के कारण। उसने बिली की बेचैनी समझी और बिना उत्तेजित हुए उसे याद दिलाया कि वे एक सभ्य देश में हैं जिसके सख़्त नियम सबसे पुराने और विवेकशील मानदंडों पर आधारित थे, बर्बर अमेरिका के विपरीत जहाँ अस्पताल में प्रवेश करने के लिए गार्ड को सिर्फ़ रिश्वत देना ही काफ़ी था। "नहीं, मेरे प्यारे बच्चे," उसने कहा। नियमों का पालन करने और मंगलवार तक इन्तज़ार करने के अलावा कोई और विकल्प नहीं है।

"वैसे भी अब सिर्फ़ चार दिन ही बचे हैं," उसने अपनी बात समाप्त की। "तब तक तुम लूव्र हो आओ, बहुत अच्छा म्यूज़ियम है।"

वहाँ से निकला तो बिली सांचेज़ ने अपने-आप को प्लाजा कॉनकॉर्डिया में पाया, बिना जाने कि आगे क्या करना है। उसे छतों के ऊपर से झाँकता एफ़िल टावर नज़र आया जो इतना क़रीब दिख रहा था कि उसने डॉक के किनारे होते हुए पैदल वहाँ तक जाने का फ़ैसला किया। लेकिन बहुत जल्द ही उसे समझ आ गया कि वह उतना क़रीब भी नहीं था जितना लग रहा था और हर बार वह जितना उसकी तरफ़ जाता था, उसका स्थान बदल जाता था। फिर बिली वहीं सिन नदी के किनारे बेंच पर बैठकर नेना दाकोंते के बारे में सोचने लगा। उसने पुल के नीचे से कर्षण नौकाओं (टग बोट) को गुज़रते देखा, जो उसे जहाज़ नहीं, बल्कि रंगीन छतों और खिड़कियों वाले घर लग रहे थे, फूलों के गमलों और कपड़े सुखाने के लिए एक तार समेत। वह बहुत समय तक एक मछुआरे और उसके मछली पकड़ने वाले काँटे की तरफ़ देखता रहा, अन्त में जब वह देखते-देखते थक गया और उसे लगा कि अब कुछ नहीं होने वाला तो उसने वहाँ से टैक्सी लेकर होटल वापस जाने का फ़ैसला किया। तब अहसास हुआ कि उसे तो होटल का नाम और पता कुछ भी याद नहीं था और पेरिस के किस कोने में वह अस्पताल था इसका भी उसे कोई अन्दाज़ा नहीं था।

घबराहट में उसे रास्ते में जो पहला कैफ़े दिखा बिली उसमें घुस गया, उसने एक ब्रांडी का ऑर्डर दिया, फिर तसल्ली से सोचने लगा। जब वह सोच रहा था तब उसने कई बार दीवारों पर लगे शीशों में अपना प्रतिबिम्ब अलग-अलग कोणों से देखा और अपने-आप को अकेला और डरा हुआ पाया, पैदा होने के समय से पहली बार उसके मन में मृत्यु का ख़याल आया। लेकिन ब्रांडी के दूसरे गिलास के बाद उसने बेहतर महसूस किया। उसने एक बार फिर से दूतावास जाने की सोची। उसने अपनी जेब में दूतावास का पता देखने के लिए कार्ड निकाला और देखा कि कार्ड के पीछे होटल का नाम और पता छपा हुआ था। इस सबकी वजह से उसका मन इतना खट्टा हो गया था कि सप्ताहान्त के दो दिन वह खाना खाने और दिनों के मुताबिक़ अपनी गाड़ी का स्थान बदलने के अलावा कमरे से बाहर नहीं गया। तीन दिनों तक लगातार धीमी बारिश पड़ती रही। बिली सांचेज़, जिसने ज़िन्दगी में कोई एक

किताब पूरी नहीं पढ़ी थी, बोरियत के मारे बिस्तर पर लेटकर कुछ पढ़ना चाहता था लेकिन अटैची में से निकली कोई भी किताब स्पैनिश भाषा में नहीं थी। इसलिए उसने दीवारों पर बने मोर के चित्रों को देखते हुए तथा हर पल नेना दाकोंते के बारे में सोचते हुए मंगलवार का इन्तज़ार किया। सोमवार को उसने अपने कमरे को थोड़ा व्यवस्थित करने की कोशिश की, यह सोचते हुए कि अगर नेना ने कमरा इस हालत में देखा तो वह क्या कहेगी। इसी बीच उसे नेना का मिंक कॉलर वाला कोट मिला जिस पर लगे ख़ून के धब्बे सूख चुके थे। उसने सुगंधित साबुन से उसे धोया और अन्त में उसको बिलकुल वैसा ही कर दिया जैसा मैड्रिड में विमान में चढ़ते समय था।

मंगलवार की सुबह ठंडी और बादलों से ढकी थी लेकिन बारिश बन्द हो चुकी थी। बिली सांचेज़ सुबह छह बजे से ही जागा हुआ था और अस्पताल के दरवाज़े पर गुलदस्ते और उपहार लिये बाक़ी मरीज़ों की भीड़ में इन्तज़ार कर रहा था। वह भीड़ में हाथ में मिंक कॉलर वाला कोट लेकर आगे बढ़ा, बिना किसी से पूछे और बिना किसी अन्दाज़े के कि नेना दाकोंते कहाँ हो सकती थी, लेकिन उसे इस बात का विश्वास था कि वह एशियाई डॉक्टर ज़रूर मिल जाएगा। वह अस्पताल के अन्दर फूलों और जंगली पक्षियों से भरे एक बहुत बड़े आँगन से गुज़रा, जिसके दोनों तरफ़ मरीज़ों के लिए वार्ड थे—महिलाएँ, दाईं तरफ़ तथा पुरुष, बाईं तरफ़। आगंतुकों के पीछे-पीछे वह महिलाओं के वार्ड में घुस गया। अस्पताल के गाउन पहने बिस्तर पर बैठी महिला मरीज़ों की लम्बी क़तार थी, खिड़कियों से आते प्रकाश से रोशन। उसने सोचा कि यह सब बाहर से की जाने वाली कल्पना से कहीं ज़्यादा ख़ुशगवार था। वह गलियारे के अन्त तक पहुँच गया और फिर उसने दूसरी तरफ़ वापस एक चक्कर लगाया, जब तक उसने तसल्ली नहीं कर ली कि उनमें से कोई भी मरीज़ नेना दाकोंते नहीं थी। फिर उसने खिड़कियों से झाँकते हुए बाहर के गलियारे का तब तक चक्कर लगाया, जब तक उसे लगा कि उसने उस डॉक्टर को पहचान लिया था जिसकी वह तलाश कर रहा था।

और सच में वह वही था। वह अन्य डॉक्टरों और नर्सों के साथ एक मरीज़ की जाँच कर रहा था। बिली सांचेज़ वार्ड में घुसा और एक नर्स को

हटाकर डॉक्टर के सामने खड़ा हो गया जो उस समय झुककर मरीज़ को देख रहा था। उसने डॉक्टर को आवाज़ लगाई, डॉक्टर ने अपनी स्तब्ध निगाहों से उसे देखा फिर कुछ पल के लिए सोचा और उसे पहचान लिया।

"लेकिन तुम कहाँ मर गए थे?" उसने पूछा। यह सुनकर बिली सांचेज़ के होश उड़ गए।

"होटल में," उसने जवाब दिया, "यहाँ बग़ल में।"

तब उसे मालूम पड़ा कि नेना दाकोंते की गुरुवार 9 जनवरी को शाम 7 बजकर 10 मिनट पर अत्यधिक रक्तस्राव की वजह से मौत हो गई थी। फ्रांस के सबसे योग्य विशेषज्ञों के 70 घंटों के प्रयासों के बाद भी उसे बचाया नहीं जा सका था। अपने आख़िरी वक़्त तक वह होश में थी, शान्त थी और उसने ही उन्हें बताया कि उसके पति को होटल प्लाज़ा अथेनी में ढूँढ़ा जाए जहाँ उनका कमरा बुक था, और अपने माता-पिता को सम्पर्क करने के लिए सम्बन्धित जानकारी भी दी। विदेश मंत्रालय ने तार के ज़रिये दूतावास को शुक्रवार को सूचित कर दिया था तथा उसके माता-पिता पेरिस के लिए उड़ान भर चुके थे। राजदूत ने स्वयं अन्तिम संस्कार का पूरा ध्यान रखा था और वो बिली सांचेज़ की खोज में लगातार पेरिस की प्रान्तीय पुलिस के सम्पर्क में बने रहे। शुक्रवार से रविवार तक सभी टेलीविज़न और रेडियो पर सारी जानकारी के साथ बिली के बारे में हर जगह प्रसारण किया गया; पिछले चालीस घंटों में बिली सांचेज़ फ्रांस में सबसे ज़्यादा ढूँढ़ा जाने वाला व्यक्ति था। नेना दाकोंते के बैग से मिली उसकी तसवीर हर जगह लगा दी गई थी। तीन कन्वर्टिबल बेंटले कारें मिली थीं लेकिन उनमें से कोई भी बिली की नहीं थी।

नेना दाकोंते के माता-पिता शनिवार की दोपहर पहुँच गए थे और अन्तिम क्षण तक बिली सांचेज़ के मिलने की उम्मीद में अस्पताल के चैपल में शव के साथ इन्तज़ार करते रहे। बिली के माता-पिता को भी सूचित कर दिया गया था और वह पेरिस के लिए उड़ान भरने को तैयार ही थे लेकिन टेलीग्राम के सन्देश में गड़बड़ी की वजह से वह नहीं आ पाए। अन्तिम संस्कार रविवार दोपहर दो बजे हुआ उस होटल के अभागे कमरे से महज़ 200 मीटर की दूरी पर, जहाँ बिली सांचेज़ तनहाई में नेना दाकोंते के प्यार के लिए तड़प रहा था।

जिस अधिकारी ने उस दिन दूतावास में बिली से बात की थी, उसने कई वर्षों बाद मुझे बताया कि उसे विदेश मंत्रालय से टेलीग्राम बिली के जाने के एक घंटे बाद मिला था, और उसने रु द्यु फुबुर सांतोनोरे के सभी बारों में बिली को ढूँढ़ा। उसने माना कि जब वह पहली बार बिली से मिला था तब उसने बिली पर ख़ास ध्यान नहीं दिया था, क्योंकि उसने कभी नहीं सोचा था कि पेरिस की नवीनता से स्तब्ध और अजीब-सी लैम्बिस्कन जैकेट वाला, दक्षिण अमेरिका के तट का रहने वाला वह लड़का इतने जाने-माने परिवार से था।

उसी रात जब बिली ग़ुस्से के मारे रोने की इच्छा से लड़ रहा था, नेना दाकोंते के माता-पिता ने उसको ढूँढ़ना बन्द कर दिया और अपनी बेटी के संलेपित शव को ताबूत में ले गए। जिसने भी उसे आख़िरी बार देखा, सालों तक दोहराता रहा कि उन्होंने कभी भी इससे अधिक ख़ूबसूरत लड़की नहीं देखी थी, न ज़िन्दा न मुर्दा। मंगलवार की सुबह जब बिली सांचेज़ अस्पताल में घुसा था उसको ला माँगा के क़ब्रिस्तान में दफ़नाया जा चुका था, उस घर से थोड़ी दूर जहाँ दोनों ने ख़ुशी के असली मतलब को समझा था। जिस एशियाई डॉक्टर ने बिली सांचेज़ को वह ख़बर दी थी उसने उसे कुछ नींद की दवाई देनी चाही लेकिन बिली ने मना कर दिया और बिना कुछ कहे वहाँ से चला गया। उसे सिर्फ़ एक ही इच्छा हो रही थी, किसी को ढूँढ़कर अपने दुर्भाग्य का बदला लेने के लिए उसको अपनी चेन से बुरी तरह पीटे। जब वह अस्पताल से बाहर निकला तो उसे अहसास भी नहीं हुआ कि आसमान से बिना ख़ून के निशान वाली बर्फ गिर रही थी जिसके नरम और साफ़ कण कबूतर के पंख सरीखे लग रहे थे, पेरिस की गलियों में उत्सव का माहौल था क्योंकि दस साल में यह पहली बड़ी बर्फ़बारी थी।

[1976]